KB034614

인문주의자 무소작 씨의 종생기

이청준 李淸俊 (1939~2008)

1939년 전남 장흥에서 태어나, 서울대 독문과를 졸업했다. 1965년 『사상계』에 단편 「퇴원」이 당
선되어 문단에 나온 이후 40여 년간 수많은 작품들을 남겼다. 대표작으로 장편소설 『당신들의 천
국』 『낮은 데로 임하소서』 『씌어지지 않은 자서전』 『춤추는 사제』 『이제 우리들의 잔을』 『흰옷』
『축제』 『신화를 삼킨 섬』 『신화의 시대』 등이, 소설집 『별을 보여드립니다』 『소문의 벽』 『가면
의 꿈』 『자서전들 쓰십시다』 『살아 있는 늪』 『비화밀교』 『키 작은 자유인』 『서편제』 『꽃 지고
강물 흘러』 『잃어버린 말을 찾아서』 『그곳을 다시 잊어야 했다』 등이 있다. 한양대와 순천대 교
수를 역임했으며 대한민국예술원 회원을 지냈다.
동인문학상, 대한민국문화예술상, 대한민국문학상, 한국일보 창작문학상, 이상문학상, 이산문학
상, 21세기문학상, 대산문학상, 인촌상, 호암상 등을 수상했으며, 사후에 대한민국 금관문화훈장
이 추서되었다. 2008년 7월, 지병으로 타계하여 고향 장흥에 안장되었다.

이청준 전집 28 중단편집

인문주의자 무소작 씨의 종생기

초판 1쇄 발행 2016년 6월 13일

지은이 이청준
펴낸이 주일우
펴낸곳 ㈜**문학과지성사**
등록번호 제1993-000098호
주소 04034 서울 마포구 잔다리로7길 18(서교동 377-20)
전화 02)338-7224
팩스 02)323-4180(편집) 02)338-7221(영업)
전자우편 moonji@moonji.com
홈페이지 www.moonji.com

ⓒ 이청준, 2016. Printed in Seoul, Korea

ISBN 978-89-320-2148-5 04810
ISBN 978-89-320-2120-1(세트)

이 책의 판권은 지은이와 ㈜**문학과지성사**에 있습니다.
양측의 서면 동의 없는 무단 전재 및 복제를 금합니다.

이 도서의 국립중앙도서관 출판예정도서목록(CIP)은 서지정보유통지원시스템 홈페이지
(http://seoji.nl.go.kr)와 국가자료공동목록시스템(http://www.nl.go.kr/kolisnet)에서
이용하실 수 있습니다. (CIP제어번호: CIP2016012605)

이청준 전집 28

인문주의자 무소작 씨의 종생기

문학과지성사

일러두기

1. 문학과지성사판 『이청준 전집』에는 장편소설, 중단편소설, 그리고 작가가 연재를 마쳤으나 단행본으로 발간되지 않은 작품과 미완성작 등을 모두 수록했다.

2. 전집의 권별 번호는 개별 작품이 발표된 순서를 따르되, 장편소설의 경우 연재 종료 시점을, 중단편소설의 경우 게재지에 처음 발표된 시점을 기준으로 삼았다. 단, 연재 미완결작의 경우 최초 단행본 출간 시점을 그 기준으로 삼았다. 중단편집에 묶인 작품들 역시 발표된 순서대로 수록하였으며, 각 작품 말미에 발표 연도를 밝혀놓았다.

3. 전집의 본문은 『이청준 문학전집』(열림원) 발간 이후 작가가 새롭게 교정, 보완한 내용을 충실히 반영하여 확정하였다. 특히 미발표작의 경우 작가가 남긴 관련 자료에 근거하여 수록하였음을 밝힌다.

4. 전집의 각 권에는 작품들을 수록하고 새롭게 씌어진 해설을 붙였으며 여기에 각 작품 텍스트의 변모 과정과 이청준 작품들의 상호 관계를 밝히는 글을 실었다. 이 글은 현재의 문학과지성사판 전집의 확정 텍스트에 이르기까지 주요한 특징적 변모를 잘 보여준다.

5. 이 책의 맞춤법은 국립국어연구원의 '한글 맞춤법'에 따르는 것을 원칙으로 하되, 띄어쓰기의 경우 본사의 내부 규정을 따랐다. 단, 작품의 분위기에 영향을 준다고 판단되는 방언이나 구어체 표현·의성어·의태어 등은 작가의 집필 의도를 살려 그대로 두었다(괄호 안: 현행 맞춤법 표기).
   예) ① 방언 및 의성어·의태어: 밴밴하다(반반하다) 희멀끄럼하다(희멀겋다) 달겨들다(달려들다) 드키(듯이) 뚤레뚤레(둘레둘레) 뎅강(뎅궁) 까장까장(꼬장꼬장)
   ② 작가의 고유한 표현:
   ─ 그닥(그다지) 범상찮다(범상치 않다) 들춰업다(둘러업다)
   ─ 입물개 개없고 아심찮게도 목짓 편뜻 사양기
   ③ 기타: 앞엣사람 옆엣녀석 먼젓사람 천릿길 뱃손님 뒷번
   그리고 나서(그러고 나서) 그리고는(그러고는)

6. 이 책의 외래어 표기는 국립국어연구원의 '외래어 표기법'에 따라 바꾸었다. 단, 작품의 제목이나 중요한 어휘로 등장하는 경우에는 원본을 그대로 살렸다.
   예) ① 맘모스(매머드) 세느(센) 뎃쌍(데생) ② 레지('종업원'으로 순화)

7. 이 책에 쓰인 문장부호의 경우 단편, 논문, 예술 작품(영화, 그림, 음악)은 「 」으로, 단행본 및 잡지, 시리즈 명 등은 『 』으로 표시하였다. 대화나 직접 인용은 큰따옴표(" ")와 줄표(―)로, 강조나 간접 인용의 경우 작은따옴표(' ')로 묶었다.

차례

빛과 사슬

　남녘 고을의 산골 분교에는 선생님이 두 사람뿐이었다. 아직 결혼을 하지 않은 20대 후반의 노총각 노처녀 처지에, 이 동네 부잣집 태생으로 대처 윗학교 공부를 하고 돌아온 허씨 성의 남자 선생은 전체를 통틀어 1백 명 남짓한 그 분교 아이들의 맨 상급생인 3학년의 담임 일과 분교장 일을 겸하고 있었고, 백 리 밖 읍내에서 굳이 벽지 근무를 자원해 왔다는 은씨 성의 여선생은 분교장실을 겸한 그 3학년 반 옆 교실에서 1, 2학년 두 반 아이들을 함께 맡아 가르쳤다. 분교에는 원체 목조로 된 교실이 두 칸뿐인 데다 공부를 가르칠 선생님도 늘상 두 명을 넘지 못했기 때문이다.

　하지만 그런 옹색한 학교의 사정을 아이들이나 선생님 어느 쪽도 그리 아쉬워하거나 불편해한 일이 없었다. 아이들은 3학년까지 분교수업을 끝내고 4학년 때부터는 10여 리 밖 본교로 옮겨 다니게 되었으므로, 그때까지는 이곳의 형편이 얼마나 궁색한 것인지를 알지 못했고, 공부를 어떻게 얼마나 해야 하는 것인지도 알 수 없었기 때문이다. 그때 갓 1학년생인 우리들로 말하면, 학교라는 곳을 무슨 별난 것을 배우는 데로보다는 이런저런 힘든 집안일 거리에서 빠져나와 같은 처지 같은 또래의 동네 아이들끼리 함께 모여 마음 놓고 놀 수 있는 공공의 장소쯤으로 여겼고, 그러기에는 그 느슨하기 짝이 없는 수업 질서나 규모가 잡히지 않은 어수선한 환경이 오히려 안심스럽고 즐겁기만 했던 것이다.

두 교실짜리 분교 교사를 지을 때 건립비 대부분을 집안에서 희사하고, 학교 출퇴근을 한동네 안에서 사랑방 나들이하듯 임의로운 허 선생은 말할 것도 없고, 이 벽지 분교까지 일부러 자원해 온 은 선생 역시도 별다른 불만이 없어 보이기는 매한가지였다. 1, 2학년과 3학년으로 각기 담임을 나눠 맡고 있기는 했지만, 두 선생님은 음악이나 체육 따위 자기 적성에 맞는 과목 시간은 서로 교실과 반을 바꿔가며 의좋게 수업을 도왔고, 난잡스런 아이들의 잦은 말썽에도 짜증이나 꾸중보다는 방심스러울 정도로 온화한 타이름이 고작이었다.

그래저래 우리는 그런 선생님이나 학교에 대해 아무 아쉬움이 없었다.

다만 한 가지 아무래도 이해할 수 없는 수수께끼 같은 일이 있었을 뿐이다.

두 노총각 노처녀 선생님 사이의 일이었다.

무슨 사연으로 그리 된 것인지는 모르지만, 은 선생은 아직 결혼을 하지 않은 노처녀 처지로, 그 시절 그런 시골구석에선 찾아보기 힘들 만큼 얼굴색이 뽀얗고 이목구비가 가지런한 긴 머리채 미인이었다. 벽지 구석에서는 쉽게 찾아보기 힘든 용모에다 어딘지 알 수 없는 고적감 같은 것이 감도는 새침한 분위기 때문에 얼마간 탁하게 울려 나오는 그녀의 컬컬한 목소리가 늘 다른 사람의 것처럼 귀에 설게 느껴지는 그런 여자였다.

우리는 처음 그녀가 그곳을 자원 부임해 왔다는 소문을 들었을 때 그런 미인 처녀 선생이 어째 하필 그 궁벽스런 벽지 분교까지 찾아 들어오게 됐는지, 반가움에 앞서 그 속사연부터 어리둥절 궁금해했었다. 하지만 그걸 물어보거나 설명해줄 사람은 없었다. 은 선생 자신은 물론, 분교 교장 격인 허 선생도 아는지 모르는지 그런 말은 한 번도 일러준 일이 없었다. 알고 있다 해도 그가 일러줄 일도 아니었다. 우리들의 궁금증은 풀릴 길이 없었고 학교나 동네에선 나름대로의 추측과 빈 소문들만 늘어갔다.

— 은 선생 그 여자 혹시 나쁜 병을 앓고 있어 물 좋고 산 좋은 데서 요양을 겸하려고 이런 곳을 자원해 온 거 아닌가 몰라?

— 그보다 이런 벽지에 몸을 묻어 숨기고 지내야 할 허물거리가 있는 여잔지도 모르지. 전에 있던 학교나 어떤 몹쓸 사람한테 쫓겨서 말여……

— 모르는 소리들! 허 선생하고 은 선생은 아마 두 사람이 다니던 옛날 대처 학교 시절서부터 서로 깊이 사귀어오던 사일 게여. 그런 끝에 여자가 남자를 못 잊어 일부러 허 선생 곁을 찾아온 것일 거구만.

그런저런 추측과 소문들 중에서 가장 그럴듯한 것은 물론 두 사람이 전날부터 남의 눈을 속여온 숨은 연인 사이라는 것이었다. 그것이 언제부터의 일인지는 누구도 분명하게 장담할 수가 없었지만, 그 소문은 그만큼 착실하게 동조자를 늘려갔고, 끝내는 학교 아이들 모두가 그것을 믿어버리기에까지 이르렀다. 여선생에게선 어디서도 은밀스런 불량기나 병색 같은 것을 찾을 수 없었고, 허 선생 또한 그녀에 못지않게 훤칠한 외모와 온화한 성품의 됨됨이에다 집안까지 제법 유복하여 그녀의 연애 상대 남자로 조금도 손색이 없었기 때문이다. 그리고 그편이 우리들에게는 다른 어느 경우보다 흥미롭고 재미있었기 때문일 터였다.

그래 그 무렵 허 선생은 아이들의 장난질에 은 선생이 애를 먹는 것을 볼 때마다,

"너희들이 얌전히 굴지 않으면 선생님이 다시 이곳을 떠나가시고 만다. 선생님이 정말 그러시면 어쩔 테냐. 그래도 좋으면 알아서들 해라."

은근히 우리를 협박하곤 했는데, 그 소리가 우리에겐 차츰 허 선생 자신의 속마음 소리로 들리기 시작했고, 은 선생이 떠나가는 것을 두려워하는 것은 우리보다 허 선생 자신일 것으로 여기게끔 되었다.

뿐더러 이제 우리는 두 사람이 서로를 기다리느라 다른 사람과는 짝을 짓지 않고 노총각 노처녀로 지내온 것을 오히려 당연한 일로 치부하며 또 다른 호기심과 궁금증을 더해가게 되었다.

— 두 사람이 그렇게 서로 좋아해왔다면 어째서 아직까지 혼인을 하지 않고 기다리고만 있는 것일까.

— 두 사람은 언제 그 본색과 속에 숨긴 비밀을 드러내게 될 것인가.

그러나 우리는 두 사람이 언젠가는 마음속 비밀을 드러내게 될 때가 오리라 확신했다. 그리고 두 사람의 언행이나 태도의 변화를 하나하나 주의 깊게 감시하며 하루빨리 그 증거나 현장이 드러나기를 호시탐탐 기다렸다.

그러나 두 노처녀 노총각 선생에 대한 우리들의 치기만만한 추측과 기대는 서서히 빗나가기 시작했다.

허 선생은 과연 우리들의 짐작대로 은 선생에 대한 관심이나 호의가 정도 이상으로 유별났다. 그는 일과 중 은 선생만 함께하고 있으면 항상 기분이 좋아 보였고, 은 선생의 일엔 무엇이나 자기 일처럼 친절과 열성을 다해 세심하게 도와나갔다. 심지어 은 선생과 은 선생 반 아이들 사이의 작은 말썽에까지 끼어들어 불문곡직 그녀의 편을 들고 그녀를 두둔하고 나서기 일쑤였다. 그러나 무엇보다 허 선생이 은 선생을 마음에 두고 있어 보이는 기미는 정규 수업 시간이나 다른 학교일 이외에도 그가 언제나 은 선생 주위만 맴돌며 무슨 일이나 그녀와 함께하고 싶어 한 데서 더욱 역력했다.

허 선생은 언제나 한동네에 방을 얻어 지내는 은 선생보다 학교엘 먼저 나와 그녀의 출근을 기다렸고, 은 선생이 나오기까지는 때로 시간이 아무리 늦어지더라도 수업을 미루고 있다가 그녀가 교실로 들어서는 것을 보고서야 자신의 일과를 시작했다. 그리고 자기 하루 일과가 다 끝나고 나서도 은 선생 쪽의 일이 끝나지 않으면 그 혼자서 먼저 학교를 나가는 법이 없었다. 학교 일로 해서든 개인사로 해서든 은 선생 쪽에서 퇴근 채비를 서두르기 전에는 별할 일도 없이 자리를 지키고 앉아서 그녀의 용무가 끝나기를 기다렸다.

은 선생과 함께 나란히 학교를 나가고 싶은 마음에서임이 분명했다.

하지만 실인즉 허 선생의 그런 기다림과 끈질긴 참을성에도 불구하고 두 사람이 의좋게 학교 문을 빠져나가는 것은 거의 볼 수가 없었다. 은 선생 쪽이 그 허 선생을 모른 척하기 때문일 터였다. 허 선생의 자상한 보살핌을 받는 학교 일과 과정에서는 은 선생도 허 선생과 대개 마음이 잘 맞아돌아간 편이었다. 그녀는 이런저런 학교 일에 대한 허 선생의 도움을 별 스스럼 없이 편하게 받아들이는 낌새였고, 하물며 둘 사이에 무슨 불편스런 말썽이나 감정의 대립을 빚는 일 같은 건 생각할 수도 없었다.

하지만 일단 학교 일이 끝나고 나면 두 사람은 완전히 시간 보내기 꼴이 달랐다. 은 선생 쪽이 도대체 허 선생을 아랑곳하지 않으려는 태도였다. 학교 일이 끝나면 은 선생은 대개 혼자서 학교 옆 개울가 숲 골짜기로 들어갔다. 그리고 거기 어디선가 한두 시간씩 목청을 쥐어짜는 '소리' 연습에 몰두해버리곤 하였다. "화란춘성하고 만화방창하니⋯⋯"로 시작하는 「유산가」나, 혹은 "함평천지 늙은 몸이 광주 고향⋯⋯"으로부터 "제주 어선 빌려 타고 해남으로 건너갈 제"로 이어지는 장쾌한 「호남가」, 어쩌다 시간이 길어지고 목청이 어우러지다 보면 심청이 눈먼 아버지를 위해 죽음의 뱃길을 떠나가는 창연스런 「심청가」의 한 대목이나 애가 끊어지듯 유장한 「춘향가」의 '옥중가' 따위, 그녀가 노래 시간에 우리와 함께 부르던 「고향의 봄」이나 「반달」 같은 노래들과는 전혀 유가 다른 남도 소리, 그녀의 여린 몸매나 하얀 얼굴 모습과도 전혀 어울려 보이지 않은 활원한 목소리를 쉴 새 없이 뽑아대곤 했다.

그 사설까지는 다 알아들을 수 없었지만, 소리는 늘상 골짜기 아래 학교까지 온 산골을 힘차게 메아리쳐 흐르곤 하였다. 그리고 그런 때면 허 선생은 아이들이 거의 돌아간 빈 교실에 혼자 남아 무슨 책을 읽거나 아니면 하릴없이 유리창 가에 붙어 서서 그 소리에 묵연히 귀를 기울이고 있곤 했다. 그러다 그녀가 소리를 끝내고 학교로 돌아오면 자신도 비로소 뒤늦은 퇴근 준비를 서두르곤 하였다.

하지만 그 끈질긴 허 선생의 기다림도 번번이 허탕으로 끝나기 일쑤였다. 소리를 끝내고 골짜기 숲을 나올 때의 은 선생은 늘 언제 그런 일이 있었냐는 듯 가지런한 표정이었고, 뒤에 남아 조심스레 그녀를 기다리고 있는 허 선생 쪽은 도대체 아는 척을 않은 채 그녀 혼자 재빨리 교실 문을 빠져나가버리곤 하였다.

"허 선생님은 아직 무슨 일이 남았어요? 저 먼저 나가요."

그리고 그렇게 한 번 학교를 나간 은 선생은 이튿날 아침 다시 숙소 문을 나설 때까지 내내 그녀의 비좁은 거처에만 틀어박혀 사람의 기척까지 감감 숨기고 지내는 식이었다.

두 사람 사이에 서로 어떤 약속이나 단속말이 오갔는지 모르지만, 방과 후에 허 선생이 숙소로 그녀를 찾아간 일도 없고 보니, 마을에서는 이제 두 사람의 일에 대한 전날의 소문들까지 차츰 꼬리를 감춰갔을 정도였다.

한마디로 허 선생은 은 선생을 맘에 둔 듯싶은데, 은 선생 쪽은 웬일인지 그것을 매정하게 외면하고 지내온 것이었다.

우리는 도대체 그 속내를 알 수 없었다. 그리고 그럴수록 허 선생을 안되어하며 은 선생 쪽이 마음을 돌려먹어주기를 바랐다. 더러는 은 선생 쪽이 끝내 마음을 돌려먹게 될 것을 믿어 의심치 않으며 그녀의 '여유짓'을 심히 얄미워한 축들도 있었다.

— 두고 봐라. 우리 허 선생님 집안 부자겠다, 사람 좋겠다, 언젠가는 은 선생이 안달복달 달라붙을 때가 오고 말 테니. 지금은 허 선생이 먼저 속을 열어놓은 낌새를 알고 괜히 한번 콧대를 세워보려는 거지만, 허 선생님이 모른 척 내버려두고 지내봐. 그때는 아마 은 선생 쪽에서 속이 달아 안달일걸.

하지만 은 선생은 끝내 그런 우리들의 기대나 장담처럼 되어주질 않았다. 허 선생에 대해 새삼 어떤 범상찮은 관심을 보일 기미도 없었고, 더욱이 그 허 선생 때문에 그녀가 속이 타 안달을 쳐대는 일도 일어나지 않았다. 일은 오히려 그와 반대쪽이었다.

그 여름날의 수수께끼 같은 일이 또 한 번 우리들의 기대를 말끔 배반하고 만 것이다.

여름방학이 갓 시작된 그해 7월 하순께의 어느 날 한 낯선 남자 손님이 그 초라한 분교를 찾아왔다. 그 손님은 한 달쯤 전에 10리 밖 면소 쪽 본교로 새로 부임해 온 선생님으로, 허 선생이나 은 선생은 그가 이날 우리 분교를 찾아온다는 것을 미리 기별 받은 모양이었다.

"오늘 너희들이 학교 주위를 깨끗이 청소해줘야겠다. 조금 있으면 우리 학교에 귀한 손님이 오실 테니까."

방학 중인데도 아침부터 은 선생과 함께 학교에 나와 있던 허 선생이 빈 운동장에서 공차기를 하고 있던 몇몇 동네 아이들을 불러 당부했다.

그런데 그 본교 선생님이 하필 방학 중에 이 분교를 찾아온 것은 무슨 부임 인사치레나 분교장 격인 허 선생을 만나기 위해서가 아니라 새침데기 멋쟁이 은 선생을 만나기 위해서였다.

"그 선생님은 우리 은 선생님처럼 소리를 잘하시는 분이거든. 그래 선생님이 우리 분교에도 소리를 좋아하는 분이 계시다는 말을 들으시고 우리 은 선생님을 한번 만나보러 오시는 거란다. 이따 청소 끝내고 그 선생님이 오시면 은 선생님이나 나한테 빨리 알려줘야 한다."

허 선생님은 그러니까 그 본교 선생님과 은 선생이 만나는 것을 도우려 시중꾼 역으로 학교엘 나와 있는 셈이었다. 정작에 손님을 맞아야 할 은 선생은 교실 안에 조용히 기다리고 있는 데에 반해, 허 선생은 그 일이 외려 당사자보다 신명스러운 듯 교실 정돈을 한다, 운동장 청소를 한다, 지레 혼자 들떠서 수선을 피우고 다녔다.

허 선생이 그렇듯 들떠 돌아가는 동안 당사자인 은 선생이 한 일이라곤 그 허 선생의 교실 정돈과 청소 감독 일이 대충 다 끝나고 난 다음에야 슬금슬쩍 교실을 빠져나가 자기 손님을 맞이할 자리를—그것도 우리의 예상과는 전혀 다른 장소에다— 새로 마련한 정도였다. 다름 아니라 그 분교의 좁은 운동장 한쪽 소나무 동산에는 학교가 끝난 뒤 때로 동네 어른들이 올라와 더위를 식히고 가곤 하는 원두막 형국의 초옥 정자가 하나 서 있었는데, 은 선생은 뜻밖에 그곳에다 이날의 손님을 맞을 자리를 따로 마련한 것이다. 자리 마련이라야 그 한갓진 정자 바닥 한가운데에다 미리 준비해온 돗자리를 늘여 깔고, 그 중간쯤에 주객의 자리를 나눠 표시하듯 그녀가 부임 때부터 간수해온 낡은 북통 하나를 덩그러니 놓아둔 것뿐이지만, 은 선생은 그것으로 허 선생의 거달음이나 우리의 예상을 외면한 채 그 손님맞이 자리만은 자신이 직접 나서 마련한 것이었다.

하고 보니 우리는 그 모든 일이 새삼 궁금하기만 하였다. 이런저런 특별한 연고로 해서나 봉직 기간으로 해서나 이곳 분교의 어른은 허 선생 쪽이었다. 그런데 은 선생의 소리 따위가 무어길래 본교 선생은 허 선생도 아닌 그 은 선생을 만나기 위해 부러 먼길을 찾아온다는 것인가. 은 선생의 소리 솜씨가 정말로 그렇게 소문이 날 정도란 말인가. 본교 선생의 소리 솜씨도 그만큼 대단하단 말인가. 그래서 은 선생도 소리를 못하는 허 선생 쪽엔 별 관심을 안 두다가 위인을 맞는 일에 모처럼 생기가 솟는 것일까— 그는 도대체 어떤 인물인가. 공연히 두 사람의 소리를 구실 삼아 멋쟁이 은 선생의 환심을 사려는 것은 아닐까……

한데도 허 선생은 그것을 시큰둥해하기커녕 당사자인 은 선생보다 더 마음이 들떠서 이것저것 뒷일을 서두르고 다녔다. 우리는 그 허 선생의 속마음이 아리송하기만 하였다. 필시 무슨 그럴 만한 사정이 있거나, 본교 선생의 성가가 그만큼 대단한 때문일 터였다. 하지만 우리는 그 본교 선생님이나 그의 소리에 대해 아직 아무것도 아는 것이 없었다. 위인에 대한 호기심이나 궁금증도 그만큼 클 수밖에 없었다.

그래 우리는 허 선생의 당부 말이 있은 때문이기도 했지만 그 손님 맞이 준비가 다 끝나고 나서도 세 선생님의 첫 대면을 구경하기 위해 모두 교문 근처에 모여 서서 본교 선생님의 도착을 기다리고 있었다.

그러나 이날 그 대망의 주인공이 나타났을 때 우리의 부푼 기대나 호기심은 다소간 실망을 금할 수 없었다. 볕이 한창 뜨거운 오정녘쯤 하얀 모시 바지저고리에다 챙이 긴 보릿대 모자를 눌러쓴 한 남자가 학교 앞 길목으로 들어서는 것을 보고 우리는 처음 그가 그때 우연히 그 길을 지나쳐가는 동네 사람쯤으로 여기고 별 관심을 기울이지 않았다. 팔소매가 짧은 남방이나 와이셔츠 따위의 간편복 차림에 가벼운 운동화 정도의 신발을 신고 다니기 십상인 그 무렵의 학교 선생님들과는 딴판으로, 어딘지 좀 눈에 설어 보인 그의 한복과 흰 고무신, 보릿대 모자 차림은 이따금씩 이웃 동네 잔칫집이나 먼 대처 나들이쯤 나서는 나이 든 어른들에게서나 볼 수 있는 행색이기 때문이었다.

하지만 그는 우리의 예상과는 달리 곧바로 분교 쪽을 향해 걸어왔고, 우리가 미처 사정을 알아차리지 못한 채 어정쩡해 있는 사이에 교문께를 성큼 지나쳐 좁은 운동장 안으로 들어서버리는 것이었다. 그곳 사정을 이미 다 알고 온 것처럼 그를 기다리고 선 우리 쪽엔 한마디 물음도 없이 그저 씨익 하니 한차례 뜻 모를 미소를 흘려 남기고서였다. 그리곤 그 사이 기미를 알아차리고 교실 밖으로 나와 기다리고 서 있는 분교의 두 선생님 쪽을 향해 뚜벅뚜벅 좁은 운동장을 건너가고 있었는데, 그의 그런 차림새나 괴석처럼 검붉고 투박스런 얼굴 생김새, 훤칠하니 큰 키에 너름새 큰 거동새들은 한마디로 무슨 학교 선생님보다 동네 이웃 어른이나 농사꾼을 연상케 했다. 부드럽고 매끈한 인상의 허 선생과는 비교할 수도 없거니와 그가 부러 찾아온 은 선생의 소리나 그녀의 새침하니 고적한 분위기와도 전혀 어울릴 만한 데가 없어 보이는 거친 느낌의 남자였다. 그래 이날 일은 처음부터 앞뒤가 좀 뒤틀리고 서걱거리는 느낌이었다고나 할까.

하지만 그 느낌이 익숙지 않은 손님과 분교 선생님들과의 일은 그래서 더욱 아리송한 호기심과 의구심으로 우리를 긴장시켰다. 더욱이 그 아귀가 맞지 않는 듯한 생뚱스런 느낌으로 말하면 손님을 맞이한 분교 쪽 두 선생님, 그 중에도 특히 은 선생의 응대 역시 손님 쪽의 그것과 별반 다를 바가 없었다.

손님이 당도한 것을 알고 미리 교실 문을 나와 기다리고 있던 분교 쪽 두 선생님은 이내 성큼성큼 운동장을 건너온 본교 선생님을 맞고서도 왠지 그와 초대면의 정중스런 인사를 나누려는 기미가 없었다.

"본교의 장 선생님이시지요? 기다리고 있었습니다."

두 사람 앞에 천천히 발걸음을 멈춰 서며 한 손으로 점잖게 보릿대 모자를 벗어 드는 손님 앞에 주인 격인 사람들은 통성명이나 초대면의 인사다운 인사치레가 없이 그저 잠시 함께 허리를 굽혀 보이며, 그것도 당사자가 아닌 허 선생 쪽에서 왠지 좀 물색없이 서두르는 듯한 한마디를 건넸을 뿐이다. 그리고 정작 자신의 손님을 맞아들여야 할 은 선생 쪽은 그를 앞장서 어디로 안내해갈 생각 대신,

"그럼 잠시 좀 기다리시지요."

심한 내외를 하듯 한마디를 남기고는 자기 혼자 교실로 되사라져 들어가버리는 것이었다.

뒤에 남은 손님을 교실 대신 처음부터 동산 정자 쪽으로 안내해 간 것은 그러니까 그와 함께 뒤에 남아 있던 허 선생 쪽이었다. 뿐더러 그 허 선생이 미리 그 일을 맡기로 예정이 되어 있었던 듯 그와의 동행을 권하는 손짓을 해 보였을 때 손님 쪽도 으레 그것을 당연한 일로 여긴 듯 선선히 그의 뒤를 따라나섰다.

그러나 이날 허 선생이 은 선생이나 그녀의 손님과 모습을 함께 한 것은 거기까지뿐이었다. 그는 은 선생이 미리 돗자리를 깔아 마련한 정자 위까지 손님을 안내해주고는, 그 혼자 다시 터덜터덜 자기 반 교실로 돌아가 자취를 감춰버렸다. 그리고 더 이상 두 사람의 일에는 아랑곳을 않은 채 본교 손님이 다시 학교를 떠날 때까지 모습을 한 번도 드러내지 않은 것이다.

그러니까 그로부터 본교 손님은 비로소 은 선생 자신이 나서서 접대해나간 셈이었는데, 우리들에겐 그 곁다리 꼴 허 선생뿐만 아니라, 이후부터의 그 은 선생이나 손님과의 일들이 더한층 아리송한 수수께끼가 되어가고 있었다. 은 선생은 그녀의 손님을 정자께

로 안내하고 난 허 선생이 자기 교실 쪽으로 모습을 숨겨 사라지고
나서도 얼마쯤이나 시간이 더 지난 뒤에야 그녀의 교실을 나왔는
데, 그 차림새부터가 우리들의 예상과는 전혀 동떨어진 것이었다.
그녀는 어느새 평소의 간편복 차림에서 앞서의 손님과 일색으로
흰색 고무신에 하얀 모시 저고리 치마 차림으로 옷매무새가 바뀐
데다, 잠시 전까지도 그냥 뒤로 묶어 늘어뜨리고 다니던 긴 다발머
리를 여느 아낙들처럼 낭자머리로 가지런히 쪽을 찌고 있었다. 그
렇듯 우리가 익어온 것과는 전혀 다른 모습에다 한 손에는 여름 남
정들처럼 꽃무늬살 쥘부채를 절반쯤 펼쳐 들고 그녀는 더운 햇볕
을 가리며 사뿐사뿐 전에 없이 가지런한 거동새로 그 동산 쪽 정자
께로 건너갔다. 그리고 손님이 앞서 와 기다리고 있는 정자 아래까
지 이르러선 펼쳐 들었던 손부채를 접어 든 채, 기다란 흰 치맛자
락을 가볍게 추스르며 사뿐사뿐 맵시 있게 대상으로 올라섰다.

그러니 그때 미리 정자 위의 돗자리 한쪽에 북통을 마주하고 앉
아 있던 손님이 다시 자리를 일어서서 정중하게 그녀를 맞은 일 따
위는 이제 별 새삼스러울 일이 못 되었다. 뿐더러 둘 사이에 미리
약속이라도 되어 있었듯 남자의 가벼운 손짓에 따라 그녀가 북통
을 사이에 두고 남자 쪽과 동시에 자리를 마주하고 앉은 것까지도
그리 별스러울 바가 없었다. 그런데 두 사람은 이때를 위하여 아깟
번엔 부러 그렇듯 어정쩡한 태도로 첫 대면의 상견례를 미뤄온 것
인지 모른다. 두 사람은 예의 그 북통을 중심으로 돗자리 양쪽으로
한껏 멀리, 그러나 첫 대면의 남녀치고는 어딘지 썩 당돌스러울 정
도로 정면으로 자리를 마주해 앉고 나서는, 그 북통 너머로 새삼

무슨 신랑 각시 초례청에서나 볼 수 있는 깊은 맞절을 주고받는 것이었다.

"이렇게 자리를 허락해주셔서 감사합니다."

"모자란 공부를 이렇게 부러 먼 길까지 찾아주시니 제가 도리어 감사하고 민망스럽습니다."

두 사람이 서로 깊은 몸숙임과 함께 주고받은 말이었다.

허 선생보다는 어딘지 당당하고 의연한 데가 있어 보이는 본교 선생님의 태도에 일찍이 허 선생과의 사이에선 한 번도 본 일이 없는 은 선생의 싹싹하고 고분고분한 응대였다. 게다가 두 사람은 이내 살금살금 정자 아래까지 몰려든 우리들까지도 전혀 상관을 않는 낌새였다. 그래 우리는 두 사람 간의 일이 뭔가 석연치가 못한 느낌이면서도 그만큼 어떤 기대와 궁금증이 더해갈 수밖에 없었다.

하지만 이후로도 두 사람의 일은 갈수록 요령부득이었다. 우리들의 호기심이나 야릇한 기대와는 달리 두 사람은 거기서 더 별다른 이야기가 없이 곧바로 소리부터 서두르고 나선 것이다.

"저는 명색 손님이니, 선생님께서 우선 한 대목 들려주시겠습니까."

"그럼, 서툴고 부끄러운 소리나마 제가 주인 된 허물로 간단히 인사를 여쭈겠으니, 선생님께서 바르게 고쳐 받아주십시오."

손님은 오로지 소리를 듣기 위해 먼 길을 찾아온 사람처럼 은 선생에게 곧바로 소리를 청했고, 은 선생도 으레 그것이 순서이듯 그다지 망설이는 빛이 없었다. 그녀는 이내 두 사람 가운데에 놓인 북통을 끌어다 자세를 고쳐 앉으며 한 번 더 가벼운 목례를 건네고는, 따닥딱 힘찬 장단가락을 앞세워 목청을 돋워내기 시작했다.

— 함평천지 늙은 몸이 광주 고향을 보려 하고……

학교 뒷산 골짜기로 숨어 들어가 날이면 날마다 혼자서 애끓는 목청을 뽑아대던 귀 익은 소리의 하나였다. 짤막한 단가에 속하는 그 소리는 그러나 그리 길게 가지 않았다. 은 선생은 오래잖아 소리를 끝내고 나서 그동안 간간이 고갯짓과 손장단으로 그녀의 소리를 함께 좇고 있던 손 앞으로 조용히 북통을 밀어놓았다. 이번에는 손 쪽에서도 마땅히 그래야 할 차례로 여긴 듯 그 북통을 끌어다 안고 한차례 헛기침을 뱉고 나선 곧바로 도도한 목소리를 토해나가기 시작했다.

— 이 산 저 산 꽃이 피니 분명코 봄이로구나. 봄은 찾아왔건마는 세상사……

여자의 소리에 비해 목청이 더욱 탁한 듯하면서도 높낮이의 폭이 크고 꺾임과 변화가 많아서 그만큼 더 걸직하고 호쾌한 느낌을 주는 소리였다.

— 가을이 가고 겨울이 되면 낙목한천 찬바람에 백설이 펄펄 휘날리어 월백설백 천지백하니……

뒷산골을 쩡쩡 울려대던 그 손님의 소리는 여자보다 시간을 좀 길게 먹은 편이었지만, 그러나 그 역시 무한정 차례를 독차지하고 있지는 않았다.

오래지 않아 남자가 문득 그 소리를 끝냈다. 하지만 소리가 그친 시간은 길게 가지 않았다. 그는 그 청청한 목청을 거두고 나서 잠시 가벼운 목례를 건넸을 뿐, 예의 북통은 내어줄 생각을 않은 채 그대로 여자를 기다리고 있었다.

그러자 여자가 그 뜻을 알아차린 듯 이번에는 자기 손부채를 반쯤 펼쳐 들고 다시 그의 소리를 받아 사설을 이어가기 시작했다.

— 그때에 심청이는 부친 눈을 띄우려고 남경장사 선인들에게 3백 석에 몸이 팔려……

그 역시 은 선생이 뒷산 골짜기에서 자주 목청을 가다듬어온 소리로, 심청이 공양미 3백 석에 몸이 팔려 인당수 뱃길을 떠나가는 대목이었다.

— 어허! 따닥!

손님도 이내 힘차게 북채를 내둘러 앞서거니 뒤서거니 본격적인 소리의 장단을 좇아갔다.

— 범피중류 두덩실 떠나간다. 망망한 창해이며 탕탕한 물결이라……

— 얼씨구, 좋고!

장면이 마침 그런 대목이 되어 그런지 여자의 목청은 역시 애절하고 아득하기만 한데, 어허 어헛 그 소리를 부추겨나가는 남자의 추임새 소리와 북장단 가락은 제풀에 힘이 펄펄 넘쳐나고 있었다. 두 사람의 표정과 열띤 분위기가 소리 속내를 잘 알지 못한 우리들까지 조용히 숨을 죽이게 하였다.

— 향화는 풍랑을 좇고 명월은 해문에 잠겼구나……

하지만 이윽고 그 여자의 소리도 천천히 다시 끝이 나고 있었다.

여자는 문득 그쯤에서 자기 소리를 거두노라는 눈짓과 고갯짓을 건넸고, 그에 맞춰 이번엔 다시 손님 쪽이 깊숙한 고갯짓과 함께 북장단을 훌쩍 바꿔 잡으며 새 소리를 이어갔다.

— 쑥대머리 귀신 형용 적막옥방 혼자 앉아……

누구 집 잔칫날이나 명절날 같은 때면 동네 사람들이 이따금 소리 솜씨를 뽐내어 귀에 썩 익어온 춘향가 한 대목이었다.

하고 보니 두 사람은 영락없이 서로 소리 시합이라도 벌이고 있는 형국이었다.

그 시합은 어쩌면 무한정 계속되어나갈 것 같은 형세이기도 하였다.

그러나 그 또한 전혀 예상을 잘못한 일이었다.

긴긴 여름 해를 한정하고 끝없이 계속될 것 같던 두 사람의 소리판은 의외로 일찍 파장을 맞았다. 그것도 먼 길에 은 선생을 찾아온 그 손님 쪽의 「옥중가」를 끝으로 해서였다.

— 임을 다시 못 뵈옵고 옥중 장혼 죽게 되면 무덤 앞에 돋는 나무 상사수가 될 것이오, 무덤 근처 있는 돌은 망부석이 될 것이니…… 보고 지고 보고 지고……

하늘을 뚫을 듯 높이 치솟았다 애가 끊어지듯 깊이 자지러드는 그 장중하고 변화무쌍한 춘향의 탄식이 끝나고 나서였다. 손님은 비로소 북통과 북채를 여자 쪽으로 밀어주고 한쪽에 미리 마련해 놓은 물그릇을 집어다 목을 잠깐 축였다.

그런데 여자는 손님이 물그릇을 내려놓고 다시 그녀를 건너다 볼 때까지도 북통을 거둬 잡을 생각을 않고 있었다. 자기 차례를 잊었거나 더 부를 소리가 없는 사람처럼 한동안 망연히 허공만 바라보고 있었다.

　그런 그녀 앞에 손님 쪽도 별 채근의 빛이 없이 조용히 그녀의
빈 눈길만 지키고 앉아 있었다. 그리고 그 여름 햇살까지 잠시 숨
을 죽인 듯한 깊은 정적의 한순간이 지나고서였다. 여자가 드디어
정신을 되찾은 듯 북통과 북채를 처음처럼 두 사람 중간쯤에 가지
런히 앉혀두고는 새삼 옷매무새와 자리를 고쳐 앉았다. 그리고 천
천히 고개를 깊이 숙여 보이며 공손하게 말했다.

　"오랜만에 귀한 소리 많이 배웠습니다. 감사합니다."

　여자의 기미를 알아차린 손님도 이내 자리를 고쳐 앉으며 답례
인사를 하였다.

　"천만의 말씀을요. 서투른 소리 들어주시느라 애를 먹지 않으셨
는지요. 공부는 외려 제가 많이 하고 갑니다."

　진짜 서로 들을 소리를 다 들은 것인지, 공연한 헛치레 소리들을
늘어놓은 것인지, 어쨌거나 우리로선 싱겁고 허망하기 그지없는
파장이었다.

　하지만 두 사람은 전혀 그런 아쉬운 기미마저 없었다. 뿐더러 두
사람의 마지막 작별도 그만큼 싱거웠다. 두 사람의 소리판엔 모든
일이 그런 식으로 미리 약속되어 있었던 양 그쯤에서 서로 곧 작별
을 서둘렀다.

　"그럼 안녕히 가십시오."

　"안녕히 계십시오."

　두 사람은 거기서 다시 한 번 가볍게 머리를 숙여 작별인사를 나
눈 뒤 은 선생이 이내 먼저 자리를 일어섰다. 그리고 그녀는 손님

을 혼자 남겨두고 한 손으로 치맛자락을 가볍게 걷어 쥔 채 조심조심 사다리를 내려와, 이번에는 어딘지 좀 서두르는 듯한 걸음새로 교실 쪽으로 사라져 들어갔고, 뒤에 남은 손님은 무언지 고개를 끄덕끄덕 혼잣생각에 싸인 채 잠시 더 시간을 지체하다 뒤늦게 정자를 내려와 아직 그 한낮 햇살이 따가운 운동장을 가로질러 그대로 뚜벅뚜벅 교문 밖으로 사라져갔다.

　지금부터 어언 50여 년 저쪽 해방을 맞은 나라에 채 정부도 들어서기 이전, 모든 것이 어수선하고 궁핍스럽기만 하던 시절의 이야기다. 하지만 지금 와서 말한다면 매사가 별스럽고 아리송하고 석연치가 못했던 그 은 선생과 허 선생 간의 일이나, 그래 더욱 긴 세월 머릿속을 떠나지 않던 그 아쉬운 여름날의 요령부득의 소리판 일, 그것들은 그 시절 우리들에겐 차라리 아름다운 꿈이었고 눈부신 축복이었음이 분명하다.
　하지만 내가 지금 그 묵은 꿈이나 빛바랜 축복을 되씹기 위해 새삼 그런 이야기를 들춰낸 것은 아니다.
　이후로 차츰 세월이 흐르면서 모든 일이 그런대로 자명해져가긴 했지만, 그럴수록 내겐 끝내 모를 일이 있었기 때문이다. 우리들이 두고두고 막연히 느껴왔던 것처럼 그 무더운 여름 한나절의 일들이 은 선생에게 진실로 축복일 수가 있었을까? 그날 이후의 은 선생의 일들이 나에겐 여전히 미심쩍기만 한 때문이다.
　다름 아니라 은 선생은 그날 이후로 그녀의 소리공부를 갑자기 중단하고 만 것이다. 그리고 얼마 뒤엔 은 선생이나 본교의 소리꾼

장 선생 두 사람이 다 슬그머니 학교를 그만두고 결혼을 하고 만 것이다.

물론 거기까지도 그 여름날의 소리판 일이 은 선생이나 두 사람에게 축복스러운 것이 되지 못했다곤 말할 수 없을 것이다. 무엇보다 은 선생 자신이 그 결혼을 행복해하고 그 남정의 소리를 자랑스러워했으니까.

"소리는 뭐…… 장 선생이 소릴 하지 않아요. 저이 소리만 있으면 나야 뭐……"

결혼과 함께 이쪽 동네에 두 사람의 신접살림을 꾸려 살기 시작한 은 선생은 이후부터 더욱 자기 소리를 멀리한 채 남정의 소리만 자랑스러워한다 하였다.

그녀가 그렇듯 두 사람의 결혼을 행복해하고 그 남정의 소리를 자랑스러워한 것은 축복스런 일이었고, 누가 상관을 할 일도 아니었다. 하지만 왠지 나는 그것을 알면서도 마음속 한구석이 늘 석연치가 못했다. 두 사람 사이가 어딘지 썩 자연스럽지 못한 느낌, 은 선생과 그 소리가 남정 앞에 꼼짝없이 잡혀 먹혀버리기라도 한 것처럼 아쉽고 애틋한 느낌이 들곤 하였다.

한데다 두 사람의 일이 갈수록 딱하고 답답하게 흘러갔다. 여자는 여전히 자기 소리를 잃은 채 모든 일에 정성껏 남정의 뜻만 좇았고, 자기 일이라곤 아침저녁 밥을 짓고, 다른 아낙들처럼 들로 나가 땀에 젖으며 밭을 매고 부엌 땔감 푸나무를 해오는 것뿐이었다. 그러면서 하루하루 먹는 것 입는 것, 말씨나 일손새들이 갈 데 없는 농삿집 아낙 한모양새가 되어갔다. 그러면서도 그녀는 그것

을 아쉬워하거나 후회하기커녕은 여전히 행복해하고 보람스러워
하였다.

"나 같은 게 무슨 소리를 한다고. 저이를 못 만났으면 이렇게 사
람 사는 꼴이나 땀을 흘려볼 줄도 모르고 한참 더 헛꿈속만 헤매고
살 뻔했지 뭐……"

나는 그 철석같은 여자의 믿음과 행복감에 내심 진저리가 쳐지
지 않을 수 없었다. 도대체 그 남정의 소리가 무엇인가? 그 소리질
에 사람 사는 꼴은 무엇이고 땀은 또 무엇인가? 그것이 무엇이길
래 그녀가 그처럼 자신을 흘려들고 만 것인가? 종종 그런 의문이
머리를 스쳐가기도 했지만, 그보다도 어떤 두려움 같은 것이 앞서
혼자서 공연히 머리를 내젓곤 하였다. 그런 내 미심쩍은 의구심과
진저리질은 그녀의 남편이 며칠씩 소리공부 떠돌이로 집을 비우
다 돌아오거나, 그러다 나중엔 몇 달째나 계속 소식이 끊기곤 한
다는 소리를 들었을 때도 대개 마찬가지였다. 여자는 그런 때도 외
려 그에 대한 행복스런 믿음과 기다림이 늘 한결같았기 때문이다.

한마디로 나는 그 여자의 행복을 끝내 곧이들을 수가 없었고, 그
녀의 삶을 그토록 철저히 옭아매버린 남자의 도저한 사슬, 그 소리
와 위세의 숨은 비밀도 이해할 수가 없었던 셈이다. 다만 그 소리
의 보이지 않는 마력과 숨죽인 비극의 그림자 같은 것을 느끼면서
지레 혼자서 몸서리를 쳐댔을 뿐이었다.

그리고 그런 불길스런 의구심과 당찮은 상실감은 50년의 세월
이 흘러간 지금에도 역시 마찬가지다. 왜냐하면 몇 해 뒤 그 소리
꾼 남자는 저 1950년대 초 6·25전란의 소용돌이와 함께 종적이

영영 사라지고 말았음에도 은 선생은 계속 그 마을에 혼자 남아 그를 기다린 데다, 이 얼마 전 오랜만에 내가 모처럼 그 고향동네를 찾았을 때까지도 그녀는 여전히 마을을 떠나지 않고 그의 소식을 기다리며 초라하게 늙어가고 있었기 때문이다. 이제는 거의 희망이 없었지만 그 기다림으로 여전히 행복하게, 아무 후회도 없이 조용히 늙어가고 있었기 때문이다.

그러니 도대체 그 남자의 소리가 그녀의 삶을 자유롭게 해준 것인가, 노예처럼 운명처럼 속박하고 만 것인가? 그녀에게 그 소리는 축복인가, 저주인가?

나는 여전히 그것을 알 수 없다.

그녀가 거기서 아직 그를 기다리고 있는지 어떤진 알 수 없지만, 나 역시 이미 머리가 희어지기 시작한 나이에 그녀의 지난 일을 새삼 되씹어보게 된 연유다.

경우는 다르더라도 그 6·25 전란 때 역시 마을을 떠나갔다가 나중나중 어디선가 시인이 되어 산다는 그 허 선생의 일이라면 얼마쯤 그럴 법한 느낌이 들기도 하지만.

(『문학과 의식』 1998년 겨울호)

오마니!

어렸을 적 어디선가 젖품내를 맡게 되면 으레 제 어머니가 떠오르게 마련이다. 성장하여 아이들을 거둬 기른 뒤에는 어머니 대신 그 아이의 유아기 적 일을 돌이키게 된다. 그러나 더러는 제 아이를 얻어 기른 뒤에도 계속 그 어릴 적 어머니의 품 냄새(설마 우유로 자란 경우래도 소 젖가슴을 떠올릴 사람은 없을 테니까)를 잊지 못하는 사람도 있다. 제 아이의 것으로 바뀐 새 유향(乳香)에도 불구하고 옛 어머니의 품에 묻어둔 수유기 적 기억이 두고두고 지워지지 않은 경우일 것으로, 이 역시 크게 민망스럽거나 허물이 될 일이 아니다. 젖품내의 기억은 누구에게나 어머니에의 그리움이요, 자기 존재에의 향수이므로.

그런데 매우 드문 일이기는 하지만 우리 주위엔 그 유향의 기억 속에 자신의 어머니나 유년 시절 혹은 아이들의 유아기적 일 이외에 전혀 다른 사단을 잠재워두고 있는 경우 또한 없지 않다. 결혼을 해서 아이를 낳아 길러보지 않은 사람이 자기 아이 몸에 밴 유향을 알지 못할 것은 물론이지만, 어릴 적 친모가 아닌 유모의 젖을 먹고 자란 사람에겐 그 수유의 기억에 담긴 어머니의 모습이 많이 헷갈릴 것은 당연지사. 그런 사람에겐 어머니의 자리에 전혀 다른 사람의 모습, 혹은 다른 모습의 어머니가 자리 잡고 있을 공산이 크다. 비근한 사례로 내 경우만 해도 유아 적 어머니의 유량이 부족해 그 무렵 이따금 집을 찾아들던 도붓장수 아낙의 불은 젖을 얻어먹은 일이 많아 철이 든 다음까지 그 아낙의 들린 콧구멍을 빗댄 '청승개비 방물장수 아들'이라는 주위의 놀림 소리를 자주 듣고 자란 터여서, 나중까지도 어디서 젖내를 접하거나 수유 이야기가 나오면 어머니보다 그 기억에도 없는 도붓장수 아낙의 들린 콧구멍이 먼저 떠오르곤 했으니까.

하지만 돌이켜보면 누가 누구에게 젖을 물려 먹이든 여인들의 젖 먹임은 성스러운 모습일 수밖에 없다. 모든 여인의 삶에는 우리 생명의 젖이 불어오르는 사랑의 한 시절이 있게 마련인바, 그 모든 여인들의 젖 먹임에는 그러므로 저 생명 창조의 신화와 구원의 어머니상이 함께 깃들어 있기 때문이다. 그리고 내 과문의 소치인지 모르지만 그렇듯 성스럽고 거룩한 수유상 가운데서도 존 스타인벡의 1920년대 미국 공황기 사회소설『분노의 포도』에 나오는 한 젊은 여인의 모습이야말로 우리 인류 문예사의 한 압권이 아닌가 싶다. 자본주의 산업화 과정의 불의한 사회 환경이 빚은 대량 실업과 기아의 참화 속에서 무고하게 갓난아기를 잃은 여인이 지치고 힘든 유랑 길에 역시 막다른 굶주림과 절망감에 쓰러져 사경을 헤매는 한 사내를 발견하고, 그 낯선 남자에게 제 임자를 잃고 불어 오른 젖을 물리는 모습은 어떤 고난이나 비극도 넘어서고 어떤 종 교의 설교보다 강렬한 힘을 지닌 숭엄한 모성상, 성스러운 구원의 어머니상이 아닐 수 없음으로 해서다.

사실을 고백하자면, 그래 나는 명색이 소설을 써온 처지에다 그 젖품내와 여자와 모성 간의 일들을 늘 마음에 두고 있으면서도 그 런 이야기를 한 번도 쓰지 못한 아쉬움을 지니고 있었다. 더러 이 야깃거리가 없었던 건 아니지만, 바란 만큼 마음에 드는 경우가 드 물었고, 무엇보다 스타인벡 씨의 그 불후의 금석문 앞에 섣불리 붓 을 들 엄두가 날 수 없었던 탓이다.

그런데 여기 새삼 이런 이야기를 꺼낸 것은 스타인벡의 젖 먹임 과는 비교가 안 될지 모르지만, 내 나름대로는 쉽게 덮고 넘어갈 수 없는 썩 특이한 경우를 만나게 된 때문이다. 그리고 모처럼 가 슴에 박혀든 이야기를 한 편의 깔끔한 소설 형식으로 다듬어내지 않고 이렇듯 늘어져 빠진 산문 투로 가는 소이도, 기회가 닿으면 뒤에 다시 밝히게 되겠지만, 이야기를 접했을 때의 내 충격과 울림 이 실은 그만큼 유별나고 깊었던 때문이다. 소설의 형식과 그로 인 한 이야기의 자의적 변조가 그 충격과 감동을 오히려 부자연스럽 게 왜곡하거나 손상시키지 않을까, 하는 염려의 마음에 차라리 그 데데한 소설에의 욕심보다 가감 없는 이야기의 소개 정도가 내 도 리나 분수에 더 합당하리라는 나름대로의 조심성에서 말이다.

당찮은 객설이 길어진 듯싶어 이제 곧바로 그 이야기를 소개하는 것이 좋겠다. 다름 아니라 그것은, 아직도 그를 기억하고 알아볼 사람이 있을지 모르지만, 우리 영화 동네의 만년 단역 배우 문예조 씨의 정한 깊은 젖품내 회향담(回鄕譚)쯤 된다 할까. 하지만 짐작하다시피 이 이야기는 내가 그 젖내나 '어머니 소설' 따위를 염두에 두고 그를 부러 찾아 만나 취재해낸 것이 아니라, 어찌 보면 좀 우연찮은 인연으로 운 좋게 스쳐 들어 지니게 된 사연이라, 잠시 그 경위부터 밝히자면 전후가 이러하다.

두어 해 전 가을께, 방화계의 노장 Y감독이 '어머니의 생애'를 테마로 한 가족 영화를 찍을 때였다. 나는 그 영화 대본의 원 소재 제공자로 필요한 세부 삽화의 조언을 위해 촬영장 주변을 한 달 가까이 배회하고 지낸 일이 있었다. 그런데 영화 촬영 과정 막판 무렵쯤 꽤 중요한 대목에서 쉽게 풀려나가지 않는 매듭이 한 곳 나타났다. 어머니의 한 생애나 모습이 어느 때보다 가슴 저리게 떠오를 압축적인 그림 한 장이 필요해진 것이었다. '태생적 비하감이나 부끄러움 때문에 머리 센 자식의 절 받기를 한사코 사양하시는 노친네' 따위 그럴듯한 삽화나 사모곡은 시나리오에 이미 이런저런 형식으로 여러 대목 마련되어 있었다. 하지만 Y감독은 그것으로 만족하지 못했다. 그런저런 모든 어머니의 그림들을 한 가닥으로 꿰뚫어 받쳐줄 결정적인 새 그림 한 장을 간절히 원했다. 그 한 장의 그림을 위해 긴 시간 혼자 고심하고 여러 사람을 괴롭혔다.

"어디 정말로 억장이 콱 무너질 진한 그림거리가 없겠소?"

혼자 고심을 하다 불쑥 시나리오를 쓴 M 씨를 다그치고 드는가 하면, 머릿속 목록이 이미 바닥 나 그 대목에선 슬그머니 국외자로 물러서려는 내 속내를 은근히 여투고 들기도 하였다. 그런 가운데서 누구보다 끈질기게 자주 물고 늘어지는 것이 환갑 늙은이 단역 배우 문예조 씨였다.

"문 선배는 그래, 그 나이를 살아오면서 제대로 된 어머니 그림 한 장을 못 새겨 지녔단 말씀이오? 그것도 근 반세기 가까이나 소식이 끊겨 지내온 고향 어머니 일을 두고?"

틈이 날 때마다 반농담기 섞어 다그치고 드는 Y감독의 채근인즉, 그 예조 씨의 높은 연치나 6·25 월남민의 아픈 심회를 빌리려 해서만이 아니었다. 예조 씨는 알고 보니 동란기 단신 월남자 처지일 뿐 아니라, 남쪽으로 와서도 그 나이에 이르도록 작배(作配)와 성가(成家)로 주위를 거느리지 않고 생홀아비로 혼자 외롭게 늙어가는 중이었다. 본인의 말이 없으니 속사연을 알 수가 없었고 굳이 알아야 할 일도 없었지만, 작배의 경험이나 성가가 없었으니 이를테면 그 아이들의 생젖내가 고향 어머니의 기억을 대신하고 들 일도 없었을 게 분명한 위인이었다. 마음속에 긴 세월 어머니만을 품어왔고, 그리움도 그만큼 사무쳤을 사람이었다. 그걸 그런 식으로 들추고 나설 일은 못 되었지만, Y감독의 주문은 내심 예조 씨의 그런 사정을 염두에 둔 것임이 분명했다.

그런데 알 수 없는 것이 예조 씨의 반응이었다. 영화에 대한 본인의 꿈이나 자부심이 어쨌든 그는 좋게 말해 이날토록 한 번도 영화계나 세인의 주목을 못 받고 늙어온 성공하지 못한 반퇴물 배우였다. 그런 그에게 Y감독이 이따금 단역 출연의 기회나마 잊지 않고 배려해온 처지라 주위에선 Y감독의 숨은 도량을 짐작하지 못할 사람이 없었다. 하지만 예조 씨는 그런 감독의 우의와 배려를 전혀 마음에 두는 사람 같지가 않았다. 감독의 절박한 주문을 아예 모른 척하고 넘어가거나, 그때마다 무슨 수심기라도 숨긴 듯한 어정쩡한 안색 끝에 "우리 노인넨 원래 인자한 구석이 없으셔서……" 따위로 마지못해 한마디쯤 흘려 넘기는 소리가 옛 고향 고을 노친네의 허물이나 들추는 식이어서 이쪽을 오히려 민망하고 의아스럽게 할 뿐이었다. 어머니에 대한 그럴듯한 그림은 고사하고 말대꾸조차 제대로 응해준 일이 없었다. 호칭도 어머니 대신 늘 남의 부모 자 부르듯 '우리 노인네'로 일관했다. 그야 애당초 그에게 그렇듯이 애틋하고 선연한 어머니의 그림이 남아 있지 않은 탓일 수도 있었다. 하지만 어딘지 늘 심상찮은 자기 방어의 기미가 느껴지곤 하는 예조 씨의 그 회피적인 태도엔 Y감독도 간단히 덮고 넘어가려 하질 않았다. 평소에도 은근히 장난기를 즐기는 편인 Y감독은 계속 그 풀리지 않는 영화의 매듭을 핑계 삼아 갈수록 짓궂은 호기심을 참지 못해 했다.

"이거 참 낭팰세그려. 이런 대목은 아무래도 문 선배같이 긴 세월 인간사 단맛 쓴맛 다 겪어본 인생 고참이 쉽게 매듭을 풀어줘야 하는 건데. 그러고 보니 문 선밴 이날 입때 세상을 영 헛살아온 거 아니오?"

"어머닐 북에 두고 그 나이까지 혼자 고아 처지로 살아오면서도 어머니의 일이 통 가슴에 없었다니…… 게다가 자식에게 별 인자한 구석이 없으셨던 노친네라니. 그 어른 혹시 계모가 아니셨소?"

Y감독의 그런 시비 투는 이미 그의 영화 일이나 장난기 호기심

을 넘어선 심한 공박에 가까웠다.

하지만 예조 씨의 반응은 여전했다. 예의 '인자한 구석……' 운운 외에 고향 노친네 일엔 그만 입을 다문 채 그저 씁쓸한 웃음기를 흘려 넘기고 말거나, 아니면 아예 오불관언 식으로 멀찌감치 자리를 피해 나돌기 일쑤였다.

하지만 그도 끝내는 한계가 다다른 것 같았다.

"거, 나이깨나 드신 양반이 남의 부모 말하듯 그 노인네란 소리 좀 가려 해보시우. 옆엣사람 듣기 좋게라도 한 번쯤 어머니로 불러드릴 수 없겠소?"

어느 날 Y감독의 거듭된 공박에 예조 씨는 전에 없이 아픈 데를 찔린 사람처럼 돌연 얼굴색이 발개졌다. 그리고 더 이상 참을 수가 없어진 듯 노기 섞어 내뱉었다.

"노인네든 노친네든 공연히 남의 속사정은 알지도 못하면서들! 그도 하마 오래전에 저세상 사람이 되셨을 노인네 일을 가지고. 노인네 이승 나이가 올해로 꼭 백수(白壽)란 말여, 백수…… 게다가 부모 자식 간 정리가 사람마다 다 같을 수는 없는 일 아녀!"

그러니까 그게 이를테면 Y감독이 예조 씨에게 '어머니의 그림'은 물론 그 짓궂은 호기심과 공박 투를 그만 접게 된 계기였달까. 긴말 필요 없이 그쯤만 해서도 그에겐 어느 구석엔지 섣불리 털어놓고 싶지 않은 사연이 있어 보였고, 갑자기 정색을 하고 나선 그 완강한 힐난 투 앞에 굳이 그걸 캐고 들어야 할 일도 없었기 때문이다. 아흔아홉 백수에 이른 노친네의 고령으로 보아 그 모친 나이 이미 30대 후반께의 반늙은이 늦둥이로 태어나 그나마 일찌감치 당신의 품을 떠나 생사마저 알 수 없는 긴 세월을 보내다 보니, 아닌 게 아니라 예조 씨에겐 알뜰살뜰 살가운 자모(慈母)의 기억이 생생하기도 어려웠고, 그런 만큼 남달리 애틋한 정회가 깊을 수도 없었을지 모른다. 게다가 그는 그 '인자한 구석이 없는 노인네'와 한 맥락에서 부모 자식 간 정리가 다 같을 수 없다는 식으로 모종의 불편한 불화감까지 드러내고 있었다. 그리고 누구도 예상 못했던 어정쩡한 변명투에서 그 짐작이 더욱 확실해졌다.

"노인넨 당신 자식들 일을…… 그 큰자식 일만 해도 늘 며느리를 잘못 들인 허물이듯 눈 밖에 나 하신 양반인데……!"

자신의 돌연한 질책기가 좀 심했다 싶었던지 예조 씨는 잠시 뒤 제풀에 화를 삭인 목소리로 몇 마디 나름대로의 해명을 덧붙였다. 그리고 그 바람에 다시 호기심이 되살아난 Y감독이 그 요령부득의 뒷소리를 한동안 이리저리 짓궂게 캐들다 보니, 그건 다름 아닌 그의 고향 노친네와 젊은 과수댁 며느리 간의 살갑지 못한 고부 관계 이야기였다.

"일제 말기 우리 북쪽 고향집엔 졸지에 아버님이 돌아가신 바람에…… 대처에서 중학을 다니다 돌아온 맏형님이…… 뒤이어 그 도회지 웃학생들에게 불어닥친 일본군 강제 지원 바람을 피해 그대로 그냥 집 안에 눌러앉아 지내고 계셨구먼……"

마지못해 띄엄띄엄, 모처럼 만에 털어놓은 예조 씨의 사연인즉, 알기 쉽게 풀어 부연하면 대충 이러했다.

……그 맏형은 결국 일제 패망 직전에 이르러 이번에는 지원병이 아닌 강제 징집령에 위태위태 쫓기는 처지가 되었다. 그리고 그

시절 나름으론 큰 밥술거리 걱정이 없던 과수댁 어머니의 일방적인 설득과 주선으로, 갓 스물 자신보다 두 살이나 나이가 많은 이웃 동네의 한 만만한 집안 처자를 급히 신부로 맞아들여 며칠간의 짧고도 경황없는 신혼 꿈 끝에 종내는 더 다른 여책 없이 싸움터로 끌려가고 말았다…… 그런데 그 맏형이 떠나간 지 한 달이 채 못 되어 전쟁은 끝났건만 그 형만은 돌아올 수가 없었다. 그사이 이미 중국 땅 깊은 곳까지 끌려 들어간 형님의 거짓말 같은 전사, 유골도 곡절도 찾아 가릴 수 없는 그 '장렬한 산화' 운운의 가당찮은 홍보가 종전을 겨우 며칠 앞둔 그해 8월 초순께 어느 날 불쑥 마을로 날아든 것이다. 그리고 그건 누구도 처음엔 믿으려 하질 않았지만, 지나고 보니 아무도 다시 돌이켜놓을 수 없는 박정한 사실이었다. 누구보다 그것을 믿고 싶지 않았을 어머니, 심지어 졸지에 생과부 신세가 되고 만 새 며느리보다 더 믿고 싶지 않았을 그의 어머니에게도 그것은 끝내 돌이킬 수 없는 현실이 되어갔다. 한데다 속마음이 썩 매몰차고 결단성까지 남다른 그의 어머니는 그런 슬픔 가운데에도 내심에선 일찌감치 그 아들에 새 며느리 일까지 한 타작 매질에 다 견뎌 넘기고 말 요량이었던지, 비보가 있은 지 한 달 남짓 지나고부터는 갑자기 태도가 달라지기 시작했다.

— 아가, 우리 마음이 무너져서는 안 된다. 사람의 일이 설마하면 이렇듯 맹랑하겠느냐. 심지를 단단히 하고 좀 다른 소식을 기다려보자!

자신의 슬픔을 삼키며 새 며느리부터 달래던 비보 당시의 시어미 말투 속에 달포가 지나도록 전혀 사정이 달라질 기미가 안 보이자 문득 그 며느리에 대한 엉뚱한 허물기가 담기기 시작했다.

"아무래도 집안에 사람을 잘못 들인 게야……"

처음엔 그런 식의 은근한 탄식에서부터, 나중에는 아예, "인제 보니 공연히 산 애물단지만 불러들인 격이지 뭐냐. 시어머니에 며느리에 과부 내림을 못해설랑……" 하는 따위의 노골적인 원망까지, 혼잣소리 가운데에도 심히 뼈아픈 공박기가 섞이곤 했다. 그리고 그 시모의 언동이나 분위기는 그대로 며느리에게로 전해져 둘 사이엔 날이 갈수록 서먹서먹하고 가파른 냉기가 감돌았다.

하지만 시어미는 결국 며느리를 내치지 못했다. 무슨 이유에선지 몇 달째 혼자 숨겨온 며느리의 비밀이 뒤늦게 드러난 때문이었다. 신통하게도 그사이 소중한 태기를 품어온 며느리의 아랫배가 서서히 모습을 드러내고 나선 것이다. 그리고 그것으로 그 며느리에 대한 시어미의 매몰스런 태도도 슬그머니 서슬이 가시기 시작했다. 하긴 출정 전 성례를 서두른 목적이 애초 그랬으니, 어찌 보면 아들의 비보를 접한 시모가 며느리에게 서로 심지를 단단히 하고 좀 더 다른 소식을 기다려보자 한 것도 실은 이미 죽은 자식 일이 아니라 뒤에 남은 며느리의 태기를 두고 한 소리였는지 모른다. 그리고 혹 그동안엔 며느리에게 그런 낌새가 안 보이자 그녀의 창창한 전정을 위해 일찌감치 그런 식으로 내칠 준비를 서두르고 나섰는지도. 그런데 그 며느리의 몸에 누구보다 소중하고 귀한 핏줄이 깃들었으니 그 기쁨과 고마움이 어떠했을지는 말이 더 필요 없을 터이다. 당연히 시모와 며느리 간엔 다시 화기가 감돌고, 한동안이나마 그런대로 서로 평탄한 한 시절을 보내게 된 것이다.

하지만 괴이하게도 그 고부간의 편찮은 관계는 그것으로 다 끝난 게 아니었다. 며느리가 드디어 귀여운 손자를 낳고, 그 아이가 차츰 젖나이를 넘어서면서부터 시어미가 다시 며느리를 못 미더워하고 불안해한 때문이었다. 아이가 이제는 웬만큼 자랐으니 그 어미가 언젠가는 새 인생을 찾아 제 길을 떠나게 될지 모른다, 시어미가 지레 의구심에 부대끼기 시작한 것이다. 그런 불안기를 그녀의 시동생 앞에서까지 함부로 드러내어, 어린 조카아이를 친자식처럼 맡아 기를 각오를 해두라 은밀스레 다짐을 해오기도 하였다. 눈치를 모를 리 없는 며느리가 그런 일은 없으리라, 아비 없는 어린 자식을 두고 어찌 감히 그런 마음을 품겠느냐, 부러 다짐을 하고 안심을 시키려 해도 별 소용이 없었다. 그럴 때면 시어미는 터놓고 묵은 허물을 꺼내어 며느리를 공박했다.

"너는 애초 저 아일 낳기조차 주저했던 사람이다. 그러지 않았다면 그 아일 배 속에 지니고도 어째 몇 달이나 깜깜 숨기고 지냈더냐. 그 속셈이 대체 무엇이더냐. 이제라도 그 곡절을 좀 들어보자……"

시어미의 그런 다그침은 때로 젊은 과수 며느리가 못 미더워서라기보다, 어찌 보면 이젠 큰자식 핏줄까지 얻었으니 너는 차라리 더 늦기 전에 네 갈 길을 가라는 지레 체념의 매정스런 종주먹질처럼도 보였다. 그런 데다 며느리마저 그 시모의 다그침에는 도대체 일언반구 대꾸가 없었다. 그때마다 그녀는 더 할 말을 잃은 듯 입을 꾹 다문 채 힘없이 고개를 떨구고 말 뿐이었다. 시인도 부인도 아니었다. 시모가 그 며느리를 못 미더워하는 게 당연해 보일 수도 있었다.

시동생 예조 씨도 그녀의 그런 깊은 속은 알 수 없었다. 하지만 예조 씨는 그 형수가 전에 태기를 감춘 것이나 그 일에 분명한 대답을 못 하는 것이 무슨 이유에서인진 알지 못했지만, 그렇다고 그녀가 쉽사리 집을 나가리라곤 생각되지 않았다. 그 완강한 형수의 침묵 속에, 더러는 시모 대신 손아래 시동생을 향해오는 말 없는 눈길 속에서 그는 형수의 모진 결의를 분명히 읽을 수 있었다. 그리고 더하여 그런 형수에게서 어떤 부당한 피해자, 억울한 희생자의 괴로운 모습을 목도하곤 했다…… 당시로선 열여섯 어린 소년 티를 벗지 못한 예조 씨는 어머니가 아닌 형수 쪽의 심정적 동조자 격이 된 셈이었다. 그리고 알게 모르게 자신까지 사이에 낀 고부간의 불가사의한 갈등을 몇 년이나 더 겪은 끝에, 예조 씨는 저 예상치 않은 6·25 전란을 맞아 이번에는 자신이 그 어머니의 냉엄한 성화에 떠밀려 허둥지둥 경황 없이 단신 남하를 감행해온 것이었다.

이쯤 일별해오면 예조 씨는 그러니까 고향 어머니에 대한 기억 속에 가슴을 저미고 들 만한 대목이 없었던 게 사실이었을지 모른다. 그에겐 쓸 만한 어머니의 그림이 있을 것 같지가 않았다. 사연을 대충 건네 들은 Y감독의 표정이 그랬고, 그걸 곁에서 넘겨들은 나의 생각도 그랬다. 그런 쪽 짐작 속엔 물론 좀 석연찮은 대목이 없지도 않았다. 무엇보다 기억 속의 고향 어머니에 대한 예조 씨의 삭막하고 부조화한 정서는 자신과 어머니 간의 직접적인 관계에서가 아니라 어머니와 과수댁 형수 사이에서 비롯된 것이었다.

게다가 그 어머니의 며느리에 대한 행티엔 상식적으로 수긍할 만한 대목이 없지 않았고, 친자식인 예조 씨가 그걸 몰랐을 리도 없었다. 그런데도 두 여인에 대한 예조 씨의 심정적 경사는 지나치게 형수 쪽으로 치우친 느낌이었다. 반대로 친자식으로서 어머니에 대한 눈길은 정도 이상으로 인색하고 냉랭했다. 그것도 이제는 긴 세월의 흐름과 노모의 고령을 핑계 삼아 모든 기억 자체를 피안의 저쪽 일로 잊어가고 있는 중이었다. 그에게 또 어떤 다른 곡절이 있었을진(알고 보니 사실이 그랬다) 모르지만, 여느 사람의 상식으론 쉽게 납득하기 어려운 행티였다.

하지만 그건 이미 Y감독이나 우리의 관심사가 아니었다. 사무치게 아프고 고운 어머니의 그림을 지니지 못한 그의 일에 우리는 더 이상 관심을 붙들어매둘 틈이 없었기 때문이다. 더욱이 미구엔 예조 씨나 누구에게서도 별 쓸 만한 그림을 얻어내지 못한 Y감독이 자신의 머릿속 그림으로 그럭저럭 어려운 매듭을 풀고 넘어가버린 때문이다. 다행이라 해야 할지 어쩔지, Y감독 자신이 실은 고령으로 정신이 많이 흐린 노모를 모셔온 처지로, 결국엔 그 덕을 볼 수밖에 없게 된 셈이었다. Y감독은 한동안 그런 노친네를 모시다 보니 언제부턴가는 자주 흐트러지기 쉬운 당신의 낭자머리 단속이 적잖이 번거로워 종내는 별 깊은 생각 없이 간편하게 긴 머리채를 시원스레 잘라드렸댔다. 그런데 이후로도 노친네는 종종 그 낭자머리가 없어진 사실을 잊어버리고 빈 낭자 자국을 찾아 더듬더듬 빈 손질을 일삼곤 하였는데, 그 헛손질 끝에 문득 진상을 깨닫고는 손길을 내리지 못한 채 한참씩 적막스럽게 앉아 계신 모습이 그렇듯 아프고 허망스러울 수가 없었다고. Y감독 혼자 은밀히 머릿속에 비장해온 어머니의 숨은 그림이었다. 감독은 아쉬운 대로 그 자신의 비장의 그림으로 서둘러 필름 일을 마무리 지어버린 것이다.

그러니 거기서 더 다른 일이 없었다면, 예조 씨와 Y감독 간의 그 소득 없는 말놀음은 그쯤으로 오래잖아 잊혀지고 말았을 터이다. 그리고 새삼 여기서 이런 이야기를 꺼내고 나설 일도 없었을 것이다.

그런데 차츰 사세가 다시 예상치 않은 곳으로 흘러갔다. 이번에도 Y감독의 질긴 여망이 사단이었다. Y감독 자신의 노모를 밑그림 삼은 그 마지막 '어머니의 그림'을 고비로 별다른 어려움 없이 촬영 일을 다 끝낸 제작진은 그런대로 다들 필름의 화면에 만족해했고, Y감독의 마지막 어머니 그림에 대해서도 노장다운 솜씨를 과장 없이 치하해마지않았다. 그런데 Y감독은 일의 고비를 그렇듯 에돌아 넘은 것이 아무래도 마음에 걸린 듯 여전히 아쉬움을 씻지 못했다.

"그거 참, 허 그것 참!"

촬영을 끝냈을 때는 물론, 필름 편집이나 녹음 과정을 거치면서도 그 마지막 어머니 그림 대목만 나오면 혼자서 늘상 입술을 빨고 혀를 차대며 중얼거리곤 하였다.

"허, 아무래도 그 대목이 참!"

게다가 또 알 수 없는 건 예조 씨의 태도였다. 그 감독의 마지막 그림에 대해선 왠지 예조 씨도 같은 생각이던 모양이었다. 어떤 식이 되었든 자기 어머니의 일을 일차 털어놓은 뒤끝이 되어 그런지, 예조 씨는 제작진 사람들이나 다른 배우들과는 달리 그 감독 자신의 어머니 그림에 대해 그다지 감복해하는 빛이 없었다. 두고두고 계속 미진스러워하는 감독에게 듣기 좋은 위안의 말 한마디 건넨 일이 없었다. 그 역시 마음속에 어떤 아쉬움을 숨긴 사람처럼 찌뿌듯한 침묵 속에 방관만 하고 지내는 식이었다. 하던 그가 어느 날그 석연치 못한 대목을 더 덮어둘 수가 없어진 듯 Y감독에게 불쑥한마디 내던졌다.

"어머니라면 글쎄…… 우선 그 품내가 좀 풍겨야 하는 거 아닐까 몰러."

그리고 그간 혼자 생각 끝에 미리 마련해 지니고 있었던 듯 안주머니 속에서 작은 녹음테이프 하나를 꺼내 건네주며 어딘지 좀 어색한 말투 속에서도 대수롭잖게 덧붙였다.

"그 뭣이냐…… 경우가 좀 색다르긴 하지만, 어디 조용한 데서이거라도 한번 들어보면 도움이 될지 모르겠구먼. 어머니 품내는누구나 겪은 일이라 듣다 보면 그런 데서도 쓸 만한 그림이 떠오를지 모르니."

어머니의 그림이라면 무엇보다 그 젖품내가 밴 사연 가운데에서 찾아보라는 모처럼 만의 거달음이었다. 그리고 그가 건네준 테이프의 사연 속엔 과연 우리가 이때까지 상상하지 못한 한 여인의유다른 젖품내가 짙게 스며 있었다. 뿐더러 그 기이하고 야릇한 젖내 속에서 우리는 뜻밖에 한 늙은 사내의 창연하기 그지없는 망향가와 사모곡을 만나게 된 것이다.

이날따라 일을 좀 일찍 끝낸 감독이 서둘러 조용한 주석을 마련해 테이프를 들은 자리에는 시나리오를 쓴 M씨와 나, 그리고 몇 차례씩 동석을 사양하던 예조 씨까지 종당엔 의당한 조언자로 술잔을 함께하고 있었다. 그런데 우리는 첫 술잔과 함께 그 테이프의 사연이 흘러나오기 시작하자 이내 약속이나 한 듯이 차례차례 입을 다물고 말았다. 불시에 옆구리를 쥐어박힌 듯한 묵중한 침묵 속에 서로 제 술잔만 매만지며 무연히 테이프의 소리를 좇고 있었다.

　"어머님, 그동안 어찌 지내고 계신지요. 저 문상조, 어머님의 둘째 아들 불효자 상조는 지금부터 43년 전, 그 1950년 12월 초순, 고향 마을 평안남도……"

　테이프의 내용은 문상조라는 이름의 한 전란기 이산가족 노인이 북에 두고 온 고향 가족의 생사와 안부를 묻는 라디오 전파용 육성 녹음이었다. 방송 날짜가 2년 가까이 지난 사실로 보아 이미 한 차례 전파를 탄 사연을 예조 씨가 지금껏 녹음으로 지녀왔을 듯싶은 것으로, 방송 진행자의 양편 상황 소개에 이은 편지의 서두가 그렇게 시작되고 있었다.

　하지만 우리가 사연의 서두부터 무겁게 입을 다물고 만 것은 그 이산 노인의 목소리뿐만 아니라 이름까지도(예조 씨의 본이름이 상조라는 것이나 문예조는 뒤에 영화 동네에서 지어 써온 그의 예명이라는 사실을 두고 Y감독이 종종 '그 이름이 늘그막에라도 결국 큰 배우가 되고 말 영감'이라, 격의 없는 농 투를 건넨 일이 있었다) 바로 예조 씨 자신의 것이라는 사실, 그 사연 자체가 다름 아닌 예조 씨 자신의 일이라는 사실 때문만이 아니었다. 북에 두고 온 고향 가족을 찾을 때면 대개 그렇듯이 예조 씨가 거기서 모처럼 그의 노모를 '노인네' 아닌 '어머니'로 부른 새삼스러운 사실 때문에서도 아니었다. 그보다는 어머니 호칭 뒤에 그의 어머니에 겹쳐, 어쩌면 노모보다도 더욱 분명하게 떠오른 그의 형수의 모습 때문이었다. 그러고 보면 그때 Y감독이나 방 안의 다른 사람들 또한 어느새 그 어머니에 대한 예조 씨의 평소 언동에 슬그머니 길이 들어 있었는지 모른다. 북의 고향 어머니를 늘 노인네, 노인네 하면서 그간의 세월과 당신의 고령을 들어 이미 저세상 혼백쯤으로 기억에서조차 아득히 멀리해오던 그의 평소 행티. 그런데 예조 씨의 간절하고도 각별히 현실적인 목소리에서 우리는 문득 그 백수의 노모보다 그의 손위 형수를 향한 생생한 울림을 느끼기 시작한 것이다. 그리고 그런 예조 씨의 사연이 깊어감에 따라 그 형수의 모습도 점점 더 선명한 색조를 드러내갔다.

"어머님, 그동안 소자는 어머님의 고령은 물론, 그사이에 혹시 망극한 일이라도 계셨다면 그 엄혹한 세상에 어머님까지 여의고 홀로 남으신 형수님과 장조카 종진이의 뒷일 또한 큰 근심거리가 아닐 수 없었습니다……"

어머니의 호칭으로 대신 형수를 부르고 있음에 분명한 예조 씨의 떨리는 듯한 목소리가 슬그머니 형수네의 뒷일을 들추어가기 시작했다.

"어머님, 그 형수님이 우리에게 누구였습니까. 게다가 장조카 종진이는 어떻게 태어나 어떻게 자란 아이였습니까. 형수님은 우리 가문을 위해 지아비를 잃은 유복자를 혼자 낳으시고 끝끝내 우리 가문 사람으로 남아주신 분입니다. 그리고 조카아이 종진이는 제 아비도 못 보고 태어난 처지에 형수님의 젖줄까지 쉽게 터져주지 않아 형수님과 주위 사람을 얼마나 애타게 하고 자란 아이였습니까……"

예조 씨의 어조는 이제 막바로 그의 형수를 마주하고 드는 식이었다.

그런데 그게 실은 예조 씨가 말한 어머니 그림의 밑 색깔, 그의 깊은 가슴속 젖품내의 고백에 다름 아니었다.

우리는 갈수록 조심스러운 침묵 속에 계속 사연을 좇고 있을 수밖에 없었다. 예조 씨만이 그럴수록 더 남의 일을 구경하듯 망연스러운 눈길 속에 혼자 홀짝홀짝 술잔을 비우고 있었다.

그런 예조 씨의 심경을 대신하듯 테이프 속의 늙은 목소리가 남은 사연을 계속해갔다.

"어머님, 어머님이나 형수님께서도 아직 역력히 기억하고 계실 줄 믿습니다만, 그때의 일은 저도 두고두고 잊을 수가 없습니다. 그때 어머님께서는 젖을 못 빨아 애처롭게 보채대는 갓난쟁이 종진이와 형수님의 괴로운 모습을 보다 못해 열여섯 어린 저에게 형님 대신 한동안 형수님의 불은 젖문을 빨아 열게 하셨지요. 그래서 형수님과 어린 종진이, 우리 식구 모두의 시름이 차츰 사라지게 됐고요…… 그래 그런지 이후로 저는 더욱 그 종진이가 소중하고 사랑스럽기만 했습니다. 그런 만큼 형수님의 일이 더 걱정스럽기도 했고요. 죄송한 말씀이오나 그 시절에도 서로 속내를 알고 계셨을 일로, 어머님께서 형수님을 자주 눈에 나 하신 바람에 저는 어머님보다 그 형수님의 일이 늘 걱정스럽고 마음 아팠으니까요……"

테이프의 목소리는 거기서 새삼 격해 오르는 감정을 참으려는 듯 잠시 뜸을 들였다가 다시 차근차근 계속되어나갔다.

"어머님, 그러니 저는 이 남쪽 땅으로 온 뒤로 이날토록 어느 하루 어머님과 형수님을 반드시 다시 모시러 가겠다던 제 떠날 때의 약속 역시 잊은 적이 없습니다. 언제고 남과 북의 길이 열리면 제일 먼저 어머님과 그리운 고향 집으로 달려가는 게 저의 한결같은 소원이었습니다. 오로지 그 희망 하나로 이 반백 년 긴 세월을 지내온 저입니다. 참으로 오래고 가슴 아픈 세월이었습니다. 그러나 어머님, 그동안 너무 긴 세월이 흘렀다고, 이제는 너무 늦었다고, 행여라도 저의 이 기다림이 부질없는 노릇이라고 희망을 거두지 말아주십시오. 어쩌면 불행히도 어머님은 이미 오늘 이 아들의 목소리조차 들을 길이 없으시다 하더라도, 그 땅엔 아직 형수님과 조카 종진이가 저를 기다리고 있지 않겠습니까. 종진이는 우리 집안의 기둥이요, 형수님은 제게 어머님을 대신하실 분이 아닙니까. 내친김에 솔직히 다 말씀드리면—지금 와서 무얼 더 숨기고 부끄러워하겠습니까—그 시절에도 저는 그 형수님에게서 어머님의 품내를 느꼈고, 지금도 이따금 형수님의 기억 속에 어머님의 모습을 떠올리곤 해왔으니까요. 그리고 새삼 송구한 말씀이지만 그 형수님의 품내가 아니었다면 그간 어쩌면 어머님 모습까지도 잃어버릴 뻔했다 할까요, 어머님 역시 제게는 그 형수님의 품내 속에 여전히 형수님과 함께 계시니까요…… 그러니 저는 어머님을 위해서도 기어코 형수님 모자를 찾아 만나야 하지 않겠습니까.

하긴 저 역시 부끄러운 나이 어언 예순 길로 들어선 처지라 이제는 소망을 안고 기다릴 날도 그리 길지가 못할 테지요. 그래 이렇듯 방송 전파로나마 뒤늦게 소식을 전해 올릴 생각을 서두르게 되었는지 모릅니다만, 그게 40여 년 동안을 한결같이 가슴에 묻고 지내온 제 철석같은 약속이자 소망이었습니다. 더러는 그간의 세월이 무정스러워 차라리 모든 걸 잊고 지내고 싶기도 했지만, 그러면 그럴수록 더 가슴이 아프고 그리움만 새록새록 깊어갈 뿐이었습니다. 그러니 어머님, 제가 비록 오늘내일 당장 어머님을 만나 뵈올 수는 없다 하더라도 저의 이 사무친 마음만은 꼭 기쁘게 거두어주십시오. 땅 위에선 이미 저의 이 소식을 거둘 수가 없으시다면, 구천의 혼령이라도 이 소원을 살피시어 그날의 제 약속을 꼭 이루게 하여주십시오. 그것을 형수님과 종진이 조카에게도 굳게 믿게 하여주십시오. 그래서 모쪼록 형수님이나 종진이도 희망을 버리지 않고 건강하게 지내다가 언젠가는 반드시 다시 만나게 될 날을 맞게 하여주십시오. 아니 어쩌면 형수님 역시도 이제는 이 소식이 닿을 수 없는 다른 먼 곳에 계신지 모르겠습니다만, 어머님이나 형수님이 비록 어디에 계시든 오늘 저의 이 간절한 기원만은 하늘의 도움을 얻어서라도 반드시 어머님이나 형수님, 그리고 우리 조카 종진이에게까지 두루 함께 이르게 되기를 두 손 모아 빕니다. 남쪽의 아들 불효자 상조가 어머님께 오로지 빌고 또 빕니다. 그럼, 다시 뵙게 될 그 날까지 어머님, 부디 안녕히 계십시오. 우리 어머님……"

본명으로 방송된 예조 씨의 사연은 거기서 끝이 났다.

그리고 이 이야기도 이젠 이쯤에서 그만 마무리를 서두르는 것이 좋을 듯싶다. 도대체 여기 더 무슨 사족을 더할 바가 있을 것인가.

"문 선배, 그러고 보니 여태까지 혼자 생홀아비로 지내온 게 그 형수님 젖품내를 못 잊어서가 아니오?"

테이프를 다 듣고 난 Y감독이 한참 만에 짐짓 그런 선농담을 던지고 나섰다가 그도 이내 제물에 입을 다물고 말았을 만큼 방 안 분위기가 한동안 서늘해진 일을 두고 말이다. 어느 누구든 거기 더 섣부른 사족을 더하려 했다간 공연히 부질없는 비약 속에 필시 그 예조 씨의 깊은 진심만 언짢게 오손시키기 십상일 터에. 그래 Y감독도 더 이상 그 이야기를 영화의 그림과 상관 지어볼 생각을 않은 채 그대로 별말이 없이 그냥 넘어가고 말았을 터이다. 그에 대해선 Y감독 자신이 뒷날 진저리를 치듯이 짐짓 고개를 설레설레 내저으며 털어놓은 말도 있으니까.

"무서웠어요. 우리 영화 때문에 섣불리 그 이야기를 건드리고 들 수가 없었어요. 그런 사연을 반백 년 가슴속에 혼자 묻고 살아온 예조 씨도 무섭고, 그 가슴속에 품어온 어머니나 형수의 모습도 무섭고…… 이야기 속을 자칫 한 겹만 잘못 들추고 들었다간 그대로 하늘과 땅이 뒤바뀌어버릴 것 같기도 하고…… 그러니 그 형수라도 아직 생존해주어서 예조 씨의 사연이 허공을 향해 띄우는 것이 되지 않았기를 바랄 뿐."

하지만 Y감독의 그런 상상 속엔 받아들이기에 따라 다소 애매한 대목이 없지 않을 뿐 아니라, 그것이 내가 이 이야기를 쓰게 된 한 계기이기도 한 터이라, 그가 그 예조 씨의 어머니 그림을 진심으로 사양한 사유에 대해선 이야말로 진짜 사족이 될지 모르는 해명의 말 몇 마디를 덧붙여둬야 할 듯싶다. 왜냐하면 Y감독이 진저리가 날 만큼 무서웠다고 했던바, 예조 씨의 테이프엔 어머니의 이름 뒤에 완연히 그 형수의 그림을 그려 담고 있었으니까. 예조 씨 자신도 그러길 바라거나 가당한 일로 여겨서가 아니었겠고 감독 또한 그걸 굳이 드러내 말한 일이 없었지만, 그 역시도 애초에 Y감독이 바란 어머니의 밑그림은 아니었으니까.

예조 씨의 사연은 누가 들어도 그의 형수를 실제의 수신자로 상정하고 있음이 분명했다. 그가 이미 저세상 사람으로 치부하면서도 그의 노모의 이름으로 사연을 띄운 것은 자식의 도리도 도리지만, 그 형수에 대한 자신의 속마음이 그만큼 절절한 탓일 수도 있었다. 그것을 스스로 가눠 넘어가기 위해 형수 대신 노모를 내세우다 보니 말이 자주 중언부언 지리멸렬해지고 때로는 상대마저 헷갈리고 있다는 느낌이 적지 않았지만, 그런데도 거기에 담긴 내용이나 예조 씨의 심경은 구석구석 형수를 향하고 있었다. 그것은 어머니를 상대로 한 간원의 내용뿐 아니라 사연 말미의 다짐, 부디 희망과 믿음을 잃지 말고 건강히 지내다 반드시 다시 만나자는, 뒷날에 대한 지극히 현실적인 다짐에서도 더욱 확연해지고 있었다.

그런 모습의 어머니 그림, 사실상 형수의 그림 역시 당연히 Y감독의 마음을 움직일 여지가 없었다. 그러나 다시 한 번 생각해보면, Y감독이 감히 그 예조 씨의 사연을 끌어들일 엄두조차 못 낸 것은 그것이 그의 형수의 그림인 때문만은 아니었을 것 또한 사실이 아닐까. 이미 짐작하다시피 그날 밤 Y감독을 비롯해 우리 방 안 사람들은 모두 예조 씨의 심중에 오랜 세월 숨겨져온 새 어머니의 대물림을 역력히 목격할 수 있었으니 말이다.

한마디로 예조 씨가 사연의 마지막 하직 인사에서 '어머님'에 이어 거푸 다시 '우리 어머님'을 절규했을 때, 우리는 분명 그 부름 소리를 그의 노모가 아닌 형수 쪽으로 들었으니까. 그리고 그때 망연히 자신의 술잔만 들여다보고 앉아 있던 예조 씨의 어깨가 가늘게 들먹여지며 깊은 탄식을 깨물듯 조용히 잇새로 흘러나온 '오마니!' 소리 역시 그의 형수의 다른 이름으로 들렸으니까. 그리 자상하고 긴 언급은 없었지만, 테이프의 목소리에 젖어 맴도는 그 형수의 아련한 젖품내와 그것이 긴 세월 어머니의 품내로 삭아 빚어진 순연한 모성의 그림, 가슴을 저며오듯 애틋한 그 어머니의 상념 속에 우리는 새삼 서로 진저리 치듯 망연해하고들 있었으니까. Y감독이 무서워하고 상처를 내고 싶지 않은 것은 그러니까 아마 오히려 예조 씨의 그런 '어머니' 쪽이었을 것이다. 그리고 고향의 노친네와 그의 형수와 장조카 종진까지 한데 아우르고 있는 그 음영 깊은 어머니의 모습 때문에 그는 더욱 그것을 다치려 들 엄두가 안 났을 터이다. 그의 말대로 그것을 한 겹이라도 잘못 건드리고 들었다간 예조 씨의 지난 세월이나 그 어머니의 모습에서 일순간에 모든 꿈과 향기가 사라져버릴 수도 있으니까.

Y감독이 그의 영화에 그 마지막 어머니의 그림을 단념하게 된 진짜 이유이자, 내가 그것을 글로 대신 써보고자 나선 처지에도 한 편의 짜임새 있는 소설의 틀을 사양하고 이런 식의 얼개 글 정도로

만족해하지 않을 수 없게 된 사유다. 나 역시 그 젖품내나 어머니의 모습을 섣불리 다치고 들어서는 안 된다는 생각이고, 그러자면 좀 엉성한 대로 이런 식의 소실(素實)하고 담담한 소개의 글밖에 다른 마땅한 방법이 없겠기 때문이다.

(1999)

시인의 시간

1

처음 사단은 바야흐로 제법 유복한 중년기에 접어든 누님 때문이었다.

"그래, 요즘 시는 잘 되니?"

변변치 못한 아들 집에 어렵게 얹혀 지내다시피 해온 친정어머니에게 한 달에 한 번씩 문안길 겸해 손수 용돈을 전하고 갈 때마다 누님이 으레껏 잊지 않고 건네오던 말이었다. 어찌 들으면 마치, 요즘 장사 잘 되니? 연애 잘 되니? 하고 묻는 것처럼 가볍게 통기는 식 어조로. 혹은, 아직도 그 알량한 시 나부랭일 쓴답시고 백수 신세를 부끄러워할 줄도 모르냐는 투의 은근한 힐난기가 밴 어조로. 누님의 그런 물음은 내가 전에 다니던 기업체 홍보지 일에서 쫓겨나 집 안에 들어박혀 지내면서부터 시작된 불편스런 인사법이었다. 그야 늘상 그렇게 지내온 근 1년 동안 누님이 무슨 내색을 노골적으로 드러낸 적은 없었다. 굳이 내 대답을 기다리는 물음도 아니었다. 대개는 어머니를 만나고 돌아가려 문간을 나설 때쯤 해서 지나치는 소리처럼 얼핏 한마디 던져놓곤 혼자 고갯짓 속에 잠시 낡은 셋집 주위나 둘러보다간 이내 발길을 돌이켜 가버리곤 하였다.

그런데 그 지난해 가을 어느 날. 그날도 물론 누님은 여느 방문 날처럼 그 말을 잊지 않았다. 그런데 이번에는 그 말을 건네온 시기와 장소가 다른 때와 달랐다. 그날은 누님이 어머니를 만나고 바로 문간으로 나서지 않고 모처럼 내 방 쪽으로 건너왔다. 그리고 다른 때 같으면 기척을 듣고 마지못해 문간까지 배웅을 나갔을 내게 건네왔을 소리를 미리 던져왔다. ─ 그래, 요즘 시는 잘 되니? 그것이 내게 왠지 심상찮은 느낌이 들게 했다. 그저 그 한결같은 누님의 상투성으로 흘려들어 넘길 수 없게 했다. 그리고 과연 누님은 곧 속내를 드러냈다.

"너도 이제는 집칸이나 마련하고 들어앉아 안정을 찾아야 할 나이에 계속 이러고만 있으니 옆엣사람 보기에도 딱하구나. 나날이 힘들어가는 아이들 뒷바라지에, 생활비는 예서 더 줄여보잘 데도 없어 보이고……"

쯧쯧, 혀 차는 소리가 이어지는가 싶더니 잠시 침묵 끝에 나로선 전혀 예기치 못한 제안을 내놓았다.

"너 주식이라도 좀 해볼래?"

전에 없던 일이었다. 어느 중견 섬유업체의 전무직까지 승진해

있는 가장을 둔 누님은 자형의 사업 능력과 성실성 때문에 생활이
꽤 안정되고 유복한 편이었다. 성격도 그만큼 대범하고 여유가 있
었다. 수년 이래 잊지 않고 어머니의 용돈을 꼭꼭 전하러 와서도,
더욱이 내가 작년부터 직장을 잃고 시작을 핑계로 집 안에 들어앉
아 지내면서부터는 다달이 그 용돈을 조금씩 늘려가는 눈치면서
도 대놓고 혀를 차는 일 따위는 물론, 예의 '시는 잘 되나?' 정도 이
상의 거북한 심기는 드러낸 적이 없었다. 그렇다고 내심 내 처지를
안돼하여 살붙이로서의 각별한 걱정이나 위로를 건네온 일도 없
었다. 그러니 비록 혀를 차진 않았어도 누님이 이날 그렇듯 내 처
지를 노골적으로 거론하고 나선 것은 지극히 이례적인 일이었다.
게다가 주식이라니?

하긴, 전부터도 누님에겐 얼마간 주식에 대한 관심이 없지 않았
던 편이긴 했다. 서예와 도자기, 골프까지 거쳐온 누님의 다양한
취미 생활은 늘 주식 시장에 대한 관심을 함께하고 있었다.

"늬 자형의 기업 정보가 아깝지 않니. 멀쩡한 남의 생돈도 도둑
질을 일삼는 판에 세상 사람들이 다 침을 삼키는 주식 시장에서 당
당하게 돈을 벌 정보를 그냥 썩히니?"

가주가 몸을 담은 회사의 기업 정보와 누군지 남의 명의를 빌려
누님이 처음 주식을 시작했을 때의 변이었다. 하지만 누님의 여유
있는 처지에선 그도 물론 돈을 벌기 위한 노릇이 아니었다.

"사람이 그다지 막힌 편은 아니지만, 그래도 다달이 어머니 용
돈을 드리자면 니네 자형 눈치가 보이더라야. 나도 어디서 그만한
여윳돈쯤은 마련할 데가 있어야지."

주식 시황에 따라 어머니의 용돈이 다소간 기복을 겪어온 게 사실이고 보면, 누님의 돈지갑 여유가 그 주식 놀음에 달렸을지도 모르지만, 따지고 보면 그 또한 이유의 전부는 될 수 없었다. 그것은 뒷날 다시 누님 스스로 털어놓은 또 다른 숨은 이유가 있었기 때문이다.

"돈만 벌자고 들면 나 같은 성미엔 주식 못하지. 돈도 돈이지만 주식을 하면 생활에 생기가 생겨. 기왕에 주식을 하자면 돈을 따야 하고, 그저 맹목적인 운수 놀음식 도박과는 다른 주식을 해서 돈을 따자면 세상을 꼼꼼히 다 깊이 읽어야 하거든. 그러자니 사람이 정신 바짝 차리고 활력 있게 지내야 하고, 그런 긴장과 활력 속에 세상도 배우고 인간도 배우고 하는 거지."

누님의 주식 취미는 그러니까 뭐니 뭐니 해도 생활의 긴장과 활력을 얻으려는 데 있는 셈이었다. 혹은 이것저것 대개 갖춰진 여자로서 글씨 공부나 도자기, 골프 따위로는 성이 다 차지 않아 또 다른 막간 심심풀이 도락 정도로. 그것도 그간에 혼자서는 싱거워져 누군가를 구경꾼이나 동호인으로 끌어들이고 싶은 심사에서 공연히 내게까지 그런 소리를 해온 것 같았다.

그러니 시시때때 이사 걱정 않고 지낼 집칸은커녕 그 누님이나 아내의 가게일이 아니면 아이들 교육비야 어머니 용돈이야 가계를 꾸려갈 길이 전혀 없는 백수 주제에 그쯤 흘려듣고 넘어갔으면 그만이었을 터. 그리고 나는 실제로 그런 심산에서 누님의 소리엔 대꾸도 않은 채 피식 싱겁게 웃고 말았다.

그런데 누님은 뜻밖에도 그게 아니었다. 혼자 하기가 심심해서였든 아니든 누님은 정말로 나를 주식꾼으로 끌어들일 결심을 하고 온 모양이었다.

"옛다. 나도 이젠 1년 열두 달 어머니 용돈 전하러 다니기 지겹다. 이걸 마지막으로 알고 이제부턴 네가 매달 어떻게 좀 해봐라."

누님이 갑자기 말소리를 낮추며 손가방 속에서 내 명의로 된 주식 통장을 꺼내 건네주며 덧붙였다.

"그 시라는 게 좋아서 마냥 이러고 지내는지 모르지만, 너도 명색이 위아래를 거느린 가장이 돼가지고 이젠 좀 생산적으로 살아갈 방도를 찾아얄 거 아냐. 내가 계속 이러고 다니다간 어머닌 둘째치고 니 댁이나 아이들 앞에 네 얼굴이 말이 아닐 것 같아 묻지도 않고 일방적으로 만들어왔다. 거기 쓰인 금액 확인해보고…… 도락성에 빠져들 위험만 조심하면 그 놀음도 한번쯤 해볼 만할 거다. 돈 불어가는 재미도 재미지만, 요즘 같은 정보화 시대를 살아가자면 세상 속내 읽는 법도 좀 배워야 하니까."

부추김에 가까운 다짐과 함께 누님이 내게 건네준 것은 그 통장만도 아니었다. 평소의 대범스런 성격대로 누님은 물경 2천여만 원짜리 주식 통장 외에 내 명의의 계좌번호와 비밀번호 등을 적은 잔고증명서, 인장 따위를 함께 건네주었다. 그쯤 되면 그간의 과정은 묻지 않아도 알 만했다. 더욱이 단 이틀 전에 첫 '종잣돈'으로 전액 자형네 회사의 한 가지 주식만을 사놓은 2천만 원짜리 통장이 그 새 이미 1백여만 원의 '새끼 돈'을 불려놓았다는 누님의 방심스런 설명 앞에 나는 달리 무슨 할 말이 있을 수 없었다. 누가 뭐라든 일판은 이미 꾸며진 다음이었다. 그래도 장성한 동생 앞이라

1년 열두 달 친정네 생활비 전하러 다니기 지겹다고 하지 않고 '어머니 용돈' 운운 투로 말을 바꿔준 것이나 고마워해야 할지…… 나는 그저 잠시 내 '시'와 누님의 '생산성'과 '종잣돈' '새끼 돈' 따위를 되뇌어보다간 피식하니 다시 애매한 웃음을 흘렸을 뿐이었다.

그런데 일이 더욱 이상하게 돼간 것은 불과 이틀 새에 벌써 1백여만 원의 이익금이 불어난 것처럼 이후에도 나날이 그 새끼 돈이 크게 불어나간 추세였다. 뒷날 스쳐 들은 누님의 설명에 의하면 1997년 가을의 국가 경제위기 이후 1년 가까이나 바닥권을 헤매던 주식 시장이 이 무렵부터 천천히 활기를 띠기 시작한 데다, 일이 그리 되려 그랬던지 그간에도 그다지 불황의 바람을 덜 타던 자형네 회사의 영업 실적까지 덩달아 크게 치솟아오른 덕이었다. 통장을 전해 받을 때만 해도 1만 3,200원에 샀다는 1천5백몇 주의 주당 시장가가 이틀 만에 벌써 1천 원 가까이 뛰어올라 1만 4천 원대를 넘어서 있었던 데다, 이후로도 연일 아침 신문을 받아 보면 한 주당 2, 3백 원씩, 주식 수 전체로는 도합 3, 40여만 원씩의 새끼 돈이 제절로 불어가고 있었다. 그러니 하루하루 지나가는 날들이 내게는 곧 돈이었고, 시간을 기다리는 것이 내 더없이 알뜰한 돈벌이가 된 셈이었다. 누님의 말처럼 나는 과연 생활에 활력을 띠기 시작했고, 연일 그 기분 좋은 긴장감과 가슴 부푼 기다림 속에 모처럼 자신의 생산성마저 실감했다. 아침에 일어나면 먼저 신문의 주식란에서 전날 불어난 이익금을 다시 한 번 확인하고, 다음으론 경제란에서 당일 주식 시장에 영향을 미칠 만한 호재와 악재들을 유심히 점검했다. 낮 동안에도 라디오나 텔레비전 뉴스에 섞여 나오는 주식 시장의 동향을 살피는 것을 차츰 없지 못할 즐거움으로 삼고 지냈다. 그러다 오후 3시쯤 하루의 주식 시장이 끝나고 나면 나는 연일 뿌듯한 성취감 속에 몇 번씩 당일의 소득을 헤아려보며 비로소 내 시를 조금 생각해보든지 말든지, 느긋한 기분으로 남은 일과를 찾아보곤 하였다. 생각 같아서는 케이블 TV라도 한 대 들여놓고 아침 녘부터 시간대마다 일러주는 주가 변동 상황과 시장 자료들을 꼼꼼히 살펴보고도 싶었다. 하지만 나는 그쯤만 해서도 이미 자신이 어떤 생생하고 확고한 삶의 현장에 들어서 있는 느낌이었고, 그 도도한 흐름 속에 제법 나름대로의 은밀한 생산성, IMF 환란기와 시기를 같이해온 정보시대의 최대 덕목인 재화의 유통적 부가가치 창출에 매우 보람스런 한몫을 감당해나가는 기분이었다. 누님이 당부한, 이후부터의 가계의 책임 따위는 문제도 아니었다. 웬만한 지출이나 용돈 마련은 그때그때 신속히 매매를 대신해주는 증권사를 통해 필요한 만큼의 주식을 내팔아오면 그만이었다. 그래도 값이 오른 나머지 주가의 총액은 무슨 흥부의 박통이나 화수분처럼 전혀 줄어들 줄을 모르고 오히려 늘 종잣돈을 윗돌고 있었다. 우리 집 가계에도 참으로 실속 있고 뜻있는 구조조정을 단행한 결과인 셈이었다.

하지만 알고 보니 그도 아직 내 요령이 한참이나 모자랐다. 그로부터 한 달쯤 뒤, 그동안의 주가의 변동을 환히 다 꿰고 있을 누님이 예고대로 전일처럼 어머니의 '용돈'을 가져온 대신 그간의 내 주식 운용 상황과 가계비 조달 실태를 전화로 점검해왔다. 그리고 그 주식 덕분에 이제부턴 누님이 친정 일 걱정은 접어도 될 듯싶더라고 치하 겸 은근히 의기양양해하는 이쪽 설명을 듣다 말고 느닷없이 힐책을 퍼부어왔다.

"아니, 이 맹추 같은 인사가 지금 무슨 시를 읊고 계셔? 그래, 포기 수가 뻔한 무 밭에서 무 뽑아 먹듯이 한정된 주식을 그렇게 차근차근 팔아먹기만 하면 어쩐단 말씀여? 자라 오른 무청만 조심조심 잘라다 먹거나, 무를 아예 통째로 뽑아 먹었으면 그 자리에 다시 무씨를 심어 밭을 채워놔야 할 게 아니냔 말씀야? 값이 오른 주식을 팔면 이익을 따먹고 원금으론 값이 내릴 때 대신 싼 주식을 사놓아야지, 그렇게 차근차근 팔아치워 먹기만 하면 종당엔 주가가 아무리 오른대도 무엇이 남겠느냔 말이다, 이 한심한 시인 선생아!"

말뜻은 금세 알아차렸지만 그게 어떻게 가능한지를 몰라 어정쩡해 있으려니, 누님이 이번에는 목소리를 조금 낮추며 알아듣기 쉽게 차근차근 방법을 일러왔다.

"주가는 개별 종목도 그렇고 전체 종합지수도 그렇고 늘상 오르기만 하는 게 아니잖아? 다른 시장 물건들처럼 개별 종목 재료나 시장 안팎 여건에 따라 얼마든지 오를 수도 있고 내릴 수도 있는 거지. 조정이라는 말 너도 들어 알겠지만, 오를 때나 내릴 때도 일직선으로 곧바로 오르내리는 게 아니라 크고 작은 봉우리의 흐름처럼 때때로 활황기의 상승점과 조정기에 따른 하강 저점을 만들며 움직이게 마련이잖어. 지난달엔 우리 주가가 다행히 눈에 띌 만한 하락 없이 높은 종가를 기록해와서 네가 아마 우리 주식 값은 그렇게 내내 오를 줄만 알고 그 오름 폭이나 속도에만 관심이 있었나 본데, 우리 주식도 물론 거기서 예외가 될 수 없지. 꼼꼼히 살펴보면 하루 중의 가격 변동만 해도 수없이 등락을 거듭하는 때가 많은걸. 그러니 주식을 팔아야 할 일이 있으면 주가가 높을 때를 골라 팔아 이익을 잘라 쓰고 나머지 원금으론 주가가 떨어질 때를 골라 다시 그만한 주식 수를 채워놓아야 계속 뒷날을 기약할 수 있을 거 아니겠냔 말씀야."

어렸을 적부터도 못 배운 어머니 대신 내 일을 늘 보살펴온 든든한 후견자 격이었지만, 한마디로 나는 이번에도 그 누님으로부터 우리 집 가계와 주식 운용에 관해 한번 더 확실한 구조조정을 치른 셈이었다. 그리고 나는 이후 당연히 주식 운용에 대한 누님의 식견에 힘입어 일취월장 요령 좋은 주식꾼이 되어갔다.

주식 값이 오르내리는 폭은 자형네 회사의 상장주보다 다른 종목들이 훨씬 더 크고 빈번했다. 주식 값이 오를 때 팔아 이익을 남기고 다시 싼 주식을 사들여 계속적인 증식을 도모해가자면 자형네 회사 주 한 종목만으로는 손 빠른 순발력을 발휘할 수 없었다. 기회가 좋으면 다른 회사 주들도 여러 종목을 함께 사고팔아야 했다. 그러자면 이제부턴 여러 가지 주가의 변동 상황을 보다 재빠르고 세심하게 읽어나가야 했다. 흔히 듣는 소리로 주식 놀음은 정보와 시간의 싸움이라듯, 하루 한 번밖에 배달되어 오지 않는 신문이나 공중파 정규방송 정도로는 어림도 없었다. 객장을 직접 쫓아나서지 않으려면 하루 종일 시시때때 시장 상황을 단 몇 분 단위까지 전문으로 전해주는 케이블 TV 시청이 필수적이었다. 그 위에 보다 신속한 시황 정보와 민첩한 매매 전략을 구사하기 위해서는 시장 현장 상황과 온갖 필요한 정보를 즉시즉시 전해주는 여러 증권 회사들의 인터넷 통신망 접속도 불가피한 사항이었다. 그래 나는 우선 먼저 케이블 TV 시청을 신청하고, 얼마 뒤에는 다시 값이 오른 자형네 회사 주를 일부 떼어 팔아 주식 정보 통신망 접속을 위한 중고품 PC를 한 대 사들였다. 그러다 보니 차츰 그쪽 전문 신문까지 필요해져 일을 벌인 김에 아예 TV 광고 시간대마다 주식 시장 뉴스의 분석력을 내세우던 경제 전문지도 한 가지 구독을 신청했다. 대신 누님의 충고대로, 팔아치운 주식량은 이내 다른 저가주들로 사 채우고, 오래잖아 그것이 다시 부대설비 비용액을 채울 수 있을 정도까지 올라준 바람에 기실은 모두가 덤으로 이룬 일이랄까.

하고 보니 내 주식 작업도 그만큼 더 신중하고 활발해질 수밖에 없었다.

우선은 내 마음 자세나 일상 습관부터 달라졌다. 주식 시장의 개장은 9시부터(지난해까지는 실제 객장 거래가 이루어지는 시각이 9시 반부터였지만 이때부터 매매 주문이나 장외거래는 시작되었으니까)였고, 케이블 방송도 바로 그 시각부터 시황을 전하기 시작했다. 나는 그 전에 만반의 태세를 갖추고 장세에 임하기 위해 늦어도 아침 7시쯤이면 잠자리를 빠져나와야 했다. 그리곤 일찌감치 다른 식구들에 앞서 화장실 방문(물론 세면을 겸해)을 끝내고 나와 해맑은 정신으로 아침 신문을 읽었다. 그것도 산업 금융 증권 부동산 등 주식 시황 변동에 영향을 줄 수 있는 각 경제 분야 뉴스와 국내외 정보 지표들이 섹트별로 잘 편집된 전문지부터. 그것을 꼼꼼히 읽어 확인하고 참고할 것을 머릿속에 세세히 다 새기고 나면, 이번에는 다시 일반지를 펼쳐들고 정치 상황이나 시정 동향 따위 우리 경제의 거시적 흐름을 짚어볼 만한 기사들을 찾아 훑었다. 그리고 그쯤 하루 일과의 예비 작업을 마칠 때쯤이면 아내도 대개 아침 준비를 끝내고 있어 잠시 다른 안방 식구들과 조반상을 마주했다. 그리고 연후엔 곧 내 건넛방 본작업장으로 건너가 바야흐로 시황 방송을 시작하려는 케이블 TV 채널과 PC 모니터를 켜놓고 시장 개장 시각을 기다렸다.

그렇듯 하루의 시작만 해도 전날에 비하면 두 시간쯤이나 빨랐다. 그리고 종일토록 장이 서는 건 아니지만, 오후 3시를 전후한 파장 후에도 계속 그 주식의 망령을 좇다가 늦은 잠자리를 드는 시간이 앞당겨진 일이 없었고 보면 내겐 하루가 그만큼 더 길어진 셈이었다. 하지만 나는 그것이 조금도 짜증스럽거나 힘든 줄을 몰랐다. 아침 7시쯤이 되면 언제부턴지 시계나 다른 마음의 단속이 없이도 저절로 눈이 뜨이곤 했다. 그것도 전에 없는 기대감과 적당히 기분 좋은 긴장감 속에서. 이런저런 예비작업을 모두 끝내고 나 혼자 묵연히 케이블 TV 앞에 앉아 시장 개장을 기다리노라면 그 기대감과 긴장감은 더욱 절정으로 부풀어 올라 제물에 몸서리가 날 지경이었다. 누님의 귀띔 그대로 그것이 때론 내 지지부진한 삶 속에 신선하고도 억제할 수 없는 새 활력소로 여겨지곤 했으니까. 힘들고 짜증스럽기보다, 오히려 지루하고 참기 힘든 것은 어느새 오후 3시쯤 하루의 객장이 끝나고 이튿날 아침 다시 장이 열릴 때까지 열여섯 시간 가까운 긴 시간을 기다리는 일이었다. 장이 열리고 있는 동안엔 주가가 오르든 내리든 똑같은 긴장감과 기대감이 계속되어 다른 잡념이 끼어들 여가가 없었다. 그러니 장이 열리지 않는 토요일 한나절(올해로 들어서선 그나마도 토요일엔 아예 장이 열리지 않았다)과 일요일 하루를 온전히 기다려야 하는 주말(누구라서 이를 알고서야 평일을 괴로워하고 주말을 기다려 반긴단 말인가!)은 그 지루함이 더더욱 심할 수밖에 없었다.

　누님의 배려로 마련된 한정된 밑천으로나마 제법 그 주식 놀음에 본격적으로 달려들면서부터 내 하루하루의 생활은 이를테면 그쯤 생산적이 되어갔고, 또한 그만큼 보람과 즐거움도 더해갔다. 무엇보다 즐겁고 뿌듯한 일은 물론 주가의 총액이 하루하루 늘어가는 것이었다. 거기 비하면 이제 어머니의 용돈이나 가계 대책 따위는 전혀 문젯거리가 될 수 없었다. 이제는 내 보유 주식의 수량이 얼마나 늘어갈 수 있느냐, 그 주가의 총액이 얼마까지 불어날 수 있느냐가 목전의 관심사였다. 하지만 그보다 중요한 것은 내 자신의 성취감과 현실적 생산성이었다. 먹느냐 먹히느냐의 대결과 승부를 겨룬다는 점에서 주식 놀음은 일종의 낚시질에 다름 아니었다. 그러나 진짜 물고기 낚시질이 지능과 판단력이 전무하다시피 한 수중 동물과의 단순하고 일방적인 게임임에 비해, 이 주식 낚시질은 눈에 보이지 않는 수많은 사람들과 세상 전체를 상대로 서로 간에 온갖 지혜와 책략을 다투어야 하는 피투성이 싸움이라는 점에서 훨씬 더 어렵고 위험하고 살벌한 승부였다. 그리고 나는 그 힘든 승부를 위해 끊임없이 정보를 수집하고 분석하고 판단하는 일을 게을리 할 수 없었다. 신문과 방송 따위 각종 정보 매체들의 기사를 바탕으로 그날그날의 주가 지수 변동 상황이나 지수 이동 평균선들의 상호 등락 관계, 기간 거래 물량과 고객 예탁금의 증감 추이, 외국 시장의 동향과 국내 기관들의 움직임, 세계 경제의 호불황 전망 등 온갖 기술 지표와 실물경제, 심지어 주식 값과는 별 상관이 없어 보일 수 있는 국내외 정치 사건이나 운동 경기, 영화제 따위의 큰 행사들, 때로는 예기치 않은 기상 변화나 시정 헛소문에 이르기까지 그 성격이나 흐름, 주식과의 관련성을 가능한 한 광범하고 정확하게 파악하여, 그 판단에 따라 주식의 최종적인 매매 종목을 결정해야 하였다.

아닌 게 아니라 그는 곧 사람들의 숨은 마음 읽기요 끊임없이 살아 움직이는 세상 읽기였다. 사람들의 마음과 세상을 읽어 배우고, 자신의 마음속과 세상살이도 함께 읽고 배워가는 일이었다. 그러면서 그 세상이나 세상 사람들과 내 삶을 서로 함께해가는 일이었다. 그리고 거기서 힘들게(무엇보다 없지 못할 그 오연한 자기 극기와 시험정신의 어려움이라니!) 얻어낸 승부의 결실은 현실에서 아무것도 보여줄 수 없고 증거할 수 없는 내 시 작업보다는 훨씬 더 안전하고 확고한 삶의 생산성을 보증했고, 그 같은 성취감과 은밀한 자신감은 이 세상과 자신에 대한 모처럼 만의 소중한 믿음까지 담보해주는 듯싶었다. ─ 그래, 이게 제법 세상을 사는 거여! 눈앞에 볼 수 있고 손으로도 잡아볼 수 있는 확실하고 생생한 방법으로 말여!

이제 와서 새삼스럽게 시를 쓰지 못한 변명이 아니라, 그러니 나는 그 세상과 세상살이를 더 넓고 깊이 배워 살기 겸해 날이 갈수록 그 주식 놀음에 더욱 몸과 마음을 다해 열심히 매달리고 들 수밖에 없었다. 그리고 결과는 운이 따라줬든지 어쨌든지 계속 내 노력과 정성에 넘칠 만큼 흡족스러웠다. 주식은 사들인 것마다 값이 떨어질 줄을 모르고 계속 오르기만 하여 오히려 팔아 이익을 남기거나 다른 저가 주를 사들일 기회마저 쉽지가 않았다. 나날이 값이 오르는 주를 멀쩡하게 팔아치워 자자분한 가계소비를 메우는 일조차 망설여질 지경이었다. 그래 때로는 바깥일도 다니고 번죽도 괜찮은 편인 아내를 구슬려대어 사소한 용채를 직접 충당해가게 하기도 했고, 더러는 그녀의 은근한 욕심기를 꼬드겨 친정 동기들의 숨은 저축까지 꺼내 오게 하여 미리 점찍어둔 유망주를 얼마씩 불려나가기도 하였다. 그런 결과로 내 주식 수와 주가의 총액은 그렇듯 날이 갈수록 계속 늘어가고만 있었다. 장이 열리지 않는 주말이나 공휴일이 다가오면 옛날처럼 마음이 부풀기보다 멀쩡한 돈길 흐름이 끊긴 것 같아 그걸 그냥 훌쩍 건너뛰어 넘어버리고 싶은 심사가 되곤 했다.

그런 중에 어느덧 해가 바뀌어 금세기의 마지막 토끼해로 접어들면서부터는 1일 주가의 등락 제한 폭까지 종전의 10퍼센트에서 15퍼센트로 확대된 데다, 지난가을께부터 꾸준한 상승세를 이어오다 연말께에 잠시 5백 선 근처에서 주춤주춤 숨을 고르는 듯(내 소유의 자형네 회사 주는 물론 거기서도 예외였다)싶던 종합주가지수가 새해 들어선 단숨에 6백 선을 훌쩍 뛰어넘어 계속 7백 선을 향해 치달아오르는 바람에 이익금의 증가 속도가 그만큼 더 빨라졌다. 보유 주식의 총액이 그동안 몇 개월의 가용을 제하고도 어느새 원금의 두 배 가까이까지 불어났다. 그쯤 이익만 하여도 앞으로 한동안 생활비 걱정은 잊고 지낼 만하였다.

하지만 주식은 내팔아야 돈이었다. 주가가 아무리 올라도 때맞춰 내팔아 이익을 실현하지 않고 계속 안고만 있으면 그 이익은 언제 다시 사라질지 모르는 불안한 거품 같은 수치상의 재산일 뿐이었다. 나도 어느 정도 그것을 알고 있었고 주가가 오른 만큼 이따금 불안스런 느낌이 들기도 했다.

"네가 이제는 아주 나를 앞지를 모양이구나. 나는 그저 심심풀이 삼아 하는 건데…… 하지만 뜨거운 맛 보기 전에 웬만큼 값이 올랐으면 팔아. 주식은 무릎에서 사고 어깨에서 팔라는 속언도 있듯이 주가가 늘 오르기만 하면 누가 주식을 안 해."

언젠가 누님이 전화를 걸어왔다가 내가 주식을 팔기커녕 오히려 겁 없이 늘여가는 낌새를 알고 충고해온 소리였다. 하지만 그러는 누님 역시 장세가 워낙 지속적인 상승 국면의 활황세인 데다 그동안 닦아놓은 내 주식 솜씨가 제법 대견스러웠던지 더 이상 강권을 해오진 않았다.

"그래애, 기왕에 네 손에 맡긴 돈이니 이제는 불려먹든 망해먹든 네 알아서 할 일이지 새삼스레 내가 뭐라겠냐. 기관 전문가들은 계속 주가가 너무 올라 오래잖아 조정을 거치거나 폭락 장세까지 연출될 수도 있을 거라 호들갑 엄살들이더라만, 그자들은 원래 그래야 먹고사는 자들이니 곧이들을 일이 못 되구. 그거 다 알고 보면 고객 돈을 맡아놓은 기관들이 주가를 떨어뜨려 지네들 주를 사려는 작전이기 쉽거든. 게다가 요즘은 은행 금리가 너무 낮아 나도 주식 말고는 여윳돈을 마땅히 굴릴 데가 없더라."

팔기를 권하기보다 동조나 부추김에 가까운 소리였다.

도대체 주식을 내팔 기회가 없었다. 멀쩡하게 한창 값이 오르는 주식을 지레 중도에서 꺾어 팔 이유가 없었다. 아무래도 그럴 결단성이 생기질 않았다.

그런데 그게 끝내는 실기의 화근이었다. 종합지수가 650 근처에서 680이나 7백 선까지도 추가 상승이 가능하니 아니니 하는 기관 관련자들의 바람잡이식 해설이 분분하고, 내 주력 종목인 1만 5천 원대 매입가의 자형네 회사 주가가 3만 원대를 몇백 원쯤 남겨놓고 있던 1월 중하순께의 어느 날이었다. 그리고 그 무렵 들어서부터는 나 역시 주가의 지나친 상승 폭이 심상찮게 느껴지기 시작하여 지수가 정말로 680 근처까지 오르거나 자형네 회사 주가가 마저 3만 원대를 채우고 나면 더 미련 두지 않고 일단은 대부분의 소지분을 팔아치울 작정을 하고 있을 때였다. 그동안 다소간의 종합주가 등락에도 전혀 아랑곳없이 수직 상승세를 지속해오던 자형네 회사 주식이 그날따라 다소간 낙폭이 깊어진 지수 하락과 함께 전에 없이 큰 폭의 하락을 기록했다. 하지만 나는 처음 반신반의식으로 종합지수나 내 주식가가 내일이면 다시 반등으로 돌아서서 지수 680선이나 내 보유 주식의 희망가 3만 원 선도 금명간 가능하리라 여기고 느긋하게 하루를 기다렸다.

그런데 웬걸, 이튿날 역시 별 이유 없이 슬금슬금 650 근처까지 내려앉은 종합지수와 함께 내 주가가 다시 하한가를 기록하며 2만 5천 원대 아래로 폭락했다. 알 수 없는 이변이었다. 지수가 내려앉은 것은 지난가을부터 몇 달 동안 계속돼온 은행이나 증권주 중심의 금융 장세에 거품기가 심한 데다 새해 들어서도 아직 실물경제의 회복세가 뚜렷하지 못한 탓으로 돌릴 수도 있었다. 그런 상황에서 적지 않이 큰 폭의 장세 조정은 이미 '충분히 예측돼온 일'이다, 그러니 차후 개인 투자자들은 외국인과 기관 투자가들의 거래 움직임과 거래량, 고객 예탁금의 증감 상황, 나아가 외국 경제와 증시의 흐름들에 두루 유의하라 운운…… 자타칭 전문가들의 사후 약방문 식 해설이 줄을 이었으니까. 하더라도 그동안 전체 시장의 움직임과는 거의 상관이 없다시피 곧바로 3만 원대 가까이까지 치고 올라온 내 보유 주가가 그 이틀간 눈 깜짝할 사이에 2만 원 가까이까지 주저앉게 된 소이는 도대체 이해가 전혀 불가능했다.

아니, 그런 건 이제 내게 이해가 되거나 말거나 상관없는 일이었다. 하지만 나는 이제 그럴수록 더 주식을 팔 수가 없었다. 단 이틀 동안 졸지에 당하고 만 손실을 생각하면 아깝고 억울해서도 팔 수 없었고, 멀쩡한 손실을 어떻게든 다시 만회하고 말겠다는 오기와 기대감 때문에도 팔 수 없었다. 무엇보다 그것이 나로선 처음 당해본 일이라 오래잖아 상황이 곧 호전되리라는 희망을 아니 지닐 수가 없었다.

하지만 시황은 갈수록 수렁이었다. 산이 높으면 골짜기도 깊다더니, 지수는 날이 갈수록 더 깊은 바닥으로 주저앉았고, 내 보유주는 자형네 회사분뿐만 아니라 나머지 다른 종목들까지 일제히 곤두박질을 계속했다. 어쩌다 하루쯤 하락세가 진정될 듯 조마조마한 횡보 장세를 연출하다가도 이튿날이면 다시 무참스런 하락세가 이어져버리곤 했다. 활황 장세에서는 웬만한 악재쯤 문제가 되지 않고 주가가 내릴 때는 온갖 악재가 춤을 춘다는 말 그대로 러시아 은행들의 디폴트(default, 채무 불이행) 가능성, 브라질을 시발로 한 남미 나라들의 국가 부도 위기, 우리 수출 전선에 바로 악영향을 끼치게 될 일본 경제의 침체와 엔화 약세 현상, 그에 따른 중국 위안화의 평가절하 가능성 등등의 해외 악재에다, 새해 들어 공시된 대형 상장사들의 유무상 증자 물량 압박과 3월 결산사들의 실적 실현을 위한 기관 투자가들의 순매도세, 그에 따른 개인들의 투자 심리 위축과 5조 원대서 3조 원대까지 떨어진 예탁금의 급속한 감소 현상 등, 주식 시장 주변은 국내외로 온통 불안스럽고 비관적인 악재 천지였다. 게다가 경제 정보 매체들과 증권 전문가들은 언제나 그렇듯이 연일 하락세를 이어가는 지수대를 뒤쫓아가며 이미 시현된 재료 부풀리기에나 열을 올리고 있어 앞으로의 장세를 전혀 점칠 길이 없었다. 전문가들이 매수를 부추길 때는 악재에 유의하고, 반대로 비관적 전망을 내놓을 때는 호재를 찾아 봐야 한다는 것쯤 이미 눈치를 채고 있었지만, 사실이 그런지 어쩐지 이번에는 제 오기를 꺾지 못해 아무리 눈을 씻고 찾아 봐야 장세를 희망적으로 읽을 만한 재료가 아무것도 없었다. 하다 보니 이제는 하루하루가 돈이요, 시간이 아깝기커녕 하루의 장이 끝나고 나면 텔레비전 시황판 화면이나 PC 모니터에서는 연일 주가 떨어지는 소리와 돈다발 빠져나가는 소리가 요란했고, 평일이 어서 지나가장이 열리지 않는 주말이라도 찾아와 한 이틀 장세가 좀 진정되기를 바라야 할 지경이었다.

마침 그럴 무렵 하루는 또 누님에게서 전화가 왔다. 그리고 당연히 내 주식 사정을 물어왔다.

"어째 요즘은 사정이 좀 안 좋네요."

나는 될수록 속내를 들키지 않으려 부러 좀 심드렁하게 대답했다. 그러나 누님은 그런 내 속마음을 물은 게 아니었다.

"아니 너 그럼 여태까지 주식을 팔지 않고 그냥 붙들어 안고 있었단 말야?"

매서운 추궁기가 당장 귓청을 후려쳤다. 그러나 그녀는 이번에도 그 가부를 물은 게 아니었다.

"그래, 주가가 내리막으로 돌아선 게 언제부턴데 여태까지 그걸 그냥 까뭉개고 앉아 있어? 명색이 주식을 한다는 놈이 그래 종합지수가 20일 이동 평균선과 70일 선을 함께 하향 돌파했다는 소리도 여태 못 들었어? 헤드 앤 숄더 이동선을 아래쪽으로 완성해간다는 소리도 못 들었냔 말야? 그러면 주가는 한동안 낭떠러지 골짜기야. 같은 15퍼센트 등락 폭이라도 주가가 오를 땐 저점에서 출발하니까 상승 폭이 좁고 더디지만 장세가 꺾여 내릴 땐 고점에서부터의 하락 폭이 거의 곤두박질이란 말야."

누님은 마치 그쪽 동네일에 대한 자신의 식견을 자랑하기라도 하듯 이것저것 전문용어를 섞어가며 역시 대답이 필요 없어 보이는 추궁 조 공박을 거푸 이어왔다. 전에도 이따금 그런 예기찮은 짜증기를 참지 못한 때가 있기는 했어도 그런대로 늘 마음씀이 넉

넉하고 대범한 편인 누님이 그쯤 신경질을 쏟고 드는 걸 보면 필시 그녀도 자기 주식을 그리 요령 있게 처분하질 못한 모양이었다.

하지만 나는 누님의 추궁에 굳이 대꾸를 할 필요가 없듯이 그걸 물어야 할 일도 없었다. 그저 묵묵히 입을 다문 채 그녀의 푸념이 끝나기만을 기다렸다.

"아이구 내 팔자야, 너를 믿고 맡겨둔 내가 잘못이지. 그래도 그동안 그쪽 동네 물정이 좀 터가는 눈치길래 저한테 오는 맞바람은 제 요령껏 피해가는 줄 알았더니 이건 순…… 이러다간 내가 또 새판잽이 달거리로 다시 친정 뒷바라지 길을 쫓아다녀야 하는 거 아닌지 모르겠다. 후유……"

누님의 푸념 투는 과연 그 매서운 추궁기가 이윽고 자탄의 소리로 바뀌면서 제풀에 끝이 났다.

나는 잠시 더 침묵을 지키다가 지나가는 소리처럼 모처럼 한마디 물었다.

"그나저나 자형은 뭐래?"

"자형이 뭘 뭐래?"

누님은 알면서도 짐짓 면박 투로 되물었다.

"요즘 주가 폭락 현상에 대해서 말야. 그리고 우리 주가에 대해……"

"그 벙어리 같은 위인이 말은 무슨 말. 그 사람이 주식이나 회사 일 가지고 집에서 무슨 말 하는 줄 아니? 내가 하 답답해서 다그치고 들 때나 겨우 한마디씩 내뱉은 소리라니 무사태평으로 그저 늘 곧 괜찮아질 거다, 회사 사정은 걱정 없으니 너무 조급하게 굴지 말고 느긋하게 믿고 기다려보라는 한 곡조뿐인걸. 주식이야 그래 처음부터 내가 혼자 알아서 하는 일 아니야. 주식 일이라면 차라리 증권사 사람들 말을 곧이듣는 편이 낫지. 그러지 않아도 엊그젠 우리 주식을 맡은 증권사 사람한테서까지 전화가 왔더라."

무고한 자형에게까지 잠시 막간 푸념을 보낸 끝에 뒤늦게 생각이 떠오른 듯 누님의 어조가 한결 부드러워졌다. 누님이 그리 나온 바람에 이젠 내 쪽도 비로소 조금 긴장기가 풀린 목소리로 숨겨온 불안감과 궁금증을 조금씩 드러내기 시작했다.

"증권사에선 왜요. 그 사람들은 뭐래요?"

"그 위인들, 요즘 시황이 이런 데다 우리 주가 유독 바람을 심하게 타는 것 같으니 나보고 한번 말을 바꿔 타보랜다."

"그 사람들도 우리 주를 그렇게 보고 있던가요? 우리 주가 그토록 바람을 심하게 타는 이유가 뭐래요? 그 사람들은."

"우리 주가 그동안 너무 올라서 지금으로선 심한 고평가 상태기 때문이랜다. 회사 규모나 경영 실적에 비해서."

"그게 사실일까요? 누님도 그게 사실이라고 생각해요?"

"그야 사실일 수도 있겠지. 그 사람들 이것저것 주워 꿰대는 소리를 들으니 늬 자형네 회사 사정을 당사자보다 더 잘 알고 있는 것 같더라. 저녁에 내가 그런 소릴 했더니 늬 자형도 증권사라면 그럴 수도 있을 일 같다며 반푼이처럼 실실 웃기만 했으니까. 그래도 자기 회산 끄떡없을 테니 내 일이나 잘 알아서 챙기라구."

"그래 누님은 대체 어떻게 하실 거유?"

나는 갈수록 어두운 구름장이 몰려들고 있는 것 같은 무거운 속내를 숨기려 짐짓 더 남의 말을 하듯이 태평스런 말투로 누님의 작정을 물었다. 그런데 얼굴을 볼 수 없는 그 전화통 속 소리가 엉뚱하게 또 누님의 비위를 건드린 모양이었다.

"내가 왜 누구 좋으라고 그 자들 말을 믿고 여기서 말을 바꿔 타니? 그자들도 한동안은 무슨 펀드니 뭐니 하고 나발을 불어대며 당장이라도 모두 떼부자를 만들어줄 것처럼 이 돈 저 돈 잔뜩 끌어들였다가 요즘 들어선 마땅히 투자할 곳을 못 찾아 안달이 나 나한테까지 무슨 수를 내보려고 그런 모양인데, 속이 뻔한 위인들 말을 내가 왜 믿어. 그런 소리를 믿느니 차라리 부처님 가운데 토막 같아도 거짓말은 할 줄 모르는 늬 자형을 믿는 편이 낫지. 자기네 회사는 요즘도 아직 끄떡 없대니까. 나는 주식 안 판다. 오기로라도 안 팔아! 장세가 다시 살아날 때까지 가지고 버틸 테니 누가 이기나 두고 보라지!"

그동안 때맞춰 주식을 처분하지 못했음이 분명한 누님은 그 허물이 마치 자기 아닌 다른 사람에게 있는 것처럼, 어쩌면 그 증권사 친구나 내가 그걸 굳이 못 팔게 해서기나 한 것처럼 갑자기 흥분해서 오기를 부리고 들었다. 하지만 그 오기나 자존심으로 말하면 누님에겐 자신이 문제가 아니라 내 쪽이 문제였다. 상대가 불분명한 푸념 투 다짐이 그쯤에서 끝나는가 했더니 그 어간에 또 무슨 생각이 떠올랐는지,

"아니, 그런데 너 지금 무슨 생각을 하고 있는 거야? 네가 지금 내 걱정을 하고 있는 거야?"

새삼 말길을 꺾어 잡는 추궁투를 서두로 다시 한동안 심한 공박

을 이어왔다.

 "아서라, 아서! 너는 제발 그런 쓸데없는 오기 부리지 마라. 네 처지가 어디 나하고 같으냐? 나는 이러다가도 끝내 뱀 꼬리를 잡고 말면 그까짓 더 미련 없이 두 손뼉 치고 일어나 늬 자형 앞에 하루 저녁쯤 자존심만 좀 구기고 넘어가면 그만야. 이후로 더 이상 미련을 갖지 않게만 된다면 내 생각에도 이 노릇에 계속 더 오기를 부리고 덤볐을 때의 손해를 생각해서 그동안의 일은 이제나마 돈이고 뭐고 아예 다 없었던 것으로 치고 넘어갈 수도 있으니까. 하지만 너는 지금 어디 형편이 그러냐? 쓸데없는 미련이나 오기 따윈 지금 싹 버리고, 다문 몇 푼이라도 건져내고 싶으면 그나마 주식이 아주 휴지조각이 되기 전에 지금 당장 서둘러!"

 나는 고맙게도 내 숨은 미련이나 오기까지 다 미루어 헤아려준 그 누님에게 이번에도 굳이 무슨 대꾸를 보낼 필요가 없었다. 자기 주식에 대한 누님의 결의를 안 이상 그 괴로운 그림자를 뒤밟지 못하게 하는 것도 굳이 따지고 들 일이 못 되었다. 나는 그저 계속 묵묵히 그쯤에서 전화가 끝나주기만을 기다렸다. 그리고 한동안 쌍방 간의 침묵 끝에 누님이 비로소 좀 너무했다 싶었던지 느닷없이 킥킥 장난기 어린 웃음소리를 참는 듯한 목소리로,

 "그나저나 너 주식판에서 그렇게 헌 거적 둘러쓰고 나앉게 된 거 네 처나 어머니까지 알고 계신지 모르겠다아, 힛!"

 진심인지 놀림 소린지를 물어왔을 때도, 그리고 내 계속된 침묵에 그녀가 다시 더 노골적인 비소 투 속에 나를 옥죄고 들었을 때도 나는 혼자서 속마음을 다지듯 보이지 않는 공감의 고갯짓을 보

냈을 뿐 입으로는 여전히 침묵을 지키고 있었다.

"네가 어련히 알아 잘 단속해왔겠냐만, 어머니나 네 처한테는 정말 눈치채지 못하게 해라. 주식 일이사 기왕 그렇게 된 거, 옆엣사람들까지 낌새를 알았다간 졸지에 줄초상 치르러 다닐 일 생길까 무섭다야. 힛!"

 하지만 그 누님과의 불편스런 전화 통화가 끝나고 나서도 주식에 대한 내 마음엔 물론 아무 변화가 없었다. 주식을 팔라니, 어림도 없는 소리였다. 이제 와선 불어난 이익을 지키지 못한 것이 아쉬워서가 아니라, 더 이상 손해를 볼 수 없을 만큼 밑바닥까지 내려앉고 만 것이 억울하고 분해서도 팔자 나설 수가 없었다.

 한데다 누님도 이젠 이미 때를 놓치고 말아 주식을 팔아치울 생각이 아니었다. 자신의 말마따나 누님은 그 오기에서라도 끝내 주식을 팔지 않기가 쉬웠다. 결혼 이후 내내 자형의 능력에만 편하게 의지해온 가계상의 여유도 충분한 처지인 데다, 입으로는 뭐래도 누님은 그 자형의 말을 썩 믿는 데가 있어 보였다. 자형에 대한 누님의 믿음은 바로 그 자형네 회사에 대한 믿음에 다름 아니었다. 어쩌면 매우 무책임하고 위험한 재앙일 수 있는 누님의 오기도 회사를 책임지고 있는 그 자형에 대한 믿음에서 나온 것이었다.

 그런데 그런 믿음 때문에 누님 자신은 전혀 주식을 팔지 않으려 하면서도 내게는 어서 팔아치우라 야단이었다. 하지만 그녀가 이미 말했듯 오기는 누님에게만 있는 것이 아니었다. 그리고 이즘의 나로 말하면 자형과 자형네 회사를 믿고 싶은 심사 또한 결코 누님에 못지않았다. 누님의 말 흘림은 믿지 못하더라도 자형의 말은 믿고 싶고 믿을 수 있었다. 사람 말이 왜 그렇듯 딱 부러진 데가 없이 싱겁고 어정쩡하냐고 어머니까지 짐짓 허물을 하고 드는 때가 있었지만, 앞뒤를 그리 재지 않는 그 방심스런 호인풍엔 적어도 남의 일을 망치려는 해악기는 없었다. 누님은 못 믿더라도 자형은 믿어야 했다. 아니, 이제는 무얼 더 손해를 보고 말 것도 없는 마당에 자형에 대한 일방적 믿음 따윈 이미 아무 소용도 없는 것일 수 있었다. 솔직히 말하자면 그보다 오히려 그 심한 엄살기 속에도 이상하게 장난기를 즐기고 있는 듯한 누님의 여유와 이중적인 태도가 내겐 더욱 수상쩍고, 견디기 힘들었는지 모른다.

누님의 그런 태도에 나는 진작에 어떤 심상찮은 음모의 냄새가 느껴지고 있었다. 말이야 뭐랬든 누님은 어찌 보면 자기 주식의 손실을 오히려 여유 있게 즐기려는 기미가 역력했다. 그것도 아직 모자라 주식을 팔라 마라 일방적으로 나를 강압하고 들면서, 한편으론 오히려 막판까지 내몰린 내 무참한 처지까지도 함께 즐기려는 심사임이 분명했다. 주가가 계속 내리고 있을 때는 아무 말이 없다가 이제 와서야 기다렸다는 듯 쌍지팡이를 치고 나서는 것도 그런 심증이 들게 했다. 누님으로선 족히 그럴 만한 처지인지 모른다. 하지만 나는 그 누님을 용납할 수가 없었다. 용납까지는 모르되 그 뜻을 받아들이고 따를 수는 없었다. 무엇 때문인진 집어 말할 수 없지만 그 음모가 나와 내 처지를 즐기는 정도에 불과하다면 모르되, 서로 간 주식 놀음의 마지막 승패에까지 관계되는 일이라면 더욱 그럴 수가 없었다.

요컨대 나는 그 누님을 한번 이겨보고 싶었다. 주식 놀음의 승패가 어찌 되든 이번에는 끝끝내 내 뜻과 고집을 지켜 그 누님 앞에 내 얼굴을 내세워보고 싶었다. 백번 공손하게 머리를 숙여 순종해야 할 누님 앞에 내가 왜 그래야 하는지, 무고하고 고마운 누님은 전혀 그래야 할 표적이 아니건만, 나의 그런 갈망은 전일 내가 시 작업에 제법 열심일 때도, 그리고 근자 들어 전혀 시를 못 쓰고 있는 불안감을 씻기 위해 종종 마음속으로 진중하게 자신을 돌이켜보려 했을 때보다도 훨씬 더 절박하고 뜨겁게 느껴졌다. 비유컨대, 지금 와서 시 따위가 무슨 대수랴, 시 같은 거 못 쓰는 것이 이제 와 무슨 큰 허물이랴, 애꿎은 시를 두고 제물에 공연히 혼자 크게 도리질을 쳐댔을 정도로.

뿐더러 그건 이제 별 새로운 지략이 필요하거나 힘이 들 일도 아니었다. 눈을 부릅뜨고 지켜야 할 몫이 그리 많지 않으니 이제는 끈질긴 참을성으로 기다리기만 하면 될 일이었다. 그리고 기다리는 일로 말하면 나는 무엇보다 썩 자신이 있었다. 새삼 돌이켜보면 나는 진작부터도 내 시나 삶처럼 무엇이든지 그저 방심 속에 아무렇게나 내던져두고 막연히 기다리는 데는 도사였으니까. 뿐더러 이젠 나도 증권에 대해 제법 능력만큼 한 수업료를 바치고 난 셈이라 이제부턴 그 동네 정보들을 좀 내 식으로 읽어내고 싶은 욕심과 나름대로의 자신감도 있었다.

하지만 어느 주식이고 언젠가는 제 고향을 찾아가게 마련이라느니, 바다가 아무리 깊어도 바닥이 있는 법이라느니 하는 증권가의 속설들은 여전히 그 진가를 보여주지 못하고 있었다.

누님과의 전화 통화 이후로도 종합주가지수는 계속 떨어지기만 했다. 그와 함께 매형네 주식 값도 정신없이 떨어졌다. 2월 들어서까지만 해도 5백 5, 60선까지는 지켜오던 종합지수가 같은 달 중순께부터는 5백 2, 30선대로, 다시 하순께엔 5백 선대로 계속 밀려 내려가고 있었다. 그때마다 기관 전문가들은 지수의 하락 저항 저점을 550선에서 5백 2, 30선대로, 다시 5백 선대로 계속 낮춰 제시하며 전날의 예상치들은 기억에도 없는 듯이 그에 대한 그럴듯한 새 근거를 주워대곤 하였다.

— 지난가을부터 새해 초까지의 상승 폭이 너무 커서 이쯤 조정 장세는 매입가 부담을 줄이는 데에 오히려 필요할 수도 있습니다. 그러니 개인 투자자들께서는 이런 때일수록 당황해서 소유 주식을 내다 파는 데 급급하지 마시고 침착하게 조금씩 현금 비율을 늘려가면서 시황 반등 시 저점 매수에 대비하시는 게 좋을 듯합니다.

— 요즘의 증시는 세계 시황과 밀접하게 연동되어 있어 국내 요인뿐 아니라 국외 요인의 영향을 크게 받습니다. 바로 요즘의 우리 증시 흐름이 그런 모습이니, 작금의 국내 기술 지표들의 변화만 살피지 마시고 일본이나 미국 경제, 특히 요즘엔 일본 엔화의 약세 현상이나 중국 위안화의 평가절하 가능성을 함께 유의해 보셔야 합니다. 우리 시장이 큰 해외 악재의 영향을 받을 경우 요즘의 주가는 5백 선대의 붕괴는 물론 450이나 4백대 초반 대까지의 하락도 점치는 사람이 없지 않으니까요.

그러다 종합지수가 정말로 4백 선이 무너진 3월 초순께부터는 기관들이 이젠 더 이상의 저점 매수 기회가 필요 없어진 것인지, 혹은 장기간에 걸친 주가의 지나친 하락으로 인한 개인들의 투매 조짐과 시장 붕괴 위험에 겁이 나기 시작했던지, 그때까지는 거의 거들떠보지도 않던 이런저런 호재들을 동원하여 이른바 개미 군단의 집단적 시장 이탈을 막으려는 데에 일제히 입을 모으기 시작했다.

— 이제는 오래잖아 지루한 하락 장세가 멈출 때가 가까워졌다. 이 몇 달간 지수 반등을 위한 충분한 시장 에너지 축적을 거쳤거니와, 지난 4/4분기에 우리 경제의 저점이 이미 지나갔거나 적어도 지금 1/4분기 중에 지나가고 있다는 게 우리 경제계나 주식 시장 주변의 일치된 견해다.

— 새해 들어서부터는 우리 실물경제의 각종 지표들이 서서히 회복세를 나타내고 있는 것 역시 그런 전망을 가능케 한다. 해외 요인 역시 우리 시장에 매우 긍정적인 흐름인 바, 몇 년째 계속 사상 초유의 호황세를 누리고 있는 미국 시장이 그동안 피나는 구조 조정을 거쳐 바야흐로 회복세에 들어서기 시작한 우리 경제와 시장에 퍽 우호적인 눈길인 데다, 중국 당국자들의 거듭된 다짐으로 보아 위안화의 절하 가능성도 당분간은 염려할 수준이 아니고 일본의 엔화 환율도 비교적 안정을 유지해갈 전망이다.

— 본격적인 실물경제의 회복세는 물론 올 4/4분기부터나 가시화될 전망이다. 그러나 실물경제의 흐름을 반년쯤 앞서 반영하는 주식 시장의 흐름으로 보아 장기적인 안목에서 주식 매수 시점은 바로 지금쯤이 아닌가 한다. 주식투자엔 항상 정확한 정보와 신중성이 요구되지만, 그에 못지않게 민첩성과 과감성도 필요하다. 주가의 반등 상승 시점은 소리 내며 오지 않고 슬금슬금 은밀하게 다

가온다. 눈에 잘 보이지 않는 그때를 놓쳐서는 안 된다.

그런데 그런 전망이 모처럼 맞아떨어졌든지 어쨌든지 3월 초순을 지나면서부터는 480선대까지 밀려 내려간 주가가 문득 하락세를 멈추고 몇몇 종목들이 거꾸로 오름세를 보이는 듯하더니, 며칠 뒤부터는 대부분의 주가가 제법 지속적으로 완연한 상승세를 타기 시작했다.

하지만 알고 보면 그것이 내겐 더욱 재앙을 벗어나기 어렵게 한 덫이었다. 지수가 오르기 시작하면서 그동안 주식을 팔아치우지 않고 버텨낸 자신이 스스로 대견스러워진 나는 물론 일렁이는 흥분기를 꾹 참아 누르며 내 주식이 그동안 새어나간 본전을 회복하고 이익선을 크게 뚫고 올라설 날을 느긋하게 기다렸다. 그런데 웬일인지 다른 종목들은 연일 상승세를 이어가는데도 유독 내 보유주들은 주종목 격인 자형네 회사분뿐 아니라 다른 종목들도 거의 움직임을 보이지 않았다. 상승세가 일주일 가까이 이어지면서부터는 기간 이익 실현을 위해 기관들이 연일 520대에서 530대 선으로, 다시 550선과 70선, 80선 등으로 기대 지수대를 높여가며 개인들의 매수열을 부추기는 가운데 슬금슬금 자사 보유주를 내다파는 눈친데도 자형네 회사 주는 여전히 미동의 기미조차 없었다. 잘해야 하루에 2, 3백 원쯤 올랐다간 파장 때가 되면 거꾸로 4, 5백 원씩 곱빼기로 떨어져 앉기가 예사였다.

하지만 나는 계속 끈질기게 참고 기다렸다. 결코 우호적이지만은 않은 누님에 대한 내 오기도 오기거니와, 기관들이 아직 저점 매수를 위한 하락 장세 연출을 시도하려는 낌새가 아닌 데다 장세가 장세인지라 그 누님마저 이번엔 그런 내 참을성을 크게 탓하지 않은 때문이었다.

"거참 이상하네. 이런 장세에서 어째 하필 우리 주만 꿈쩍을 않고 있지?"

참다못해 어느 날 내가 모처럼 먼저 전화를 걸어 답답한 심사를 비쳤더니, 아직도 주식을 처분하지 않고 있던 누님은 역시 마음속에 믿는 것이 있는 사람처럼 대수롭잖은 어조로 외려 내 조급성을 나무랐다.

"그럴 수도 있는 거지 뭐. 종합지수가 오른다고 모든 주가가 함께 따라 올라주는 건 아니잖아. 그러고 보니 너 아직도 주를 그냥 붙들고 있는 모양인데, 기왕에 여태까지 이판사판으로 버텼으면 이럴 때일수록 공연히 조급하게 굴지 말고 침착하게 기다리는 거야. 모든 주가는 언젠가는 제 고향으로 돌아간다잖아. 우리 주가 지난번에 너무 가파르게 올라서 요즘엔 고평가 종목으로 찍혀 있어 그런 모양인데, 상승 장세가 계속 이어져가다 보면 우리 주도 결국엔 다시 햇빛을 보게 되겠지. 수급은 모든 자료에 우선하는 법이니까. 요즘 거래가 꽤 활발하잖아."

"우리 주가가 지금 고평가 상태는 아니잖아. 지난번에 오른 건 지금까지 다 까먹고도 모자란 판인데 뭘. 그리고 주가가 오르지 않는 게 어디 자형네 회사 것뿐이어야지? 내가 가진 것은 대부분이 아직도 그냥 바닥인걸."

"그러니 누가 여기 기웃 저기 기웃 헛욕심을 내랬니? 주를 살 때는 부끄럼 타는 소녀처럼 조심스럽게 사고팔 때는 토끼처럼 날쌔

게 팔렸는데, 재수가 좋아 잔돈푼이나 생기니까 지가 뭘 아는 줄 착각하고 나섰다가 쓰레기통을 뒤지고 상투를 잡은 거지 뭐. 그러니 우리 주도 기관 사람들이 고평가됐다면 헛미련 갖지 말고 그런 줄 아는 거야. 그 뭐냐, 1퍼센트가 소문을 만들고 99퍼센트가 뒤를 좇는다는 객장 소문바람 있잖아. 주가가 어떻고 네가 어떻게 생각하든 그 사람들이 고평가 주라면 고평가 주가 되는 거라구. 사람들은 으레 그 말을 곧이듣고 그 주엔 한동안 눈을 주려 하지 않으니까. 하지만 그도 한참 시황에 밀리다 보면 다시 저평가 상태로 순환하게 마련이니까 너무 걱정은 마라."

내가 계속 마음을 놓지 못하는 기미에 누님은 여전히 여유만만 나무람기 섞인 어조로 나를 안심시키려 들었다.

"누님은 아무래도 믿는 데가 있는 것 같구만. 그래 자형을 정말 그렇게 계속 믿고 기다려도 될까? 요즘 주가를 보면 자형네 회사에 누님도 모르는 무슨 문제가 있는 거 아니야?"

나는 누님의 자존심까지 건드리며 마지막으로 한 번 더 확신을 구하고 싶어 했다. 하지만 누님은 내 속내 따윈 아랑곳을 않은 채 계속 자신만만한 어조였다.

"문제는 무슨 문제. 말은 자주 하지 않지만 내가 늬 자형네 회사 돌아가는 형편을 모르는 데가 있는 줄 아니? 내 알기론 그 회사 아무 문제없다."

"누님이나 자형을 믿어도 된단 말이지?"

"나까진 몰라도 늬 자형은 믿어도 될 거다. 내 집안 가장이나 남편으로는 좀 뭣해도 회사 일에는 안목이나 능력이 꽤 있는 모양이니까. 내가 계속 주식을 안고 있는 줄 알면서도 아직 별다른 말이 없었구. 하긴 내가 하도 꼼짝을 않으니까 요 며칠 전엔 그 기관 녀석이 또 반갑잖은 전활 했더라만. 녀석이 이번에도 우리 주식을 너무 아는 척해대길래 내가 바로 그 회사의 사장급 안식구랬더니 위인이 눈 하나 깜짝 하지 않고 요즘은 사장이나 전무, 상무보다 그 회사 주식 사정을 자기들이 더 잘 안다고 허풍을 떨지 않겠니. 늬 자형이 그래도 명색이 전무님이신데, 그 회사나 주식에 관한 일을 누가 그 사람보다 더 잘 알 수 있겠니. 하지만 누굴 믿든 말든 그건 네 알아 할 일이고, 네 주식 일도 네 알아서 잘 처리해라. 어느 쪽이 되든 나중 가서 또 한 번 후횔 하지 않게."

결국 모든 것을 내 책임과 결정으로 미루는 식이긴 했지만, 그리고 내가 마지막으로 한 번 더 다짐을 주듯, 그나저나 무슨 기회가 생기려면 상승장세라도 계속 좀 이어나가줘야 할 텐데 앞으로의 추세가 어떨 것 같으냐— 전망을 물었을 때도, 그야 나도 모르지—, 한마디로 간단히 대답을 자르고 말았지만, 말이야 어찌 했든 누님은 여전히 내가 주식을 팔기를 바라지 않고 있음이 분명했다.

그래저래 나는 어쨌거나 계속해서 기다렸다.

그리고, 이러니 주식을 알려면 세상을 제절로 알게 된다지—, 그게 바로 정보화 시대의 삶인 거지—, 따위로 스스로를 격려하고 고무 받으며 배전의 노력을 기울여 가능한 모든 호재와 악재들을 분석 종합, 하루하루 나름대로의 시황을 전망해보고 보유 주가의 상승 기미를 면밀히 살펴나갔다. 심지언 미구에 더욱 신속하고 과학적인 시장 관리와 대응력이 필요하게 될 때를 대비하여 그동안엔 진짜 주식꾼이 되는 듯싶어 망설여오던 인터넷 접속 절차까지 마쳐뒀을 정도였다.

하지만 이제 더 긴말해 무엇하랴. 뒷거울을 통해 내일을 보지 말라는 증권가의 얄미운 속설처럼 어제의 손실을 지나간 실패로 흘려버리지 못한 내 만회의 꿈은 모든 것이 착각이요 불가사의하기 짝이 없는 실패뿐이었다.

지금 돌이켜보면 애초 내 당찮은 허욕과 오기스런 집착이 화근이었지만, 그리고 내 쪽에서 따지고 들 일은 못 되지만, 그 위에 함량 미달의 막연한 믿음을 준 누님과 전무님 자형에게도 허물의 일부가 있었던 셈이었다. 누님이 정말 어떤 함정을 숨긴 채—그걸 차마 믿고 싶지는 않지만—나를 구경하고 있었다면, 그 누님이나 자형에 대한 영양가 없는 믿음 속에 내일의 만회를 도모코자 힘들게 참아낸 내 기다림은 역설적이게도 그 수수께끼 같은 누님의 함정에 보기 좋게 걸려들고 만 꼴이니까. 마치 피를 나눈 누님과 자형에 대한 믿음 때문에 일이 그렇게 된 것처럼 두 사람에 대한 믿음이 무너진 것이 내 꼴을 더한층 참담하게 했으니 말이다.

한마디로 나는 결국 주식을 팔지 않을 수 없게 되었고, 끝내는 더 이상의 미련을 버리고 그 애물단지들을 일시에 모조리 팔아치웠다. 팔았다기보다 그 동네 말로는 결국 깡통을 차고 돌아선 셈이었다. 다시 돌이키기도 싫은 일이지만 나로서도 끝내는 더 이상의 고집을 꺾고 결연히 마음을 비워야 할 새 위기가 닥쳐온 때문이었다.

맨 처음 내 마음이 그쪽으로 기울어든 것은 내 보유 주식은 그대로 바닥인 채 종합지수대가 슬금슬금 다시 하락 조짐을 보이기 시작하면서부터였다. 3월 달 들어서 꾸준한 상승세를 보이던 지수가 중순께를 지나며 6백 선을 바로 눈앞에 두고부터는 며칠씩 불안한 출렁임 속에 옆걸음질을 계속하다가 같은 달 하순께부터는 본격적인 하락세로 돌아설 완연한 조짐을 드러냈다. 이런저런 재료들을 조심스럽게 살펴보면 내 전망으론 아무래도 그럴 공산이 커 보였다. 하고 보니 지수대가 오를 때도 힘을 전혀 못 펴고 있던 내 보유주는 이제 더 기다리고 말고 할 건덕지도 없었다.

하지만 내가 끝내 그 알량한 자존심을 접고 내 주식을 진짜 휴지조각처럼 처분하고 만 것은 그 불안한 장세를 더 이상 견딜 수 없어서만이 아니었다. 그리고 그 당장 주가들이 눈에 띄게 떨어져 내린 것도 아니었다.

─별로 크게 걱정할 것 없다.

그동안의 차익 실현이 흡족하지 못해서였을까. 약빠른 개인 물량이 시장을 빠져나가지 못하도록 이번엔 웬일인지 기관들이 일제히 입을 모아 얼굴 없는 시장의 개미군을 다독이고 나섰다.

─그간에 지수가 상당 폭 올랐으니 한차례 조정은 거쳐야겠지만, 그 폭은 그다지 크지 않을 것이다. 지난번 570선대에서부터 저점 매수 기회를 놓친 개인이나 기관 대기 자금이 아직 2조 원대로 추정되는 데다. 내외의 시장 환경이 갈수록 호전되고 있어 최악의 경우라야 550선을 지지선으로 다시 반등세가 나타날 것이다.

그런데 기관들의 그런 다독임과 부추김이 나는 더욱 수상쩍고 불안했다. 재료를 읽기에 따라 그런 전망이 가능할 수도 있겠지만, 위인들의 예단엔 부러 외면을 하고 넘어간 불안스런 그림자가 숨어 있는 듯싶었다. 안으로는 대기업 간의 구조조정 작업이 여전히 지지부진해 있는 상탠 데다, 새해 임금교섭과 노동조합법 개정을 둘러싸고 연초부터 예고돼온 노동권의 4월 춘투나 파업설 역시 해결의 실마리가 전혀 안 보였고, 나라 밖 정세 역시 러시아 정정과 경제 불안, 인권문제를 둘러싼 미·중 간의 관계 악화 가능성, 전운까지 감돌기 시작한 발칸과 나토 제국들 간의 인종·종교 갈등상 등등 허약한 우리 증시에 언제 깜깜한 먹구름을 몰고 올지, 마음을 놓을 수 없는 악재들이 수없이 잠복해 있었다. 그중에서도 특히 정부가 직접 나서서 노동계와 재계 간의 이해를 조정하려 노력해온 '노사정위원회'의 활동은 노동계와 재계가 서로 협의 불참을 위협하고, 한편에선 실제로 탈퇴까지 선언하고 나선 마당이어서 그 폭발력과 파괴력을 예측할 수가 없었다. 나 역시 지금껏 그런 일은 우정 생각하기 싫어 눈을 감아온 꼴이었지만, 기관들도 그쪽 일엔 아예 꿀 먹은 벙어리 한가지였다. 나는 그것이 더 수상쩍고 미덥지 못해 참아 넘길 수가 없었다.

하지만 그런저런 곡절 외에 내가 그 주식 놀음에서 끝내 마음을 비우고 돌아서기로 작심하게 된 결정적 계기는 우습게도 증권계 경력 30년의 진짜 전문가의 허심탄회한 고백 때문이랄 수 있었다.

"주식 전문가들의 충고나 조언을 절대로 믿지 마시오!"

어느 날 방송사로 주식이나 주식 시장에 대한 상식을 강론하러 나온 한 증권 시장 점주가 무슨 역하심정에선지 그 자리가 마침 생방송 중임을 기회 삼아 이야기 도중 불쑥 그렇게 속을 털어놓기 시작했다. 처음엔 말뜻을 제대로 알아듣지 못했던 방송국 측 진행자가 뒤늦게 당황하며 이 기상천외하고도 기습적인 선언을 얼렁뚱땅 싸 가리고 넘어가려 나선 것은 당연지사. 원 선생님도 갑자기 듣는 사람 헷갈리게 웬 그런 농담은요 허허…… 어쩌구 헛웃음소리를 너털대며 말길을 바꾸려 들었지만, 그는 처음부터 미리 작심을 하고 나온 사람처럼 들은 척도 않은 채 일사천리로 고백을 계속해나갔다.

"전 20대 나이에서부터 이 나이까지 근 30년 동안을 오직 증권 동네서 살아왔지만, 그동안 한 사람도 주식해서 돈 번 사람 못 봤고, 주식 오래 하는 사람치고 망하지 않는 사람 못 봤습니다. 왜 주식 해선 돈을 못 벌고 패가망신이나 당하기 일쑨 줄 아십니까. 속을 알고 보면 그 놀음이 원래 다 그렇게 되도록 꾸며져 있기 때문이에요. 기관 사람들은 전망이 좋은 주를 미리 점찍어 사놓고 상승 목표 가격점까지 70퍼센트 정도 올랐을 때부터 그 종목을 유망주라 부추기며 추천 종목에 올립니다. 그래서 고객들이 몰려들어 주가가 마저 올라가면 그 주식을 팔아치웁니다. 기관을 믿고 추천 종목을 산 개인 투자자들만 뱀 꼬리를 잡게 마련이지요. 한마디로 기관의 추천이나 조언을 믿지 말라는 말씀입니다. 솔직히 저희 점포도 왕왕 그러고 있으니까요. 심하게 말씀드려서 가령 저희 회사 직원이 어떤 종목을 추천하면 일반 투자자께서는 바로 그 종목을 파시는 편이 나을 겁니다. 다른 전문가나 기관이 우리 회사 주를 추천할 때도 물론 마찬가지겠구요. 게다가 주식 놀음은 한번 손을 대고 보면 마약처럼 좀체 빠져나오기 힘든 중독기까지 심하지 않습니까. 기관의 이익은 결국 개인 투자가들 주머니에서 나와야 하니까 기관들은 은근히 그 마약기를 풀어대기도 하구요. 그러니 애저녁부터 개인들은 주식에서 돈을 벌 수가 없지요. 거기서 일찍 손을 털고 나오지 못하면 패가망신밖에 남을 것이 없구요. 주식은 원래 마약처럼 인격이 없는 중독성 게임이거든요……"

위인이 대체 어떤 연고로 그런 양심선언 조 고백 속에 결연히 자기 직업의 금기를 깨고 나섰는지 속 깊은 곡절을 알 순 없었다. 하지만 방송 직후부터 연일 '정신 나간 위인'이니 '몰상식한 사람'이니 '자신의 개인적 실패나 원망의 책임을 전가하려는 악의적 광태'니, 증권가 사람들의 빗발치는 성토와 비난에도 불구하고 현업 종사자로서의 그의 거침없는 고백은 역설적이게도 내게 새삼 아픈 감동과 충격을 주었다. 그것은 물론 나도 확연히 느껴온 사실들을 재확인하게 된 때문이기도 하였고, 고백의 내용을 가차 없이 뒷받침해준 경륜있는 전문가의 신뢰성 때문일 수도 있었다. 그러나 거기 덧붙여 또 한 가지 새삼스럽게 뼛속을 파고드는 아픈 깨달음이 있었다.

1960년대 초중반 흑백텔레비전 방송이 갓 시작됐을 무렵, 이 나라 프로 레슬링 개척자 격인 김 모 선수와 장 모 선수 간의 대전이 선풍적인 인기를 누릴 때였다. 어느 날 저녁 게임 중 김 선수로부터 일방적인 공격을 견디다 못한 장 선수가 느닷없이 게임 포기를 선언하고 나서며 김 선수의 약속 위반 사실과 함께 그때까지 사람들이 반신반의해오던 프로 레슬링 게임의 비밀을 공개적으로 폭로

해버렸다. 그리고 그로 하여 사람들은 일시에 프로 레슬링 게임에 흥미를 잃고 돌아섰고, 게임 중계방송도 그것으로 끝장이 났다.

그때 장 선수가 울분을 못 참고 만천하에 공개해버린 비밀이 다름 아닌 게임의 '짜고 하기' 밀약이었다. 바로 그 짜고 하기 밀약, 그런 밀약은 어떤 게임 판에나 암묵적으로 용인되어온 일종의 필요악 같은 것이었다. 그것이 없이는 게임 마당 자체가 어우러질 수 없을 수 있었고, 그래서 그것을 함부로 드러내는 것은 필요한 계율의 파기 행위가 될 수 있었다. 물론 밀약을 먼저 깨뜨린 쪽은 상대를 시늉이 아닌 진짜 폭력으로 공격하고 나선 김 선수 쪽이었다. 하지만 보다 치명적인 실수를 범한 것은 게임의 짜고 하기 밀약 사실을 폭로하여 게임마당 자체를 불가능하게 만들고 만 장 선수 쪽이었다. 그는 그 금기를 범함으로써 김 선수뿐만 아니라 자신의 게임 마당을 함께 잃는 공멸의 운명을 맞고 만 것이다.

주식 게임 마당도 그와 비슷했고, 그 마당에선 거의 공공연한 비밀을 그렇듯 노골적으로 폭로하고 든 사람의 허물도 그와 비슷했다. 그러나 그가 무슨 이유에서 그런 용기를 냈는지, 그리고 그것이 모종 용기인지 배반인지 따위는 내게 문제가 아니었다. 내게 중요한 것은, 그 주식 놀음판에서 나는 애당초 김이나 장 같은 주인공이 아니라 한낱 구경꾼에 불과하다는 사실의 확인에 있었다. 주식 시장의 개인들은 어차피 얼마쯤의 판 값을 물고 관전석 정도를 사 들어가 진짜 선수들의 게임을 즐기는 구경꾼에 불과했다. 그러니 구경꾼은 무슨 일이 있어도 사각링 밖의 구경꾼으로 남아 있어야 했다. 자신의 모든 것을 걸고 덤비는 링 위의 선수나 전문 종사자의 흉내를 내어서는 안 되었다. 그 직업상의 불가결의 계율에 이러쿵저러쿵 아는 척을 하거나 간섭을 하고 나서서도 안 되었고, 더욱이 자신이 직접 링 위로 뛰어올라 함께 승부를 겨루려 해서는 절대로 안 되었다. 그것은 자신의 파멸을 자초하는 무모하고 무책임하고 부도덕한 만행일 뿐이었다. — 진짜 게임은 진짜 선수들에게 맡겨줘야 한다. 그것은 본디 그들의 게임이니까. 그리고 그들이 어떤 밀약 속에 게임을 펼쳐가든 나는 그 게임의 즐거움을 관전료만큼 누리고 나오는 구경꾼으로 만족하고 더 이상의 몰입이나 동참을 그쳐야 한다!

그런 것을 그때 비로소 처음 느낀 것은 아니지만, 그것이 그 무렵 내가 내린 결론이었고, 끝내는 주식을 모두 팔아치우게 된 진짜 연유였다.

그러고 나니 나는 한편으로 마음이 홀가분하면서도 다른 한편으론 여전히 아쉬움을 씻을 수가 없었다. 누구에게든 그 허전한 심사를 좀 털어놓고 싶기도 했다. 아내는 물론 마땅한 상대가 못 되었다. 나는 곧 누님에게 다시 전화를 걸었다. 누님에겐 적어도 주식 매각 사실을 알려야 할 처진 데다, 누님의 기대와는 달리 내 쪽은 이제 그나마 더 이상의 곤욕에서 벗어나게 된 셈이지만, 그걸 알 리 없는 누님은 아직 그 불가사의한 믿음 속에 답답한 애물단지들을 껴안고 있을 터이기 때문이었다. 잘했는지 못했는지 여전히 아리송하고 석연찮은 심사를 달랠 겸 저녁에 직접 누님네를 찾아가 그쪽 상황이나 궁량을 알아보기 위해서였다.

그런데 이번에도 나는 줄곧 그 누님을 헛짚기만 해온 꼴이었다.

"아니 그럼 너 여태까지 그 알량한 쓰레기 조각들을 모셔두고 있었단 말야? 입으로야 뭐라 떠들어대든 기관들이 연일 저가 매입을 노리고 지지선을 더 끌어내리기 위해 그렇게 시장을 흔들어댔는데도 무슨 소릴 곧이들었길래 그걸 이제사 팔았다구? 너야말로 정말 어디 믿는 데가 있었던가 보구나. 도대체 무얼 믿고 그랬는지 네 속이나 한번 들어보자꾸나!"

통화의 서두에서 먼저 내 주식을 팔아치운 사실을 접한 누님은 다른 말 더 듣지 않고 다짜고짜 그렇게 나를 몰아세우기부터 했다. 그 정도가 아니었다.

"전번 전화에 누님도 별로 팔아치울 기미가 없어 보이던데, 나라고 좀더 기다려보지 말라는 법 있어요. 참!"

내 어쭙잖은 항변 투에 누님은 더 한층 오연하고 가차 없는 힐책을 퍼부어왔다.

"아니, 그럼 너 지금 주식을 인제사 판 게 나 때문이라는 거야? 나더러 그 책임을 지라는 거야 뭐야. 내가 도대체 언제 너더러 주식을 팔라 말라 했길래? 도대체 내가 무엇 때문에? 내가 너한테 그래야 할 필요가 무어길래? 그리고 나야 내 주식을 팔아 삶아 먹든 구워 먹든 니가 왜 내 주식 일에까지 관심을 가져? 나는 너 그러는 거 하나도 고맙지 않으니 내 걱정은 그만 접어두시고 자기 일이나 제때제때 알아서 잘 처리하시라구."

아무래도 속을 알 수 없는 아줌마였다. 그야 물론 누님에게 무슨 책임을 물을 수도 없고 그러자는 전화질도 아니었지만, 나는 다시 그 누님에게 짓궂은 악의 같은 것이 느껴졌고, 심지언 정말로 그 누님에게 뭔가 보기 좋게 속아 넘어간 것 같은 고이얀 생각까지 들었다. 아닌 게 아니라 누님이 그래야 할 이유를 알 수 없으면서도 그만큼 마음이 더 쓰리고 허전했다. 하지만 나는 물론 누님 앞에 그런 내색을 보일 수는 없었다.

"그나저나 이젠 주식도 팔아치우고 했으니 별일 없으면 오늘 저녁 나 거기나 한번 놀러 갈까 싶은데, 괜찮겠지? 오랜만에 자형하고 이야기도 좀 나누고…… 자형 저녁에 일찍 들어올 거지?"

더 긴말 나오기 전에 일방적인 다짐을 건네고는 우선 전화를 끊었다. 종잡을 수 없이 매양 의기양양하기만한 누님과는 갈수록 더 막막해져가는 심사를 대신 자형에게라도 좀 털어놓고 싶었고, 석연찮은 기분에 뒤늦게나마 그에게서 한번 꼭 확인하고 넘어가고 싶은 일이 있었기 때문이다.

하지만 사실을 말하자면 그날 밤 내가 자형을 찾아가 만난 것이 옳았는지 어쨌는진 지금도 잘 알 수 없는 일이다. 왜냐하면 그날 밤 내가 자형을 찾아가 확인해보고 싶었던 것은 부질없는 일 같지만 자기네 회사 주식에 대한 그의 전망이었고, 그에 대한 자형의 생각이 너무도 내 예상이나 기대를 벗어난 것이었기 때문이다. 게다가 이날 밤까지도 누님은 내내 나를 헛짚게만 하고 있었으니 그때의 내 황당하고 창연스런 기분이라니.

순서대로 말하면 그날 밤 나는 자형의 퇴근 시각을 어림해 누님네를 찾아갔고, 예상한 시각에 정확히 귀가한 자형과 저녁 겸 술자리를 함께하며 미리 맘속에 품고 간 이야기를 나눌 수 있었다. 누님까지 곁에 함께한 세 사람 간의 이야기는 처음부터 물론 내가 주식을 팔아치우고 만 데서부터였다.

"그놈의 주식 잘 팔아치웠구먼. 재미를 좀 봤는지 어쨌는지 모르지만 하여튼 시원섭섭하겠어."

내가 마침내 주식을 다 팔았다는 소리에 자형은 평소 성미대로 별다른 이견이 없었다. 그러면서도 어딘지 주식 놀음 일반에 대한 부정적인 인식이 깔린 어조였다. 그런데 그것이 바로 자기 책임이 딸린 회사와 상관된 일일 때는 문제가 달라질 수 있었다. 나는 그 자형의 속마음이나 태도가 궁금했다. 하지만 잠시 말을 아껴 자형네 회사에 대한 직접적인 거론을 피한 채 주식 일반에 대한 그의 생각부터 물었다.

"자형도 주식을 좀 아세요?"

"주식? 그거 알 만한 것은 알지. 주식 값이 쌀 때 샀다가 오를 때 비싸게 팔아 이득을 챙기는 게 그게 주식 놀음 아니야?"

그것은 물론 자형다운 농투였다. 그러나 내 주식을 판 게 어째 잘한 노릇이라느냐는 내 거듭된 물음에 자형은 잠시 머리를 긁적이다가,

"그게 말이지……"

나름대로 차츰 진중한 어조로 소견을 털어놓기 시작했다.

"글쎄, 요즘엔 투신이니 펀드니 증권을 전문으로 하고 투자도 대신 해주는 기관들이 많은데, 정보 관리나 자금력 면에서 개인은 아무래도 힘에 버겁지 않아? 게다가 지금같이 지구촌이 나날이 한 생활권으로 열려가는 글로벌 경제 시대에선……"

그렇게 시작된 자형의 해명 투 주식관은 물론 내 예상대로 한 회사를 이끌어가는 사업가답게 썩 만만치가 않았다. 그리고 주식 시장 일반에 대한 이해나 판단은 내가 지금까지 겪고 생각해온 바와도 큰 차이가 없었다. 주식 놀음에 필요한 정보력이나 자금력과 관련한 개인과 기관들 간의 절대적인 격차 하며, 거기다 허위 정보 유포와 허수 주문에 의한 의도적 시장 흔들기, 자기들 기업 비밀을 도용해 엄청난 떡고물을 챙기려는 내부자 거래나 비정상적 자전 거래 행위들에 대한 부정적이고 비관적인 인식이 나와 대체로 일치했다. 하지만 그 같은 현상적 이해를 넘어 글로벌 시대에 즈음한 정보의 성격이나 주식 시장의 메커니즘에 대한 인식은 나를 한참이나 앞서 있었다.

"지금 개인들이 정보나 자금력 때문에 기관들의 눈치를 봐야 하는 건 물론이지만, 거기에 한 가지 더 눈치를 살펴야 하는 큰 세력이 있지. 외국 투자자들 말야. 정보량이나 속도 자금동원력 면에서 외국인들의 투자 패턴은 훨씬 더 공격적이고 힘이 크지. 그 왜 자네도 알잖은가. 그 잘나빠진 정치 지도자 잘 모신 바람에 우리 경제가 IMF로 가고부턴 구조조정이니 세계화니 하는 명목하에 외국 자본이 우리 시장의 큰 중심 세력으로 무혈진주해들어온 거. 그래 이젠 저들의 유례없이 강력하고 무차별적인 자본 공격에 국내 기관이나 큰손들도 거의 속수무책으로 슬슬 눈치를 살펴야 할 마당에, 그 기관과 외국 투자세력 앞에 동시에 노출된 개인들의 처지야 어느 눈치를 살펴야 할지 더 말할 건덕지가 없게 된 꼴이지. 어떻게 보면 내 안마당 내주고 남의 굿을 구경하는 꼴이 되었달까.

그러잖아도 요즘 농구경기나 야구경기 구경을 하다 보면 이게 우리나라 운동경기를 보는 건지 다른 나라 걸 보는 건지 선수들 색깔이 영 헷갈리게 하데만, 이를테면 우리 경제나 주식 시장 돌아가는 게 그런 식이지 뭐겠어. 우리 시장이 그만큼 자생력이 없다는 소리지. 말이 좋아 동반 상승이요 하락이라지, 세계 시장들의 지수대 움직임을 보면 우리 시장뿐 아니라 세계의 모든 시장, 특히 아시아 지역 시장들은 거의 예외 없이 외국 시장의 흐름에 좌우되는 예속 상태가 심화되어가는 꼴이거든."

주식 시장에 대한 자형의 식견은 우선 거기까지만 해도 단순한 현상적 이해의 정도를 넘어 작금의 세계 경제 질서에 대한 한 개도국 경영인으로서의 뼈아픈 성찰과 고뇌의 깊이를 느끼게 했다. 뿐만이 아니었다. 이야기를 좀더 끌어가다 보니, 주식 시장이나 세상 현실에 대한 자형의 그런 인식의 한쪽엔 가위 철학적이라 할 만한 부정적 허무주의의 어두운 그림자가 깔려 있었다.

"주식에 대해선 회사를 하는 자형도 매우 부정적인 것 같군요. 그런데 왜 누님의 주식 일은 계속 모른 척하고 계시죠? 자형도 그렇게 썩 맘에 들지 않는 노릇이라면 누님에게 주를 팔아 없애게 하지 않구요."

이제는 내가 말을 더 아낄 것 없이 자형에게 직접 물은 것이 자형의 그 비극적 허무주의가 드러나게 된 계기였다.

"아니 무슨 소리야? 주식이라니. 누인 벌써 주를 팔아치운 줄 아는데?"

자형에게 마지막으로 한번 확인해보고 싶은 것을 거꾸로 물은 내 말에 자형은 처음 물색을 알아차리지 못해 어리둥절한 얼굴로 되물었다. 알고 보니 자형의 말이 사실이었다.

"그래, 니네 자형 말이 사실이다."

그때 곁에서 계속 두 사람의 이야기를 듣고 있던 누님이 시치미를 뚝 뗀 얼굴로 불쑥 끼어들었다.

"넌 내가 아직도 주식을 가지고 있는 줄 아나 본데, 내가 미쳤다고 그딴 주식을 아직 끌어안고 애를 먹니? 난 벌써 팔아치웠다. 그러니까 아마 그게 전전번 너하고 전화 통화를 하고 난 바로 다음 날 아침이었을걸. 그래 내가 지난번 전화 때 너더러 너무 물색을 모르고 날짜를 끌었댔잖았어. 그런데 넌 마치 내가 그러라고 시킨 것 같은 말투더라. 이제 말이지만, 내가 주를 팔았는데 너더런 팔지 말라는 이유가 무어겠니. 안 그러니 경우가, 호호……"

그런데 그 전전번 땐 왜 두 사람 다 기다리는 게 나을 것처럼 말하고, 지난번 땐 이미 주식을 팔고도 그걸 말하지 않았어? 나는 어이가 없어 그렇게 물으려다 그만 말을 꾹 아끼고 말았다. ─네가 그때 그걸 묻기나 했니? 묻지도 않는 말을 내가 왜 하니. 그렇지 않아도 주식 늦게 판 허물을 나한테 떠넘기고 싶어 하는 너한테─ 자기 주식은 손해를 보았든 말았든, 내 주식이 죽을 쑤고 만일로 핏줄로서의 새 부담이 생기든 말았든, 그런 일엔 거의 괘념을 않은 채 매사에 터무니없이 늘 자신만만 대범하고, 방향조차 종잡을 수 없는 누님의 그 불가사의한 성미에 앞뒤 경우를 따져봐야 전혀 소용이 없을 일인 데다, 뜻하지 않은 사실로 졸지에 또 낭패를 보고 망연해진 내 꼴을 두고 누님은 이번에도 속으로 고소해하는 기미가 역력해 보였기 때문이다. 그래 나는 대신 주식을 팔았으리라는 말에 모처럼 힘을 싣고 있는 자형에게 한 번 더 거꾸로 물었다.

"그럼 혹시 누님이 주식을 파는 데에 자형의 조언 같은 게 있었어요? 아까 말씀처럼 주식에 대한 부정적인 생각에서…… 아니면 그냥 누님 혼자 생각으로……?"

그러나 이번에도 누님이 그 자형의 대답을 대신하고 나섰다.

"저 양반이 조언은 무슨 조언! 늬 자형이 내 하는 일에 언제 똑 부러진 말 한마디 한 적 있는 줄 아니? 다 내가 알아서 한 일이지. 하긴 주식을 팔아 없앴다니까 다른 때처럼 그저 그랬나보다 하고 넘어가는 줄 알았더니, 이번엔 자기 생각에도 잘했다 싶었던지 한마디 하시더라. 아까 너한테처럼, 요즘 들어 회사 사정이 그리 좋은 편이 아닌가 보더라며 남의 말 하듯 시원섭섭하겠다고."

대답은 다른 사람이 했어도 내가 자형에게서 알고 싶은 것은 어차피 마찬가지였다. 내가 기대한 것과 다른 쪽이기는 했지만, 누님이 주식을 파는 것을 자형이 말리거나 팔고 나서 아쉬워한 일이 없는 것은 분명해진 셈이었다. 그야 주식에 대한 인식이 그렇듯 부정적인 자형의 처지로 다른 종목의 경우라면 당연히 누님이 주를 파는 걸 반겨야 할 일이었다. 하지만 그것이 자형 자신의 회사 주라면 경우가 전혀 다를 수 있었다.

"자형은 그렇게 자신이 없으셨어요? 자형네 회사 일에 대해서 말씀예요."

이번에는 내가 실망기를 감추지 못한 얼굴로 누님을 제치고 똑

바로 자형 쪽을 향해 물었다.

"자신이 없다니, 내가 우리 회사 일에 대해 무얼?"

내 어조나 표정이 심상찮아 보였던지 바야흐로 조금씩 술기가 오르기 시작한 자형은 그 사람 좋은 웃음기 속에도 모처럼 좀 정색스런 목소리로 되물었다. 나는 내친김에 계속 자형을 다그쳐들었다.

"누님이 가지고 있다가 판 것은 다른 주가 아닌 자형네 회사 주식 아니었어요? 누님은 아무래도 회사 사람이 아니니까 그렇다 치더라도 자형까지 자기 회사 주에 그렇게 믿음이나 자신이 없었으니 그냥 팔도록 모른 체해둔 것 아니에요. 그건 바로 자기 회사나 자신에 대해서도 믿음을 못 가진 것 한가지구요."

"아까도 말했지만 난 어떤 회사 주가 됐든 요즘 개인 단위 주식 놀음엔 부정적인 편이니까."

"그래도 주식에 대한 식견이 그만하신데 그걸 무기 삼아서라도 자형만은 자신이 몸담고 경영까지 책임지고 있는 자기 회사 주에 대해선 남다른 믿음이나 자신감이 있어야지 않아요?"

"나는 그저 한 회사를 경영하는 사람으로서 요즘 주식 놀음이나 시장에 대한 상식적인 소견을 말했을 뿐인걸. 나는 실전 전략은 몰라."

"그렇더라도 자형까지 자기 회사 주를 못 믿고 지킬 생각이 없다면, 그럼 그 주는 누가 믿고 사지요? 누가 그 주를 알고 있을까요. 그 기관 사람들일까요, 아니면 자형 말씀처럼 남의 마당 판을 주인처럼 좌지우지하는 외국 자본일까요."

자형은 거기서 무슨 생각을 하는지 잠시 천장만 응시하고 있었다. 그러다 이윽고 머리를 가로저으며 부인했다.

"아니, 그들도 그건 모를걸. 자네 같은 문사들이 흔히 쓰는 말로, 주식 시장엔 그들도 알 수 없는 시장 자체의 욕망이 있으니까. 최신 첨단의 하드웨어와 모든 인간의 지식 심리 지혜를 다 망라한 무한 상상성 소프트웨어의 결합 위에 더 없이 정밀하고 거대하게 구축된 주식 시장의 정보 시스템은 우리 개인은 물론 기관이나 외국 자본 누구도 어쩔 수 없는 거대 욕망체로서 모든 개인과 기관 외국 자본, 심지어는 그 시장 자체의 자율적 욕망까지도 무한정 욕망하면서 그 모든 것들, 종국엔 이 세상 전체를 욕망하고 지배하려 들 테니까. 그러니 귀신도 모른다는 주식 값의 움직임은 아닌 게 아니라 주식 시장 귀신이라도 알 턱이 없겠지. 그도 물론 제 욕망을 욕망하며 거기 지배를 당해야 하는 운명이니까."

게으름을 피우기 좋아서라는 독서 취미 덕분에 문학이나 의학 동네서나 나도는 정신심리학 용어까지 동원한 자형의 결론은 나로서도 별 흠잡을 데가 없었다. 그러나 종국에 가선 우리 삶에 대한 모든 믿음, 주식뿐만 아니라 자기 회사, 자신의 생각과 판단력에 대한 믿음까지도 믿을 수 없게 만들어가는 그 시장 메커니즘의 불가항력적인 구조는 자형을 위해서나 이 세상을 위해서나 전혀 고맙고 반가울 바가 없는 것이었다. 하지만 이미 고뇌의 흔적이 역력한 자형 앞에 그것을 굳이 되풀이 말해야 할 필요가 없었다. 그 대목까지는 내가 일을 너무 늦게 깨달은 때문이기도 하였다.

"이것 참 비극이군요. 자형네가 자기 회사 주까지 겁을 먹고 팔아치운 마당에 내가 다시 그 주를 살 수는 없고……"

아닌 게 아니라 자형 역시 내일의 자기 회사 주에 대한 믿음이 누구 못지않게 쉽지 않았으리라는 점이 확연해진 이상, 나는 이제 더 부질없는 이야기를 접기 위해 슬그머니 농기를 섞고 들었다. 하지만 어느새 비워진 술잔을 매만지며 잠시 내 엄살 투 농담의 속뜻을 곱씹고 있음에 분명한 자형을 제치고 이번엔 누님이 다시 거칠게 끼어들었다.

"호호, 너 그러고 보니 그동안 제법 주식을 해서 가계 걱정을 덜어온 사람 같구나. 그래서 주식을 팔아버린 게 그토록 아쉽고 억울하니? 자형한테 이거저것 그렇게 따지고 들게?"

"……"

나는 거기 물론 마땅히 대꾸할 말이 없었다. 무슨 대꾸를 하고 싶은 생각도 없었다. 나는 그저 묵묵히 자형과 내 빈 술잔에 차례로 술을 따라 채우고 있었다. 하니까 누님이 더욱 의기양양 위론지 비웃임인지 모를 설교를 계속했다.

"하지만 그렇다고 너무 실망하진 마라 애. 넌 그래도 시인이잖니. 옛날처럼 그냥 다시 시를 쓰면 되잖겠냐 말야. 게다가, 난 네가 시인이라서 부러 조금씩 주워들은 소리다만 시인은 현실에 늘 패배할 수밖에 없는 것이 운명이라면서? 숙명적인 패배, 비극적이지만 아름다운 패배!"

골프를 치러 다니다가 도자기를 구우러 다니다가 이것저것 두루 안 해본 것이 없는 누님은 자기 말마따나 동생의 시를 이해하기 위해 한동안은 어떤 백화점에 설치한 시 창작교실까지 열심히 나

다닌 일이 있었다. 덕분에 누님은 이따금 내 시 작업에 대해 나름대로 거침없는 소리를 늘어놓는 때가 있었다. 나는 그걸 물론 깊이 귀담아 들으려는 편이 아니었지만, 경우가 그래 그런지 이날 밤은 그마저 범연스럽잖게 들려와 그냥 웃어넘길 수가 없었다. ――그래 시인이라, 시인의 운명이라…… 아닌 게 아니라 대개의 시인들은 요즘처럼 추호의 낭비도 용납지 않는 정밀한 시계처럼 효율적이고 조직적인 정보언어 시대 속에서도 부질없이 자기 시간과 삶을 낭비하는 비효율적 비집단적 개인 언어에 매달려 지내는 경우가 허다하지. 시인들이란 원래 현실생활의 생산성이나 유통적 정보 마인드엔 허약한 위인들이니까. 하지만 당신은 그것이 시인의 희망이 아니라 저주받은 운명의 업보라는 것을 알 수 있을까. 시인들도 누구보다 그 말의 허무한 낭비를 아파한다는 것을. 그러면서도 어쩔 수 없이 그 신통치도 못한 점괘를 외우듯 그 노릇을 일삼고밖에 지낼 수 없는 그 시인들의 아픔을. 그런 뜻에선 나도 아마 한때는 시인이었다 할 수 있겠지만, 때로는 그런 남루하고 초라한 시인 노릇조차 더 이상 감당할 수 없어진 참담스런 처지를? 그래도 그걸 무슨 시를 위한 패배나 비극처럼 쉽게 말할 수 있을까……

하지만 이번에도 나는 그걸 누님에게 물을 수는 없었다. 그녀는 건드릴수록 말을 더쳐가는 여잔 데다, 애초에 그런 것까지 염두에 두었을 리가 없었기 때문이다. 아니 실은 그보다도 자형이 그때 비로소 생각이 미친 듯 불쑥 한마디 누님의 말에 맞장구를 치고 든 때문이기도 하였다.

"그래, 처남은 계속 시를 쓰면 그만이지 뭐. 잘 알지도 못한 주식 놀음으로 공연히 더 우스운 꼴 되지 말고 이제부턴 방문 꼭 걸어닫고 앉아서 모른 척 시나 쓰란 말여. 이러쿵저러쿵 귀찮은 세상일과는 담을 쌓고 앉아 혼자서도 시는 쓸 수 있을 것 아녀? 주식 일은 아무래도 내가 더 전문일 테니 처남은 내 말을 믿구. 주식은 당분간 전혀 전망이 없을 모양이니까."

이야기의 결론 삼아 나를 한 번 더 경계해두고 싶은 듯 자형이 새삼 하품기 어린 어조 속에 다짐해오고 있었다.

돌이켜 보면 내 깨달음이 너무 늦은 셈이었다.

하지만 다시 생각해보면 그것도 결코 참 깨달음이 아니었다. 적어도 주식에 대해서만은 자신의 말처럼 나보다 훨씬 식견이 높을 것임에 틀림없는 매형 역시도 내일의 시장 전망엔 깜깜 장님이었던 것이 바로 드러난 때문이다.

자형이 주식에 대해 나를 앞선 전문가라면, 시에 대해선 내가 자형보다 전문가인 셈이므로, 나는 물론 자형의 시에 대한 조언을 쉽게 받아들이고 싶은 생각이 없었다. 하지만 자기 회사는 물론 자신에 대한 믿음까지 잃고 만 자형의 주식에 대한 조언 역시 나는 섣불리 받아들여서는 안 되었음에 분명했다. 그밖에 다른 도리가 없는 처지 탓이기는 했지만, 그런데도 내가 자형의 말을 믿고 차라리 마음이라도 좀 편해지고 싶어 한 것이 오산이었다. 그리고 그것이 또 한 번의 허망스런 깨달음과 아프게 마주치게 했다.

바로 이튿날 아침부터 주식이 갑자기 까닭 모를 상승세를 타오르기 시작했다. 그리고 비로소 그 심상찮은 꿈틀거림의 기미를 알아차린 기관들의 부산한 해설이 뒤따랐다.

— 오늘의 반등 장세는 사실 진작부터 예상돼온 일이다. 그동안 정부가 꾸준히 노력해온 시중 금리의 지속적인 하향세와 사상 최초로 1만 포인트 선을 훌쩍 넘어선 미국 증시의 기록적인 상승세는 앞으로 한동안 시중 유동자금을 주식 시장 쪽으로 흘러들게 할 것이며, 아시아 시장 전체를 크게 안정시켜갈 것이다. 내외 여건이 다 우호적으로 호전되어가는 이런 장세에서는 그러므로……

그러니 그 기관들 아니고는(!) 그동안 자형이나 누구도 점칠 수 없었던 주식의 상승세는 물론 그 하루뿐이 아니었다. 근 한 달 동안 4백대 후반까지 밀려 내려가 전혀 기를 못 쓰고 있던 종합지수가 그로부터 다시 한 달 사이엔 소위 금융 장세니 기관 장세니, 실적 전망에 대한 기대 장세 따위를 번갈아가며 무려 7백 선 너머까지 2백 포인트 가까운 초강세 상승장을 화려하게 펼쳐갔다. 그렇듯 활기찬 상승장 가운데선 물론 자형네 회사 주, 한때는 그토록 안타까운 승부마였다 끝내는 더 참고 기다릴 수가 없어 아쉽게 팔아넘기고 만 내 주력주는 물론, 여타의 다른 매도 종목들 역시 연일 힘차고 자랑스런 상승세를 숨 가쁘게 이어나갔다.

하지만 이미 다 짐작하시다시피 나는 물론 다시 그 주식을 살 수는 없었다. 그렇다고 누님이나 자형의 충고처럼 시를 쓸 수는 더욱 없었다.

(『21세기문학』 1999년 가을호)

인문주의자 무소작 씨의 종생기

씨앗의 꿈

어린 무소작은 날마다 혼자서 막막하게 집을 보며 지냈다. 아빠와 엄마는 아침만 먹고 나면 들일을 나가고, 해가 져야 겨우 집으로 돌아오곤 했기 때문이다.

"우리 소작이, 오늘도 집 꼭꼭 잘 보고 있거라."

아빠와 엄마는 아침마다 들길을 함께 따라나서고 싶어 하는 소작의 속마음은 아랑곳을 않은 채 서로 앞서거니 뒤서거니 사립을 나서며 이르곤 하였다. 그때마다 어른들은 점심 끼니까지 소작이 혼자 알아 챙겨 먹으라는 당부 말도 잊지 않았다.

"엄마 아빠는 들일이 많아서 점심때엔 늦을지 모르니, 배고프면 기다리지 말고 부엌 부뚜막에 차려놓은 점심상 잘 챙겨다 먹고. 응?"

그렇게 이르고 들일을 나간 어른들이니, 점심 끼니때는커녕 어느 하루 해전에 일찍 집을 찾아 골목길을 들어선 일이 없었다.

엄마와 아빠가 겨우 지친 몸을 이끌고 집으로 돌아오는 것은 봄날의 병아리들이 서둘러 어미 품속으로 숨어 들어간 늦은 찬바람 녘이나, 여름날 흰 박꽃이 지붕 위에서 하나 둘 저녁 별빛을 머금기 시작한 어스름 녘이 다 되어서였다. 무소작은 늘 그때까지 집안에서 혼자 지낼 수밖에 없었고, 기다리는 일이란 그저 하루해가 어서 저물고 사립 밖 빈 골목길에 스멀스멀 어둠이 깃들어오는 것뿐이었다.

무소작에겐 그런 하루하루가 더없이 지루하고 답답할 수밖에 없었다. 어두컴컴한 집 안이나 볕발 가득한 앞마당, 이웃집까지 모두 들일을 나가버린 교교한 마을 전체가 지루하고 답답하다 못해 더러는 까닭 없이 소름이 끼치기까지 했다.

이따금은 이웃의 놀이 동무나 들일을 나간 어른들을 찾아 집을 나서고 싶은 생각이 간절해질 때도 있었다. 그러나 소작은 마음대로 집을 비우고 마실을 나다닐 수가 없었다. 집을 나서 봐야 가까운 이웃에는 자신처럼 어른들의 들일을 따라 나가지 않은 아이들이 아무도 없을뿐더러, 이따금씩 불시에 사립을 찾아 들어와 밥이나 곡식을 내어놓으라 험상궂게 겁을 주곤 하는 동냥아치들 등쌀에 사립조차 함부로 떠날 수가 없었다.

하지만 그렇듯 날마다 빈집을 보고 지내는 무소작에게 한동안 마음속으로 간절히 기다려진 일이 있긴 했다.

소작이 집에 혼자 남아 지낼 수도 없었던 너덧 살 적의 이른 봄

녘, 엄마와 아빠는 어린 그를 자주 들밭 근처의 산기슭께로 데려가 밭일이 끝날 때까지 내내 혼자서 놀게 했다. 그리고 그런 때 엄마나 아빠는 소작에게 근처 산기슭에 지천으로 피어 있는 진달래 꽃무리를 놀이터 삼아 배가 고플 땐 그 연분홍색 꽃잎을 따 먹기도 하면서 지내라 일렀다.

소작은 날마다 그 연분홍 꽃무리 속에 아빠가 해 보이던 대로 새콤한 맛이 도는 꽃잎을 따 먹어가며 긴 하루해를 보내곤 했다.

그러던 어느 날 해 질 녘 그가 일을 끝내고 엄마와 함께 밭이랑을 걸어 나온 아빠에게 물었다.

"아빠, 이 꽃들은 다 누가 피게 하여요?"

하지만 하루 종일 고된 일로 몸과 마음이 피곤해진 아빠는 그저 무심히 건성 대답으로 넘어가려 했다.

"그걸 누가 피게 하긴. 그냥 지네들이 피고 싶어 피는 게지."

"그럼 어떤 꽃들은 지네들끼리만 친해서 저렇게 한 곳에 모여 피고, 어떤 꽃들은 친한 동무가 없어 저렇게 외톨이로 혼자씩 따로 떨어져 피어요?"

무소작의 거듭된 물음에 아빠는 이번에도 계속 시큰둥한 대답을 했다.

"그걸 내가 어찌 아느냐. 그게 정 궁금하면 그 꽃들한테 물어보려무나."

그런데 이번에는 묵묵히 집을 향해 앞장서 발길을 서둘러댄 아빠 대신 소작의 뒤를 따라오던 엄마가 차근차근 설명을 대신해왔다.

"옛날에 아무것도 가진 것이 없는 한 할머니가 있었단다. 그 할머니는 아이를 못 낳은 데다 남편마저 일찍 세상을 떠난 탓에 아무 의지나 가진 것이 없이 혼자서 외롭고 가난하게 세상을 살아갈 수밖에 없었구나. 그래 할머니는 늘상 하느님께 푸념 어린 소망을 빌곤 했지 뭐냐. 하느님, 나는 왜 이렇게 아이도 못 낳고 혼자서 고단하게 살아야 합니까. 내게도 세상을 좀 보람 있게 살아갈 길을 일러주십시오. 그러자 어느 날 하느님이 할머니의 처지를 딱하게 여겨 마침내 그 소망을 들어주셨구나. ─ 그래라. 너는 그럼 아이를 낳지 못한 대신 온 세상을 돌아다니며 아름다운 꽃씨를 뿌리고 다니거라. 그래서 세상을 온통 아름답고 즐거운 꽃 낙원으로 꾸미도록 하여라. 그래 그 할머니는 그로부터 하느님이 내려주신 꽃씨 주머니를 지니고 온 세상을 돌아다니며 헐벗은 산이나 들녘, 가난한 사람들의 집을 찾아 골고루 꽃씨들을 뿌려주고 다니셨단다. 지금 저 산이나 들녘도 아마 그 할머니가 꽃씨를 뿌려 저렇게 아름답게 꾸며놓은 것인지 모른단다. 그리고 할머니는 이따금 다리가 아파 한 곳에 주저앉아 쉬면서도 잊지 않고 계속 꽃씨를 뿌리고 계셨기 때문에 그런 곳엔 저렇게 무더기 꽃이 피고, 자리를 일어나 다른 곳을 찾아가시며 흘린 꽃씨들은 저 혼자 외톨이 꽃이 피게 되고."

"아마 그랬을 게다."

앞서 가던 아빠도 그제서야 생각이 난 듯 참견을 하고 들었다.

"그리고 그 할머니는 지금도 어디선가 더 많은 꽃씨를 뿌리려 이곳저곳 피곤한 몸을 이끌고 돌아다니고 계실 거구. 이 세상엔 아직도 꽃씨를 뿌려서 새로 가꿔야 할 곳이 많은 걸 하느님도 아시는 터라 할머니를 오래오래 더 늙지 않게 해주셨다니까."

그리고 이튿날 아침 아빠는 소작을 혼자 집에 남겨둔 채 엄마와 함께 들일을 나가시며 다시 이렇게 일렀다.

"이제부턴 동냥아치든 뭐든 누가 집을 찾아오는 걸 겁내지 마라. 오늘은 어쩌면 그 꽃씨 할머니가 너를 보러 우리 집엘 찾아오실지도 모르니까. 할머니는 이따금 동냥아치 모습을 하고 다닐 때도 있으시다니 말이다."

아닌 게 아니라 소작은 그날부터 마음속으로 은근히 그 꽃씨 할머니를 기다리기 시작한 것이다. 온 세상을 마음대로 돌아다니며 곳곳마다 아름다운 꽃동네를 꾸며주는 할머니가 더없이 부럽고 만나보고 싶었기 때문이다. 그리고 한동안은 그 할머니를 기다리느라 혼자서 집을 보는 일조차 무섭고 심심한 줄을 몰랐다.

하지만 기다리는 할머니는 아무래도 나타나지 않았다. 이따금 찾아오는 동냥아치들도 전혀 할머니 같은 사람은 없었다. 엄마나 아빠도 이후로는 들일에 쫓겨 그 꽃씨 할머니의 일은 까맣게 잊고만 듯 다시 입에 올려 물은 일이 없었다.

하다 보니 소작도 차츰 할머니를 기다리는 일이 시들해지기 시작했다. 하지만 그 꽃씨 할머니의 일이 시들해지면서도 무소작은 여전히 집을 보는 일을 함부로 할 수가 없었다. 할머니를 만났든 말았든 어스름 녘 피곤한 들일에서 돌아온 엄마 아빠를 섣불리 실망시켜드릴 수가 없기 때문이다.

"우리 소작이 무서워하지도 않고 혼자 얌전히 집 잘 보고 있었네. 암, 소작이가 이렇게 집을 잘 보아주니 엄마 아빠는 마음 놓고 들일을 나다닐 수 있지."

할머닌 그만두고 오늘은 못된 동냥아치라도 찾아오지 말았으면…… 부엌 부뚜막에서 혼자 점심 끼니를 때우며 하루 종일 마음을 졸인 끝에서야 겨우 어두운 사립을 들어선 엄마 아빠는 그를 그렇게 턱없이 대견해하곤 했다. 그리고 금세 들일의 피곤기마저 잊은 듯한 어른들의 흐뭇한 얼굴에서 소작은 그동안 자신이 썩 중요한 일을 해낸 것 같은 뿌듯한 기분이 되곤 했다. 그 엄마 아빠를 기쁘게 해드리기 위해서도 그는 절대로 집을 비우는 일이 없어야 했다.

그러니 이제 그 꽃씨 할머니의 일 따윈 무소작의 마음속에 매우 작은 씨앗 하나를 남겼을 뿐 더 이상 움이 터 자랄 수가 없게 된 셈이었다. 더 이상의 기다림을 잃고 기억에서조차 잊혀져가는 메마른 이야기 씨앗. 그 씨앗이 언제 어떤 모습으로 다시 싹이 피어 자라게 될지는 무소작도 누구도 전혀 알지 못했다.

그런데 무소작이 그렇게 날마다 혼자 집을 보며 지내던 다섯 살 무렵의 어느 봄날.

이날도 무소작은 왼종일 하릴없이 해가 기울기만 기다리며 이제나저제나 어른들이 돌아오지 않는지 빈 사립 쪽 기미를 지키다가 한 가지 신기한 일을 발견했다. 봄볕발 따뜻한 마당가 담벼락 밑 한곳에 노란 색깔의 콩싹 떡잎 몇 개가 소복이 솟아나 있었다.

콩싹이 터오르는 것을 처음 본 소작은, 저마다 하나씩 검은 투구를 뒤집어쓰고 머리가 힘겨운 듯 가지런히 고개를 숙여 맞대고 솟아오른 그 노란색 떡잎들이 그렇게 예쁘고 반갑고 신기할 수 없었다. 그래 해가 저물 때까지 내내 담벼락 근처를 맴돌며 그 귀여운 새싹들을 지키다가 저녁녘 들일에서 돌아온 엄마 아빠에게 신이 나서 말했다.

"엄마, 여기 담벼락 밑에 콩나물이 몰래 자라고 있는 걸 제가 찾아냈어요."

그런데 그 말에 엄마는 머릿수건을 벗어 옷소매의 흙먼지를 털어내며 별로 놀라워하는 기색도 없이 대수롭잖게 대답했다.

"오, 그래. 강낭콩 종자들이 벌써 싹이 터 오른 모양이구나. 하긴 담 밑은 볕발이 좋으니까."

"그런데 콩나물이 어째서 시루에서 자라지 않고 담벼락 밑에서 자라요?"

시루째 속에 자라 오른 콩나물만 보아온 소작이 말귀를 잘 알아듣지 못하고 시무룩해져 다시 물으니, 들일에 지쳐 돌아온 엄마는 이번에도 좀 짜증기가 섞인 심드렁한 대꾸였다.

"이 녀석아, 그건 콩나물이 아니니까 그렇지. 그건 콩나물이 잘못 난 게 아니라, 강낭콩을 따려고 내가 며칠 전에 부러 씨앗을 심어놓은 거란 말이다. 봐라. 내일이나 모레쯤이면 거기 말고도 담벼락 밑을 돌아가며 줄줄이 싹이 터 나올 테니."

담벼락 밑 흙 속엔 아직도 씨앗들이 싹을 틔워 올라오는 콩떡잎들이 많다는 말이었다.

그러나 무소작은 그것 또한 이상했다. 소작이 이날 찾아낸 것은 오직 그 한 곳뿐 다른 콩싹들은 아직 아무 곳에서도 모습을 볼 수 없었다. 소작은 다시 물을 수밖에 없었다.

"그런데 왜 다른 콩들은 여태도 싹이 터 올라오지 않아요? 씨앗을 함께 심었으면 싹도 함께 터 올라오지 않구요?"

그러자 이번에는 그사이 저녁을 지으러 부엌으로 들어간 엄마 대신 닭장 단속을 끝내고 방금 마당 쪽으로 돌아 나오신 아빠가 차근차근 자상하게 까닭을 설명했다.

"다른 놈들은 아마 아직 물기가 충분치 못하거나 햇볕이 불러주지 않아서 때를 기다리고 있을 게다. 땅속의 씨앗들은 흙에서 물기를 찾아 모아 뿌리를 내리고 햇볕이 불러주어야 떡잎과 줄기가 땅 위로 솟아나오게 되거든. 아직 싹을 내밀지 않은 씨앗들은 물기를 모으는 일을 게을리했거나 햇볕의 부름을 듣지 못한 모양이니 조금 더 기다려보거라."

아빠의 친절한 설명에 소작은 비로소 고개를 끄덕이며 제법 아는 척을 하고 들었다.

"그럼 오늘 싹을 터 나온 강낭콩들은 물기를 부지런히 모아서 햇볕이 일찍 불러내준 것이겠네요."

"아마 그럴 게다. 그렇지 않으면 다른 씨앗들보다 유난히 땅속이 갑갑해 서둘러 햇볕을 찾아 올라온 놈이거나. 땅속은 워낙 답답한 어둠 속이니까."

아빠도 대견한 듯 고개를 끄덕이곤 비로소 우물 쪽으로 손을 씻으러 갔다.

그런데 알고 보니, 그때 아빠가 칭찬 말 끝에 건성으로 덧붙인 몇 마디 땅속의 어둠 이야기가 소작에겐 차츰 엉뚱한 생각을 품게 했다. 씨앗이 뿌리를 내리고 싹과 줄기를 피워 올리는 데에는 땅속의 물기뿐 아니라 어둠까지도 땅 위의 햇빛과 함께 의좋게 잘 어울려야 한단다. 소작의 아빠가 그렇게 말하지 않고, 몸이 좀 피곤해진 탓에 무심히 땅속의 어둠을 잘못 들먹인 것이 원인이었다. 그 아빠의 무심스런 대꾸에 소작은 잠시 자신이 그 어두운 땅속의 씨앗처럼 답답한 느낌이 들었으니 말이다.

그 이튿날 어른들이 다시 들일을 나갔다 해 늦게 돌아와보니 마당가 담벼락 밑 곳곳에 싹이 트다 만 나머지 강낭콩 씨앗들이 모조리 파헤쳐져 시들어가고 있었다. 그리고 아직도 장독대 뒤쪽 텃밭에서 어린 옥수수 싹을 찾아 헤쳐대고 있던 소작은 어안이 벙벙해진 어른들 앞에 의기양양 흙 묻은 괭잇날을 쳐들어 보이며 자랑스럽게 늘어놨다.

"엄마 아빠, 인제부턴 흙 속에서 게으름을 피운 씨앗들도 싹을 잘 피워 올릴 거예요. 제가 오늘 어두운 땅속에서 갑갑해하고 있는 씨앗 싹들을 모조리 밖으로 끌어내주었으니까요. 보셔요. 내일부턴 이놈들도 햇볕을 잘 받고 줄기를 뻗기 시작할 거예요."

하지만 그 소작을 보고 엄마나 아빠가 무슨 꾸지람을 할 수 있었을 것인가.

"어이쿠 이 철부지야, 너 올여름 옥수수 먹기는 다 틀렸다."

"옥수수 하모니카는 고사하고 그 멋진 수염 구경도 못하게 됐구나 허."

속내를 알 수 없는 야릇한 표정 속에 서로 한동안 얼굴을 마주보고 서 있을 뿐이었다.

무소작이 어렸을 적 어른들의 말을 곧이곧대로 잘못 알아듣고 엉뚱한 짓에 골몰하고 든 일은 그뿐만이 아니었다. 소작이 여섯 살쯤 되었을 땐 이웃의 한 아저씨가 아직도 날마다 혼자서 집만 보며 지내는 그를 딱하게 여겨 마을 앞 안산 너머 시원한 바닷가로 낚시질을 데려가준 일이 있었다.

"물 위의 찌를 잘 지켜보고 있다가 찌가 거꾸로 솟구쳐 오르거나 물속으로 사라져 들어가면 낚싯대를 재빨리 공중으로 힘껏 치켜 채 올리거라. 이렇게!"

바닷가에 이른 아저씨는 적당한 자리를 골라 먼저 낚싯대 하나를 손질하여 소작에게 건네주며 고기를 낚아내는 방법도 함께 일러줬다. 그런 다음 아저씨가 자기 낚싯대를 손질하여 물속으로 던져넣고 천천히 담배 한 대를 피워 물고 났을 때였다. 소작의 낚싯대 찌가 그새 갑자기 요동을 치며 치솟아 올랐다 다시 세차게 물속으로 끌려 들어가고 있었다.

소작은 아저씨가 일러준 말을 떠올릴 틈도 없었다.

"아저씨! 저거, 저것!"

갑자기 숨결이 끊길 듯한 긴장과 흥분 속에 자신도 알 수 없는 소리를 내지르며 낚싯대를 힘껏 머리 위로 채 올렸다. 그 순간 소작은 파란 여름 하늘을 가르며 머리 위를 높이 지나가는 눈부신 은빛 물체를 보았고, 뒤이어 그것이 떨어진 자리를 쫓아가 작은 갯자갈들 사이에서 아직도 낚싯줄을 입에 문 채 싱싱한 은빛 몸무늬와 빗살꼴 지느러미를 힘차게 퍼덕여대는 한 마리 아름다운 물고기를 만나게 되었다.

"와, 깔따구다! 깔따구는 아저씨도 낚기가 어려운데, 너는 낚시꾼 소질이 많은가 보다야! 허허."

아저씨가 달려와 그 물고기를 재빨리 어망 속에 집어 넣어주며 감탄했지만, 소작은 그가 무슨 소리를 하든, 그 물고기의 이름이 무엇이든 그저 아무것도 보이지 않던 물속에서 갑자기 낚싯줄에 매달려 나온 물고기의 모양이 더없이 신기할 뿐이었다. 그리고 엉겁결에 녀석을 끌어올린 자신의 솜씨가 스스로도 무척 대견스러울 뿐이었다. 그래 그 어망 속에서 물소리를 푸덕거리는 녀석을 들여다보며 아저씨에게 물었다.

"아저씨, 물고기가 어째서 물속에서 낚시를 물고 쫓아 나와요?"

그런데, 낚시 끝에 미리 갯지렁이를 잡아 끼워둔 이유를 알지 못한 소작의 물음에 아저씨는 물고기가 속아서 미끼를 먹으려 해서라 하지 않고 장난삼아 좀 엉뚱한 소리를 했다.

"글쎄다. 물고기들이 물속에서만 사는 것이 답답해서 시원한 바깥세상을 구경하고 싶어진 게지. 너같이 마음씨 착한 뭍 세상 친구도 만나보고 싶고. 봐라! 저기 물고기들이 제물에 몸을 솟구쳐 튀어 오르는 놈들이 있지 않니, 바깥세상이 얼마나 궁금하면 저렇게 위험한 공중제비를 일삼겠니. 그러니 넌 오늘 아무쪼록 그놈들을 많이 불러내줘야 한다. 내 이번에도 좋은 지렁이 미끼를 꿰어서 네가 이렇게 녀석들을 기다리는 걸 알리게 해줄 테니."

그런데 소작의 낚시 끝에 새 미끼를 꿰어주며 그렇게 일러준 아저씨의 설명이 또 말썽이었다.

소작은 이번에도 그 아저씨의 설명에 자신이 물속에 갇혀 사는 물고기처럼 답답한 생각이 들었다. 그래서 왼종일 신이 나서 열심히 수많은 물고기들을 낚아 올렸다. 하얀색 비늘의 물고기들이 뭍 세상을 좇아 푸른 하늘을 가르며 치솟아 오르는 모양이 그렇듯 즐겁고 시원스러워 보일 수 없었다. 뭍에 닿은 물고기가 온몸을 퍼덕이며 동그란 두 눈을 맑게 반짝이는 모습이 그렇게 예쁘고 신기해 보일 수가 없었다. 깔딱이며 돔이며 가자미, 놀래미, 망둥이 들까지도 제각각 다른 비늘 빛깔에 다른 생김새들을 하고 있어 예쁘고 신기하고 재미있지 않은 물고기란 없었다. 소작은 그 물고기들의 계속된 입질에 이끌려 해가 저물 때까지도 쉽게 자리를 뜨지 못했다.

그리고 이날 밤엔 잠속에서까지 계속 낚시질을 하고 물고기들을 만나는 꿈을 꾸었다.

당연한 일이지만, 소작은 이튿날도 그 바닷가로 다시 낚시질을 나갔다. 이날은 이웃 아저씨가 다른 들일을 나갔으므로 헌 낚싯대 하나를 대신 제 몫으로 얻어 메고서였다. 어린 소작이 혼자서는 바닷물가가 위험하니 집 안에 가만히 앉아 집이나 보라는 어른들의 걱정도 소용이 없었다. 그리고 그는 이날도 해가 저물 때까지 많은 물고기를 낚아 올렸고, 마음 또한 그만큼 즐겁고 뿌듯했다.

무소작의 그 같은 낚시질은 여름철이 기울어 연안 바닷물이 식으면서 물고기들이 깊은 바다로 따뜻한 물길을 찾아 떠나갈 때까지 줄기차게 계속됐다.

그러나 이때쯤엔 소작도 물고기들이 바깥세상 구경을 하고 싶어 낚싯줄을 물고 올라오는 것이 아니라는 것을 알고 있었다. 그가 낚시질을 하는 것도 그 물고기들을 만나보고 싶어서가 아니었다. 물고기들은 미끼를 탐내다 낚시에 속아 끌려 나오는 것뿐이었고, 그가 낚시에 열을 내는 것은 어망 속의 고기 마리 수가 늘어가는 즐거움에다. 처음엔 낚시질 나들이를 반대하던 집안어른들까지 종내는 그의 솜씨를 대견하여 소작이 해 질 녘 묵직한 어망을 메고 사립을 들어설 때면 칭찬을 아끼지 않게 된 때문이었다. 무엇보다 그때쯤엔 미끼 속에 낚시를 잘 감춰 꿰는 솜씨나 물고기의 입질에 재빨리 낚싯대를 거둬 채는 요령에도 도가 트인 다음이었으니까.

그런 소작이고 보니 이제는 물론 그 마당가 담벼락 밑의 '게으른 콩나물'이나 텃밭 흙 어둠 속의 '갑갑한 옥수수 싹'들에 대한 친절한 도움도 더 이상 베풀려 들 일이 없었다. 그는 이제 풀이나 나무의 씨앗이 흙 속의 어둠과 물기의 도움으로 뿌리를 틔워 내리고, 따뜻한 햇빛을 받아 천천히 땅 위로 새싹을 뻗어 올리는 이치를 깨달았기 때문이다. 그는 이제 그만큼 이런저런 세상일에 제법 나름대로의 이해가 생기기 시작한 것이다.

그러나 그런 깨달음이나 물정에도 불구하고 무소작의 마음속엔 그새 한 가지 변할 수 없는 생각이 깊이 자리 잡아가고 있었다. 세상에는 그가 보고 듣고 아는 것 말고 그가 알지 못해온 또 다른 세상이 어디에나 숨어 가려져 있다는 생각이었다. 그 세상은 어두운 땅속에도 있을 수 있고, 물속에도 있을 수 있고, 낮에는 새들이 날아다니고 밤이면 수많은 별들이 떠오르는 높은 하늘 위에도 있을 수 있었다. 심지어는 그가 아직 넘어가보지 못한 뒷산 고개 너머 바로 어디엔가도 지금까지 알지 못한, 집을 보거나 안산 너머 바닷가로 낚시질을 나다니는 안동네와는 다른 사람들의 다른 세상이 있을 듯싶었다.

그리고 오래잖아 그 소작의 생각은 더 의심할 바 없이 분명해져 갔다.

그해 추석 무렵, 아버지와 동네 어른들은 집안 식구나 이웃들과 명절을 함께하지 않고 몇 사람씩 짝을 지어 어디론지 말없이 마을을 떠나갔다.

그리고 이삼 일이 지나자 그 어른들은 저마다 밤이나 감 모과 따위 마을에서는 쉽게 구해 먹기 힘든 과일들을 한 자루씩 등에 메고 돌아왔다.

"어디서 이렇게 많은 과일들을 한꺼번에 얻어가지고 온 거예요?"

신기하고 궁금해서 묻는 말에 아버지는 별 대수롭지 않은 일인 양 선선히 대답했다.

"응, 아버지가 이번에 큰산엘 다녀왔다. 큰산은 봉우리가 높고 골짜기가 깊어서 주인 없는 산과일들이 지천으로 익고 있으니까."

"그럼 그 산에선 누구나 마음대로 과일을 딸 수 있어요?"

"그러니까 아버지가 이처럼 많은 과일을 따 왔지 않으냐. 다른 사람들은 더러 욕심을 내어 익지 않은 과일까지 따 오기도 했지만, 아버지는 이렇게 잘 익은 것들만 골라 따 온 거란다."

세상에! 임자가 없는 산이 있고, 누구나 마음대로 딸 수 있는 과

일들이 익고 있다니!

소작은 처음엔 믿을 수가 없었다. 그러나 아버지가 다녀온 큰산은 마을 뒷산 너머로 멀찌감치 봉우리가 눈에 익은 곳이었고, 그의 눈앞에는 아버지가 그곳에서 따 지고 온 가을철 산과일들이 푸짐하기 그지없었다. 아버지가 공연한 거짓말을 할 리도 없었다.

마을 뒷산 너머 바로 큰산 골짜기에도 그가 그렇듯 아직 알지 못한 세상이 있어온 것이었다.

그는 그 넓은 세상과 세상일을 너무 모르고 살고 있음이 분명했다. 땅속이나 물속, 하늘 세상까지는 그만두고라도, 그가 한 해와 달을 이고 함께 살아가는 이웃 산 너머 일마저 깜깜 모르고 살아온 셈이었다. 그리고 그렇듯 다른 세상일을 전혀 모르고 지내온 자신이, 소작은 마치 땅속 어둠에 묻혀 움이 돋을 날을 기다리는 씨앗처럼 어디엔가 답답하게 갇혀 살아온 느낌이었다. 그래 소작은 자신도 그 큰산엘 한번 가보고 싶다고, 다음번엔 자신도 꼭 산엘 데려가달라고 아버지를 조르고 들었다.

"아버지, 다음번에 아버지가 산을 가실 때는 저도 꼭 데려가주셔요. 저도 큰산엘 한번 가보고 싶어요. 데려가주시는 거죠?"

그런데 까닭을 알 수 없는 일이었다. 뜻밖에도 아버지는 그걸 쉽게 허락하고 싶은 눈치가 아니었다.

"기다리거라."

뭔가 잠시 생각에 잠겨 있던 아버지가 새삼 그의 머리를 쓰다듬어주며 조용히 말했다.

"네게도 언젠가 때가 올 게다. 그러니 지금부터 다른 세상일까지 알고 싶어 조급해할 것 없다. 네게 그런 때가 온다 해서 좋아할 일도 아니고……"

조급하게 서둘지 말고 때가 오기를 기다리라는 달램이었다. 게다가 혼잣말 비슷한 마지막 몇 마디는 소작에게 그런 때가 오는 것을 그리 달가워하지 않는 눈치였다. 아니 소작에게 아예 그런 때가 오지 말아주기를 바라는 기미가 역력했다.

어쩌면 아버지 자신도 고을 밖 다른 세상을 많이 알지 못한 때문이었는지, 소작의 속마음을 너무 몰라준 처사였다. 아니면 알면서도 어린 소작 앞에 무언가 깊은 속을 숨기고 있었거나.

그러니 소작은 이후로도 큰산이든 어디든 마을을 좀 나가보고 싶은 소망을 좀처럼 이룰 수가 없었다. 아버지도 누구도 마을 밖 다른 세상일은 소작을 직접 데려가 보여준 일도, 이야기나 설명으로 가르쳐 알려준 일도 없었기 때문이다.

그러다 소작이 그의 동네를 벗어나 처음으로 다른 동네 사람들과 다른 고을 세상일을 구경하게 된 것은 이듬해 봄 10리 밖 회진 포구 동네로 초등학교엘 입학해 다니면서부터였다. 아버지는 큰산 대신 소작을 그 포구 동네 초등학교부터 먼저 데려가준 것이다.

그리고 소작은 그 초등학교엘 다니면서 새 학교 공부며 멋쟁이 선생님과 아이들, 언제나 거친 말씨의 포구 마을 사람들과 먼 물길을 들고 나는 낯선 뱃사람들의 일을 통하여 자신이 지금까지 얼마나 바깥세상 일을 모른 채 제 마을에만 감감 답답하게 갇혀 살아왔는지를 다시 한 번 분명하게 깨달았다. 오랜 기다림 끝에 모처럼 마을을 벗어나 학교길을 오가기 시작한 소작은 그 학교 공부나 선생님들, 아이들, 포구 마을 사람이나 뱃사람들은 물론 등하굣길의 모든 일이 그렇듯 늘 신기하고 즐겁기만 했던 것이다.

그러나 소작이 다른 넓은 세상을 알지 못한다는 생각, 어딘지 한곳에 답답하게 갇혀 지낸다는 생각은 그것으로도 아직 다 지워지질 못했다. 다른 동네 다른 사람의 일을 알수록 그런 생각은 오히려 더 깊어갔고, 그런 생각 속에 학교길을 오가다 보면 큰산이 언제나 근처 산들의 여러 봉우리 너머로 뽀얗게 솟아올라 그를 손짓해 부르는 듯했다. 그리고 그때마다 소작은 새삼 더 궁금하고 신비로워지는 그 수수께끼의 큰산을 기어코 한번 올라가보고 싶은 생각이 더해가기만 하였다.

그러나 소작은 그 큰산까지는 아직도 한참이나 더 기다려야 했다. 소작이 잊지 않고 이따금 그런 소망을 말할 때마다 아버지나 어른들은 이후로도 계속 그저 서두르지 말고 기다리라는 말뿐, 누구도 큰산엔 데려가준 일이 없었다. 게다가 아버지는 소작이 처음 그 일을 조르고 들었을 때 그대로,

"서두를 일이 없대도 그러는구나. 눈 설고 험한 산을 오르는 짓 따윈 싫어도 언젠가는 찾아오고 말 일인데 무에 그게 그리 급하다구 쯧쯧……"

여전히 때를 미루며 매번 달갑잖아하는 얼굴을 하곤 했다.

그리고 해가 바뀌면 다시 어른들끼리서만 그 큰산엘 다녀오곤 했다.

그래 소작이 큰산을 올라가 보는 것은 거기서도 더 몇 년이나 기다려야 했다. 그리고 그가 그렇듯 혼잣속으로 기다리고 별러오던

큰산을 비로소 처음 올라가본 것은 아버지를 따라서가 아니라 초
등학교 5학년 때의 가을 소풍 길을 얻어서였다⋯⋯

그렇듯 비로소 처음 큰산엘 오르게 된 일은 무소작에게 과연 이
후 일생 동안 세상을 살아가는 데에 중요한 계기가 되었을 만큼 인
상 깊고 감동적인 경험이었다.

그날의 소풍은 아버지나 동네 어른들이 자주 다녀온 골짜기 숲
쪽이 아니라 길이 높고 가파른 산봉우리 쪽을 향해 올랐으므로, 소
작은 그 임자 없는 산과일나무들의 숲을 만나진 못했다. 그 대신
높이가 8백 미터에 가까운 큰산의 최고봉, 아홉 마리의 용들이 옛
날 구름을 불러 타고 하늘로 올라갔다는 구룡봉 정상까지 올라가
볼 수 있었다. 그리고 거기서 그는 지금까지 보지 못한 그 큰산 위
의 장관에 지레 가슴부터 떨려왔고, 자신 속에 무엇이 크게 무너져
내리는 것 같은 깊은 한숨기를 참을 수가 없었다.

큰산 꼭대기 구룡봉 위에서 바라본 세상은 끝을 알 수 없을 만큼
넓었다.

남쪽으론 조그만 동산 같은 그의 마을 뒷산 너머로 남해의 푸른
바다가 아득히 하늘로 이어져갔고, 북쪽을 향해서는 셀 수도 없을
만큼 수많은 산들이 부연 연무 속으로 겹겹이 멀어져가고 있었다.
세상에서 가장 높은 산으로 알고 두고두고 오르기를 소망해온 큰
산조차도 전혀 문제가 아니었다⋯⋯ 그 세상의 터무니없이 멀고
넓음에 그는 왠지 그렇듯 아득한 심사 속에 까닭 모를 두려움이 앞
을 섰다. 그리고 그 광활한 세상 먼 산줄기들 너머 어디선가 어렴

풋이 그를 부르는 소리를 들었다.

우르르르…… 우릉…… 우르르……

그것은 먼 산봉우리들을 감싸 흐르는 구름장들의 마른 뇌성 소리만은 아니었다.

그 산줄기들이 그를 손짓해 부르는 듯싶어 가만히 귀를 기울이다 보니 그 소리는 자신의 마음속에서도 함께 울려나오고 있었다. 우르르르…… 우르르…… 우릉……

무엇보다 그 소리는 그가 그날 산을 내려갈 때까지도 계속해서 들려왔다. 그가 이미 산을 내려와 집으로 돌아가는 길에서도 들렸고, 집으로 돌아와 피곤기 속에 저녁을 먹고 잠자리에 들었을 때도, 심지어는 이튿날, 다시 그 이튿날 학교길을 오갈 때까지도 여전히 그의 귀청을 쉼 없이 울려댔다.

그리고 소작은 마침내 역력히 깨달았다. 그가 언젠가는 그 산 너머의 넓은 세상으로 떠나가야 하리라는 것을. 벌써부터 자신도 그것을 마음속 깊이 소망해오고 있었음을. 큰산엘 오르고 나서 그 세상의 멀고 광활함에 까닭 없이 가슴이 떨려온 것이나 깊은 한숨기를 참을 수 없었던 것도 실은 그가 찾아 떠나가야 할 세상에 대한 두려움과 그 꿈의 멀고 아득함 때문이었음이 분명했다. 그리고 그 피할 수 없는 숙명의 행로를 목도한 놀라움과 스스로의 마음 아픈 결의 때문이었음이 분명했다.

그러니 무소작이 열세 살까지 어린 시절을 살아온 그의 마을 참나뭇골을 떠나는 것은 이제 거의 때가 정해진 일 한가지였다.

그리고 마침내 그때가 왔을 때 그는 마음속에 정해온 대로 그 참나뭇골을 떠나갔다.

큰산엘 올라간 이듬해 3월 하순께의 어느 봄날, 초등학교를 졸업하고 나서부턴 내내 마을 뒷산자락 남의 보리밭 이랑을 헤매며 철늦은 연놀이에만 빠져 지내던 끝에, 어느 순간 문득 허공 높이 스쳐오르는 거친 바람결에 그 연과 연실을 함께 띄워 보내버린 다음이었다. 더욱이 이해 이른 봄 졸업식을 함께한 포구 마을의 몇몇 아이들처럼 읍내 중학엘 보내주지 못한 대신 그 봄 한 철 실컷 연놀이라도 즐기라며 은근히 근심스런 얼굴빛 속에 밤낮없이 들밭 일에만 매달려 지내던 아버지나 어머니에게조차 제 행선지나 뒷날의 예정에 대한 말을 한마디도 남기지 않은 채였다.

하지만 그건 물론 윗학교도 보내주지 못할 만큼 가난한 아버지나 어머니가 원망스러워서가 아니었다. 학교 공부가 그리 신통치 못했던 그로선 애초에 윗학교 진학 따윌 탐탁하게 여기지도 않았고, 그동안 겪어온 간난을 크게 불평스럽거나 못 참아 한 일도 없었다. 뿐더러 소작은 문득 그렇게 집을 떠날 때까지도 자신이 어디로 무엇을 하러 가는지, 뒷날의 예정이나 행선지에 대해선 전혀 생각을 못 해본 터였으니까.

머리가 그리 영특하지 못해 그 어릴 적 강낭콩 새싹이나 낚시질에 대해서처럼 어른들의 이야기를 계속 잘못 새겨 들어온 탓이거나, 세상을 그렇게 무작정 떠돌아다니고 싶은 몹쓸 역마살기가 그의 심성 속에 일찍부터 점지되어서였는지도 모른다. 어디로 가서 무엇이 되겠다는 바람보다 이를테면 이 세상이 까마득하게 넓다는 생각, 그 드넓은 세상과 세상 사람들의 일을 마음껏 구경하며 거기 함께 섞여 자유롭게 지내고 싶은 생각, 무엇보다도 그 수수께 끼의 세상이 그를 끊임없이 불러대는 것 같은 마음속 소리가 그를 그렇게 만든 셈이었다. 게다가 아버지나 어른들은 그의 마음속 소 리를 전혀 들을 수 없었을 뿐 아니라, 그때까지 한 번도 마을 바깥 멀리론 함께 데려가준 일이 없었으니까.

떠돌이 무소작

그렇게 혼자 고향동네와 집을 떠난 무소작은 모든 일이 자유로 웠다. 가고 싶은 곳은 어디나 마음대로 가고, 하고 싶은 일, 먹고 잠자는 일 모든 것이 제 마음 내키는 대로였다.

그는 그렇게 발길 향하는 대로 마음껏 세상을 두루 떠돌았다. 집 을 떠나 처음엔 읍내 중국집 배달꾼으로 들어가 첫 성중살이를 시 작했고, 조금 더 자라서는 서울까지 진출하여 구두닦이, 신문팔 이, 찹쌀떡이나 메밀묵 장수 따위 궂은일들 이력을 골고루 다 거치 며 도회살이 타관살이의 풍정을 익혔다.

어느 해 도시 변두리 공단의 한 종이공장엘 다니면서부터는 회 사 부설 야간학교에서 한 2년, 중학교와 고등학교 공부 과정을 한 꺼번에 대충 몰아 넘어서버리기도 했다.

하지만 그는 얼마 뒤 첫 연애의 기쁨을 알게 해준 어느 시골내 기 소녀를 만났던 한 의류 회사를 마지막으로 한동안 서울을 다시 떠나갔다. 길거리나 어디서나 꽃송이만 보면 꺾어다 제 머리에 꽂고, 다시 다른 꽃을 보면 금세 그 꽃으로 바꿔 꽂는 버릇 때문에 그의 마음을 아프고 불안하게 하던 소녀가 그새 다른 연애의 상대를 찾아 떠나간 데다, 그래저래 이미 서울이 지겨워진 그는 때마침 군입대 지원이 가능한 나이가 되었으므로 또 다른 세상을 찾아 자신의 다친 마음을 달래기로 한 것이었다.

하지만, 청년기에 이른 남자들이면 대개 썩 내키지 않은 마음가짐 속에 건성건성 치르고 나오게 마련인 그 군영살이 3년은 무소작에게도 그다지 즐거운 대목이 없었다. 연병장이나 야전 훈련 때는 물론 먹고 입고 자는 일 모두가 한결같은 규율과 간섭투성인 데다, 달이 바뀌고 철이 바뀌어도 변하는 것이라곤 아무것도 찾아볼 수 없는, 언제나 그날이 그날 같은 무심한 세월과 상투성이 그에겐 유난히 더 답답하고 지겨울 수밖에 없었다. 그래 그는 뒷날 다른 사람들이 흔히 그 흐름을 멈춘 물웅덩이 같은 한 시절을 엉뚱한 허풍과 과장 속에 자랑스런 추억으로 되새기기 좋아하는 것관 딴판으로, 첫 휴가를 나왔을 때도 제대를 하고 나와서도 자신의 군영살이에 대해선 거의 입을 연 일이 없었을 정도였다.

'맨대가리 알철모'에 토끼뜀질 기합을 받을 때도, 야전훈련 행군 중에 반잠 속을 걸을 때도 국방부 시계는 쉬지 않고 돌아간다는 그 군영살이 기간은 길어야 3년으로 마감되는 것이 다행이었다. 그리고 무소작도 그 지루하고 삭막한 제복생활에 작은 변화라도 꾀하기 위해 이런저런 계책을 짜내어 처음의 소총수에서 오래잖아 행정반 졸병으로, 다시 한동안은 사격장 관리 조수로, 종당엔 자원으로 특수부대 훈련과정을 거쳐 파월부대 장병교육 조교 일까지 전전한 끝에 그럭저럭 제대를 맞게 됐다.

제대를 하고 나와서는 군영살이 중 특수부대 교육과정에서 익힌 트럭 운전기술을 내세워 때마침 붐이 일기 시작한 중동 지역 파견 근로자 모집 기회를 얻어 곧 먼 열사의 대륙으로 건너갔다. 제대를 하고 나서 한동안 잠잠해 있던 옛 고향 시절부터의 마음속 부름 소리가 그 모래 벌판 사업장 근로자 모집 광고를 본 순간 다시 귀청을 울려대기 시작한 때문이었다.

"아버님 어머님, 사정이 여의치 못해 찾아뵙지 못하고 떠나는 불효자식을 용서하십시오.

저는 이미 제대를 하여 군문을 나왔습니다만, 다시 한동안 이 땅을 떠나 산 설고 물 선 먼 나라 이역살이를 떠납니다.

지금은 언제 다시 돌아올지 마음의 기약이 없사오니, 지난날처럼 이후 한동안은 아예 버린 자식으로 치시고 마음 편히 지내주십시오. 지금까지처럼 사정 닿는 대로 더러 작은 용채라도 부쳐드리겠사오니 다른 소식 함께 덧붙이지 못하더라도 늘 무소식이 희소식이라 여기시고 불효자가 곁에 보살펴드리지 못한 노년을 부디 평안히 지내주십시오……"

군영 시절 휴가 때 잠깐 한번 찾아보고 온 고향 부모님께는 그렇듯 간단히 서면 하직 인사를 대신하고서였다.

그리고 그 열사의 사막생활 3년여, 그동안 소작은 집을 떠나 모처럼 많은 돈을 모을 수 있었다. 스스로 약속한 대로 이따금 고국의 부모님께 얼마씩 떼어 부쳐드린 용돈과 인근의 오아시스촌 나들이 때의 소소한 지출 이외에 사막의 일터에선 돈을 쓸 일이 없어

다달이 월급 통장만 불려나간 때문이었다. 나중엔 무소작 자신도 그가 지닌 통장 수와 각각의 예금액을 다 외우지 못할 정도였다. 하지만 3년 후, 소작이 모래 먼지에 진저리가 난 끝에 여기저기 먼 길을 돌아 다시 서울로 돌아왔을 때는 그 돈이 한 푼도 수중에 남아 있지 않았다.

사막을 떠나올 때 그는 곧바로 서울로 가는 비행기를 타지 않고 아프리카와 유럽과 남북 아메리카를 두루 거쳐 지구를 한 바퀴쯤 돌아온 것이다. 아프리카의 정글과 백색의 도시 카사블랑카와 스페인의 투우 경기 따위에서부터 아이슬란드의 간헐 온천, 알래스카의 백야와 순록 썰매, 어마어마한 미국의 마천루와 동화 속 같은 인디언촌, 두 대륙의 허리를 끊어 흐르는 파나마 운하와 하늘 위에 숨어 떠 있는 잉카 유적, 지구에서 가장 높은 곳에 위치한 페루의 티티카카호와 세계에서 가장 키가 큰 인종이라는 안데스의 남쪽 끝 파타고니안 마을에 이르기까지, 아직도 사라지지 않고 있는 그의 마음속 소리가 부르는 곳이면 어느 곳이나 찾아가 가지가지 사람살이 풍물을 보고 겪는 동안 그간에 모은 돈을 모조리 다 써버린 것이다.

그러니까 그는 다시 말해 더 이상 쓸 돈이 없는 빈털터리가 된 바람에 마지막으로 할 수 없이 서울로 돌아온 셈이었다. 소작의 그런 사정은 그가 처음 꽤 많은 돈을 지니고 여유만만 사막을 떠날 때와는 달리 서울로 돌아올 때는 비행기 편보다 차편을 많이 이용한 것이나, 값이 싼 차편마저 불가능한 태평양을 건널 때는 미국의 한 항구 도시에서 온갖 궂은일을 견디며 몇 달씩 기회를 기다리다 어느 날엔 그나마 제법 재수가 틔어 며칠 뒤 인천으로 돌아가는 한국 선적의 화물선을 만나 사정사정 현지 취업 선원 신분을 얻을 수 있었던 것이 무엇보다 큰 행운이었던 턱이니까.

그렇게 몇 년 만에 다시 서울로 돌아온 무소작은 한동안 아무 생각 없이 급한 호구지책으로 시내버스 운전사 일을 했다.

그리고 자기 삶을 다시 의지해 들어온 서울이라는 대도시와 자기 일터에 감사했다. 이를테면 그로선 처음으로 그의 삶의 둥지에 대해 생각하게 된 셈이었다.

"그렇지. 공중을 마음껏 날고 사는 새들도 제가 쉴 둥지는 땅에 짓는 법이니까. 새들은 그 둥지가 있어 밝은 날 다시 먼 창공을 날을 수 있는 것 아닌가."

사람도 마땅히 제 삶을 쉬어갈 둥지가 있어야 하고, 그가 사람인 이상 그 둥지는 무엇보다 그가 익숙한 이 땅 위의 사람들 동네 속에 지음이 마땅했다. 화물선 부엌칸 청소부 일까지 해가며 겨우겨우 힘겹게 태평양을 건너온 소작은 오랜만에 조용히 그의 삶을 쉬어가도록 새 일터를 허락해준 서울이 참으로 고마운 둥지가 아닐 수 없었다. 게다가 그렇듯 운전사 일에만 열중해 지낸 동안은 그 마음속 부름 소리조차도 전에 없이 잠잠했다.

하지만 소작에게 둥지는 긴 안식을 취해 머무를 곳이 아니었다. 지친 심신을 잠시 쉬어갈 임시 기류소(寄留所)일 뿐이었다. 손에 쥔 것이 없는 탓이기도 했지만 서울까지 돌아와서도 고향집 부모님은 찾아볼 생각을 않은 것 역시 그의 그런 마음가짐 때문이었을 것이다.

게다가 한동안 잠잠하던 그 마음속 소리마저 아예 숨이 다 죽어 버린 게 아니었다.

그는 오래잖아 다시 그 서울과 자신의 운전사 일에 싫증을 느끼기 시작했다. 그리고 어느새 되살아나기 시작한 그 마음속 부름 소리를 좇아 다시 울릉도로 건너가 오징어잡이 배를 탔다.

오징어잡이 배꾼 노릇 1년쯤 뒤에는 아예 더 넓은 바다로 멀리 나가기 위해 원양어선으로 일자리를 옮겼다. 그리고 그로부터 얼음바다 베링해의 명태잡이 배와 남태평양 사모아의 참치잡이 배, 지브롤터 해협 너머의 라스팔마스 어장 등지에서 10년 가까운 세월 동안 그의 젊은 시절을 거의 다 보냈다.

그가 그 멀고 오랜 뱃길에서 다시 귀국 길에 오른 것은 그러니까 그 거친 파도와 바닷바람을 더 이상 견뎌낼 수 없을 만큼 젊은 기력을 거의 잃고 만 50대 초반 무렵에 이르러서였다. 이젠 더 세상을 멀리 떠돌고 싶은 생각이 많이 사라져간 때문이기도 했다. 세상을 그만큼 많이 떠돌았거나 더 이상 새로운 구경거리가 없어져서가 아니었다. 젊은 시절을 다 바쳐 헤매 다닌 세상은 갈수록 더 끝이 없고 알 수 없는 일투성이였다. 세상의 끝을 보려는 것도 불가능한 일이었고, 그 세상일을 다 알고 싶은 것도 가당찮은 헛꿈이었다. 그러니 그가 더 이상의 긴 떠돌이살이를 단념하고 귀국을 결심하게 된 것은 그의 나이나 육신이 그것을 감당할 수 없어서가 아니라, 세상을 떠돌수록 그 끝이 더욱 멀고 알 수 없기 때문이었을 수도 있었다.

그러니 그 역시 그의 둥지로의 마지막 귀환이라 할 순 없었다.

옛날과 사정이 별반 달라진 데가 없는 탓이기도 했지만, 그는 이번 귀국 후에도 남쪽 참나뭇골 고향집은 찾아가볼 생각을 않은 채 어물어물 그냥 서울에 머물러 앉아버렸다.

그리고 얼마 지나지 않아 서울과 시골 곳곳을 오가는 화물 트럭 운전사 일을 시작했다. 뜸뜸이 생각이 미칠 때마다 고향집 용채를 떼어 보낸 이외에 그동안 바닷일로 번 돈은 배가 며칠씩 항구를 찾아 쉴 때마다 버릇대로 새 풍물을 즐기는 데에 아낌없이 다 쓰고 돌아온 뒤였다. 그래 당장의 생계 방편에서긴 했지만, 그렇다고 소작은 그 트럭 운전 일이나 자신의 처지를 조금도 탐탁잖아하지 않았다. 그는 오히려 자신에게 아직 트럭쯤은 몰고 다닐 수 있는 힘이 남아 있음에 감사했고, 전국 방방곡곡 화물을 실어 나르며 그동안 오랜 세월 눈과 마음이 떠나 지낸 갖가지 나라 안 풍물들을 (나라 안 풍물까지도!) 다시 발견하고 새롭게 만나볼 수 있게 된 것을 매번 다행스러워하곤 하였다.

하지만 그도 다시 반십 년 가까운 세월이 흐르고 나자 더 이상 길게 감당해나갈 힘이 모자랐다. 무소작은 자연 이부턴 화물차 운전 일을 그만두고 다시 힘이 덜 드는 다른 쉬운 일을 찾아다닐 수밖에 없었다.

그리고 그가 이후로 잠시잠시 몸을 담고 지낸 곳이나 손을 거쳐 간 일거리는 기억할 수도 없었다. 도회와 시골 농촌, 벽지 산골이나 포구 마을 가리지 않고 그가 떠돌며 호구지책을 삼은 일은 시장가 가설극장 문지기나 공원 청소부 일에서부터, 주택가 굴뚝이나 막힌 하수구 뚫는 일, 상다리를 고치거나 부엌칼을 갈아주는 따위의 골목치기 잔손 일거리와 잠시 동안의 포장마차 어묵 장수에, 손수레 과일 장수, 화덕불 군밤 장수, 골목 어귀의 붕어빵 장수, 자물쇠와 열쇠 장수 등등의 온갖 잡일을 일을 두루 거쳐, 막판에 가서는 건축 공사장 막일꾼이나 도로 포장공사 잔심부름꾼, 심지언 하루 먹고 잘 벌이가 고작인 시골 농사일 과수원일 품팔이나 심심산골 탄광촌의 보잘것없는 허드렛일까지 가지가지 그 수를 다 헤아릴 수 없었다.

하지만 그의 나이 어언 예순 길에 이르러 기력이 더욱 떨어지면서부터는 그런 일조차 더 이상 감당해나가기가 어려웠다. 시력이나 청력이 전 같지 못한 것은 물론, 대단찮은 일에도 손발이 말을 잘 안 들어 뜻밖에 낭패스런 실수를 저지르는 일이 잦았고, 게다가 전날의 기억력이나 매사에 대범스럽던 속마음가짐까지 허물어져 엉뚱한 행신으로 실없이 주위의 웃음을 사거나 제풀에 공연한 노여움을 짓는 일이 빈번했다. 그래서 때로는 부러 귀머거리나 청맹과니 시늉을 하거나 모른 척 외면을 하고 지내는 쪽이 편할 때가 많았다.

그는 이제 한마디로 지난날의 젊은 활력을 깡그리 다 잃은 채 마음의 날개를 꺾어 접은 황혼기 삶의 행로를 근근이 힘겹게 부지해간 셈이었다. 하다 보니 한동안은 그의 마음속 어디엔가 보이지 않는 둥지를 틀고 앉아 끊임없이 그를 불러대던 그 옛날의 부름 소리조차 들려온 일이 없었다.

그리고 그런 소작에겐 세상 곳곳에 널린 수많은 삶의 기항지들이 늘 그랬듯이, 아직도 어느 도회나 시골 어디에도 그의 늙고 지친 심신을 차분히 깃들이고 지낼 둥지 따윈 마련될 수가 없었다. 긴 세월 어디에도 길들여지고 얽매이기를 싫어해온 그에게 그런 따위 둥지란 당치도 않을뿐더러, 그것을 익히 알고 있는 소작 씨 자신도 그렇듯이 점지 받은 자기 몫의 삶을 위해 남은 기력을 다해 이 일 저 일을 찾아 하고, 그러노라 이 골 저 골 다른 발길을 이어 다니는 일을 아직도 썩 즐겁고 다행스레 여긴 편이었다.

그런데 그렇듯 나라 안팎으로 온 세상을 두루 다 돌아보다시피한 소작 씨에게도 아직 가봐야 할 곳, 어쩌면 그에게 가장 멀고도 낯선 곳이 남아 있었던 것인지 모른다.

하루하루가 더 고단하고 지쳐가는 노년을 보내던 소작 씨에게 어느 날 문득 옛날의 부름 소리가 다시 들려오기 시작한 것이다. 게다가 이번엔 그 소리가 왠지 그리 귀에 선 것 같지도 않았다.

이상한 일이었다. 오랜만에 되살아난 소리를 좇다 보니 그것은 오랜 세월 그를 늘 설레게 하고 낯선 땅을 떠돌게 한 그 큰산에서와 같은 먼 부름 소리가 아니었다. 옛 참나뭇골 고향마을 골목길의 개 짖는 소리, 볕발 고운 텃밭 가의 닭 울음소리 같은 것이 실려오는, 더없이 한적하고 차분하고 아득하면서도 때로는 바로 옆에서인 양 가깝고 친숙한 울림 소리였다. 그 울림 속에선 푸른 하늘을 가르며 눈부시게 허공을 치솟아 오른 은빛 물고기며 어느 여름날 저녁 이른 별빛을 머금고 피어난 처맛가의 하얀 박꽃 같은 것들이 까마득히 그를 손짓해 부르기도 했다.

그러다 이윽고는 산바람 바닷바람 가리지 않고 허구한 날 종일

토록 척박한 들밭 일에 지쳐 돌아오곤 하던 그의 아버지나 어머니의 모습까지 꿈결처럼 그립게 떠오르기도 하였다.

천리만리 한평생 바깥세상만 떠돌아온 그에게 이번엔 거꾸로 그 고향마을과 고향집이 그를 부르고 있는 것이었다.

소작 씨는 처음 어째서 오랜 세월 마음속 깊이 묻어두고 지내온 옛 고향마을이 새삼 그를 손짓해 부르는지 영문을 알 수 없었다.

하지만 그는 한동안 기다림과 깊은 생각 끝에 어느 날 문득 그 고향마을 쪽을 향해 발길을 재촉해 나섰다. 다시 말할 나위가 없는 일이었지만, 그는 이제 거의 몸의 기력이 쇠진하여 더 이상 길게 객지를 떠돌아다닐 수가 없었다. 더욱이 세상 곳곳을 두루 돌아다니고서도 어느 한 곳 진득한 정처를 정해 얻지 못한 처지였다. 그런 소작 씨에게 고향고을은 그의 떠돎의 첫 행로가 시작된 곳이자 그것을 마감할 마지막 귀항지로서 더없이 적당한 곳이었다. 그동안 한 푼도 벌어 지닌 것이 없는 그에게 하루하루 힘겹게 연명해갈 남은 생애를 위해서도 그곳은 그의 마지막 노년의 소중한 둥지로서 앞설 곳이 없는 곳이었다.

하지만 그 고향고을이 그렇듯 그를 부른 것은 알고 보니 반드시 그 소작 씨의 노년길 안식을 위해서만은 아닌 듯싶었다.

고향고을을 향해 길을 떠나고 나서 소작 씨는 뒤늦게 다시 그걸 깨닫지 않을 수 없었다.

굳이 무얼 지녀 남기려기보다 그저 늘 보기만 하고 스쳐지나 온 때문인가. 그는 지금까지 그렇듯 세상을 떠돌고 나서도 끝내는 그 세상을 조금도 더 알게 된 것 같지가 않았다. 세상은 여전히 괴이

하고 아리송하고 모르는 일투성이였다. 그리고 그 기이하고 낯이
선 세상은 떠돌고 떠돌아도 끝이 없었다.

그에 비해 그 긴 세월을 떠나 지내면서도 고향고을 일은 늘 모든
것이 그대로 익숙하고 확연한 느낌이었다. 잊음 속에도 늘 가깝고
안심스런 믿음이 남아 있었다. 아니면 거꾸로 그런 믿음 속에 그
고향 일을 그렇듯 편히 잊고 지내온 것이었는지도 모른다.

그런데 막상 그 고향마을을 향한 귀향 행로에 들어서고 나니 그
느낌이 전혀 반대로 바뀌었다. 돈벌이를 위해서나 무슨 특별한 목
적이 없이 그저 늘 다른 세상일이 궁금해 떠돌아다닌 터여서 마음
속에 깊이 새겨진 기억은 없었지만, 그가 지금껏 보고 거쳐온 바깥
세상 일들은 기억이나 느낌이 아직도 제법 생생했다. 그에 비해 그
의 머릿속 유년의 고향동네 일들은 거꾸로 먼나라 동화처럼 실감
이 거의 없었다. 고향길이 가까워지면 질수록 점점 더 사실감이 떨
어지고 고향마을도 그만큼 더욱 멀어져가는 것만 같았다. 언제 어
디 정말로 그런 동네가 있었던가 싶을 만큼 참나뭇골과 고향집 모
든 것이 엉뚱한 환상 속 일 같았다.

하기는 철도 미처 들기 전에 객지 떠돌이 길을 나선 이후 마음속
에서나 이따금 먼 꿈 같은 귀향길을 그려봤을 뿐, 그 군영 시절의
짧은 휴가길 이외에 실제로는 늘 이런저런 사정으로 다시는 고향
길을 밟아보지 못한 그였다. 읍내 중국집 잔심부름꾼으로 한 1년
지겨운 고생 끝에, 뒷날 언젠가 부자가 되어 돌아오겠노라는 거짓
다짐 편지 한 번, 그리고 군 제대 얼마 뒤 그 열사의 사막 나라 일
터로 떠나면서, 이 불효자식을 당분간 세상에 없는 걸로 치고 지내

시라는 먼 하직의 편지 한 장을 띄워 보낸 이후, 생각이 미치면 이따금 제 노임의 일부를 떼어 부치는 것으로 말 없는 소식을 대신하며 고향도 부모님도 귀향의 약속까지도 까마득히 잊고 살아온 그였다. 그런 중에도 중동 일 길을 떠날 무렵엔 물어물어 전해진 아버지의 뒤늦은 기세(棄世) 소식을 접하고도 계획을 바꿀 수 없어 그대로 짐짓 모른 척 비행기를 타버린 일하며, 미국의 한 항구에서 화물선을 얻어 타고 돌아와서는 다시 먼 풍문으로 이미 수년 전에 돌아가신 어머니의 뒷소식이 전해진 바람에 이제는 때가 늦은 귀향길을 굳이 서두를 것도 없거니, 맨주먹 고향길은 그만큼 더 어렵기만 하여 이냥저냥 여태까지 지내오고 만 그였다.

그렇게 이미 반늙은이가 되어 비로소 고향길을 거꾸로 돌아가고 있는 그였다.

무슨 일이 기억 속에 생생할 수가 없었다. 기억에 남아 있는 그 유년 시절조차도 생기나 숨결이 전혀 없는 긴 세월 흐름 저쪽의 화석 그림 같은 것일 뿐이었다. 하물며 그가 떠난 이후의 일들이란 어느 한 가지도 쉽게 그려볼 수가 없었다. 어떻게 생각하면 나이 50대로 들어서 먼 바다 뱃길 일을 떠나면서부터는 소작 씨도 그 세상 끝에서 서울로, 서울에서 다시 고향 쪽으로 한발 한발 조금씩 길을 맴돌며 다가가고 있었던 듯싶기도 했다. 하지만 이제 보니 그 참나뭇골이야말로 그에겐 세상 어느 곳보다 가장 멀고 알 수 없는 곳만 같았다. 그리고 그의 찻길이 고향 참나뭇골에 가까워질수록 그 막막한 생각이 점점 더 깊어간 끝에 그는 비로소 다시 깨달은 것이다.

'그렇구나, 참나뭇골이야말로 세상에서 내가 가장 알지 못한 곳이었구나. 그래서 언젠가는 내가 다시 찾아가야 할 마지막 동네로 남아 있다 비로소 나를 부른 것이었구나.'

소작 씨는 새삼 참나뭇골 고향이 고마웠고 그 길이 그만큼 기쁘지 않을 수 없었다. 참나뭇골에 대한 궁금증도 그만큼 더해갈밖에 없었다.

'참나뭇골은 아직도 옛날 그대로일까? 누가 나를 알아봐줄 사람이라도 있을까? 이 지상에 아직 그런 동네가 정말 남아 있기나 한 것인가? 아니 그보다…… 돌아가신 부모님들은 어느 산자락에 변변한 유택이나 얻어 누워 계신지. 두 분께 대한 이 망극한 불효를 이제 와서 어찌한단 말인가……'

그는 자신이 떠난 이후의 그 모든 뒷일들이 새삼 두루 궁금하고 한편으론 두렵기까지 하였다. 그만큼 심사나 발길이 바쁘기도 하였다. 그리고 갈수록 무게를 더해가던 그 조급한 의구심은 그가 마침내 옛 큰산 밑 찻길을 돌아 장터거리에서 차를 내릴 때까지도 끊임없이 그를 괴롭혔다. 그리고 때마침 첫 겨울눈이 퍼붓는 시오리 참나뭇골 뒷산 길목께로 들어서면서부터는 그를 더욱 간절하고 황망스럽게 하였다.

어릴 적 기억이 잘못인지 길이 실제로 변했는지, 어둑어둑 저물어오는 산길을 희부연 눈빛에 의지해 좇다 보니 소작 씨는 어딘지 그 길이 옛날 자신이 넘어 다니던 참나뭇골 길이 아닌 것처럼 낯이 설었다. 길의 방향만 비슷할 뿐 굽이굽이 고개턱과 골짜기를 휘돌아 넘어가는 노정이 옛날과는 전혀 다른 길처럼 느껴지고, 길폭이나 주변 숲까지도 훨씬 비좁고 초라해진 것 같았다.

그 길이 정말 참나뭇골로 들어가는 길인지조차 의심스러울 지경이었다. 게다가 한참 뒤 골짜기 쪽으로 휘어 들어간 아랫길목에서 마주치고 지나간 한 낯선 사내의 태도가 그런 느낌을 더욱 짙게 했다.

"이 길이 참나뭇골로 가는 길 맞지요?"

맞은편 숲길 어둠 속에서 갑자기 눈을 허옇게 뒤집어쓴 사내가 나타나 길을 지나쳐 가려는 것을 보고 그가 자신의 불안감을 씻으려 물었을 때, 그리고 행여 자신이 알아볼 만한 참나뭇골 사람이라도 아닌지 조급한 목소리로 등뒤로 물었을 때, 뒤늦게 저만치 발길을 멈추고 선 사내의 응대는 참나뭇골 사람커녕 산길 너머 그런 동네가 자리하고 있는지조차 알지 못했다.

"글쎄요. 난 이 고을 사람이 아니라서 다른 길을 거쳐왔는지 모르겠소만, 농장에서 여기까지 오는 동안엔 다른 동네를 못 봤는데요."

자신 없는 말투로 대답을 흐리고선 그대로 몸을 돌이키려다 말고 다시 묻지 않은 소리를 몇 마디 던지고 갔다.

"거 오다 보니 산길이 꽤 멀던데 걸음을 좀 서둘러 가보시구료. 조금 전에 그쪽 길로 노형을 앞서 간 사람을 보았으니, 부지런히 쫓아가면 서로 길동무를 삼아 갈 수 있을 거외다."

위인이 이 고을 사람이 아니라면 길 사정을 자세히 알 수 없을 것은 당연했다. 그렇다 해도 그가 참나뭇골을 지나치지 않았다는 것은 알 수 없는 소리였다.

그 길은 참나뭇골에서 면소 쪽으로 나가는 단 한 줄기 길이었고, 그 길 앞엔 오직 참나뭇골 한 곳밖에 다른 마을이 없었다. 그러니 그쪽에 참나뭇골이 아닌 다른 동네가 있을 리도 없었고, 그가 무소 작과 다른 길을 왔을 리도 없었다. 그런데 참나뭇골은 보지도 못한 데다 그곳과는 다른 길을 거쳐왔는지 모르다니? 게다가 농장은 또 무슨 잠꼬대 같은 소린가?

어려서 일찍 고향마을을 떠나긴 했지만, 그의 기억이 그토록 부실해졌을 수는 없었다. 참나뭇골까지 넘어가는 산길 도중에는 물론 동네 근처 어디에도 농장이라 부를 만한 넓은 땅이 없었다. 참나뭇골은 애초 바다를 가까이하고 있으면서도 농사를 지을 만한 들밭은 주변 산자락과 골짜기 곳곳에 논밭을 조금씩 일궈 먹는 정도뿐, 사방이 별 쓸모없는 산지로 에워싸인 이른바 '해변산중' 마을이었다. 마을 앞쪽으로 가까운 바다를 나가자 해도 앞을 가로막아선 안산 자락을 멀찍이 에돌아가야 했다……

소작은 자신이 혹시 말을 잘못 들었거나, 아니면 사내가 공연히 빈말을 하고 간 게 아닌지 혼자 고개를 갸웃거려보기까지 했다. 그리고 정말로 길을 잘못 접어들어 엉뚱한 길을 헤매고 있지나 않은지 새삼스런 눈길로 주위를 둘러보기도 했다.

하지만 이 후미진 산길 중에 사내가 부질없이 그런 빈말을 하고 갔을 리도 없었고, 그가 엉뚱하게 길을 잘못 들었을 리는 더욱 없었다. 무엇보다 차가운 눈발까지 분분한 이 적막스런 산길에 사내가 그 선행자의 행로를 일러준 것이 그의 발길을 한결 가볍게 해주었다.

'아닌 게 아니라 발길부터 서둘러 그를 따라잡도록 하자. 지금 그가 나를 앞서 같은 길을 가고 있다면 필시 참나뭇골로 갈 테지. 그를 따라잡고 보면 그가 비록 참나뭇골 사람이 아니더라도 앞뒤 사정을 다 알 수 있을 테지.'

소작은 마음을 추스르고 나서 다시 발길을 재촉했다.

하지만 한동안 땀을 흘리며 뒤를 쫓아가 봐도 앞서 간 사람을 따라잡을 수가 없었다. 사람의 뒷모습은 물론 그가 남기고 간 발자국 흔적도 찾아볼 수 없었다. 사람의 흔적이라곤 좀 전에 면소 쪽으로 길을 거꾸로 지나쳐 간 사내의 두 줄기 발자국뿐이었다.

'위인이 한참이나 길을 앞서가서 그새 발자국이 눈발에 지워진 것인가?'

소작은 눈을 크게 뜨고 위인의 발자국이라도 어서 나타나기를 기다리며 걸음을 더욱 서둘렀다.

그리고 그럭저럭 참나뭇골에 가까운 마지막 고갯길 근처의 시커먼 노송 숲 아래를 지나며 비로소 사내를 따라잡을 수 없는 사정을 깨달았다.

그 노송 숲은 옛날 참나뭇골 사람들이 어린 아기가 죽으면 땅속에 묻지 않고 오쟁이에 담아다 노송 가지에 높다랗게 걸어두어 가여운 혼백을 하늘로 띄워 보냈다는 풍장터로 알려져 온 곳이었다. 사람들은 그 노송 숲 가까이 발길을 들여놓기를 꺼려 했고, 그럴수록 더욱 가지가 울창해진 거목 숲 아래를 지날 때면 어디서 어린애 울음소리라도 들려올 듯싶어 제풀에 마음이 섬뜩거리게 되곤 했다. 더욱이 구불구불 골짜기와 산비탈이 연이어진 이 길의 행로 중엔 그 노송 숲 외에도 '도깨비 씨름판'이며 '도둑놈 골' '여우 바위' 따위, 지나면서 신경을 곤두세우게 되는 길목굽이가 여러 곳 있었다.

소작 씨는 부러 생각을 않으려 했지만 그런 곳을 지날 때마다 발걸음이 더 빨라지는 걸 어쩔 수 없었다. 그래 옛날 참나뭇골 사람들은 이 길을 지나다 마주 오는 사람을 만나면 흔히 '좀 전에 한 사람이 길을 앞서가더라'고 서로 간에 짐짓 선행자를 일러주는 게 예사랬다. 그게 사실이든 아니든 그 으스스한 행로에 앞사람을 좇다 보면 마음의 위안도 주고 노정도 한결 빨리해 갈 수 있게 하기 위해서랬다.

사내는 일테면 소작 씨에게 짐짓 그런 식의 빈말을 하고 갔기 쉬웠다. 선행자는 끝내 발자국조차 흔적을 찾을 수 없는 데다 사내가 새삼 발길을 멈춰 서며 부러 묻지도 않은 소리를 일러주고 간 것이 아무래도 그랬기가 쉬웠다. 그리고 그것은 소작 씨가 그 노송 숲을 지나 참나뭇골 뒷산 고갯길목엘 이르렀을 때 더욱 분명하게 드러났다.

마을 뒷산의 고갯길을 올라설 때까지도 선행자의 모습이나 발자국은 끝내 찾아볼 수 없었다. 그동안 계속 내려 쌓인 눈에다 바람기까지 심해진 때문인지, 고갯길 위쪽으론 길을 거꾸로 지나쳐 간 사내의 발자국도 흔적이 사라지고 없었다. 길이나 주위가 그저 하얀 눈뿐이었다.

그런데 찾아볼 수 없는 것은 사람이나 발자국의 흔적만이 아니었다.

고개 위에서 내려다보여야 할 마을을 찾아볼 수가 없었다. 눈 아래 펼쳐져 보여야 할 참나뭇골이 사라지고 없었다. 마을 대신 눈 아래론 골짜기를 가득 메우고 들어선 저수지가 흰 눈발 속에 늘펀하게 드러누워 있었다. 그 마을 앞 안산 너머 바다, 그가 어릴 적 한동안 그 신기한 낚시질에 빠져 지냈던 바다도 사라지고 없었다. 바닷물이 드나들던 곳은 그새 드넓은 들판으로 변한 대신, 바다는 그 들판 끝 저 멀리 시야를 가로지른 거뭇한 방둑 너머로 쫓겨나가 있었다.

그 예기치 않은 눈앞의 광경에 소작 씨는 한동안 넋을 놓고 서 있었다. 그리고 다시 한 번 자신이 정말로 길을 잘못 찾아온 것이 아닌가 생각했다. 그야 자신이 제대로 길을 찾아 들어왔다 해도 결과는 마찬가지였다. 옛 참나뭇골이 사라지고 없고 보면, 그는 이제 더 찾아 돌아갈 곳이 없었다. 마을이 사라진 터에 이제부턴 거 길 찾아 들어갈 길이 남아 있을 리도 없지만, 애당초 찾아 돌아갈 곳이 없는 길을 왔다면, 그는 분명 길을 잘못 온 것이었다.

아니 그보다 그는 이제 아예 갈 길을 잃고 만 것이었다.

늙은 무소작은 장승처럼 옷 속을 파고드는 매서운 추위도 잊은 채 갈 길을 잃고 망연자실 마냥 눈발을 맞고 서 있었다.

이야기 장수 무소작 씨

그날 밤 무소작 씨는 옛 마을 뒷산 고개에서 그렇게 넋을 놓고

서 있다가 한참이 지난 뒤에서야 정신을 되찾았다. 그리고 아직도 사나운 눈보라를 안고 설쳐대는 찬바람기 속에 차츰 정신을 되찾고 다시 희부연 눈발 속으로 옛 마을 쪽을 살펴 내려가다 비로소 면소 쪽 길을 지나간 사내가 나서 왔다는 '농장 운운'의 곁홀림소리가 생각났다. 마을이 사라지고 바닷물이 쫓겨나간 대신 저수지가 생기고 방둑이 멀리 둘러싸였으니, 사내가 말한 농장은 필시 그걸 두고 한 말일 터였다.

그렇다면 그 농장 어디쯤에 새 마을이나 인가라도 몇 채쯤 들어서 있을 법했다. 그곳을 들고 날 길목도 있어야 했다. 사내가 지나간 걸 보면 참나뭇골 옛길이 이제는 그 농장께로 들고 나는 샛길 노릇을 하고 있음에 분명했다.

소작 씨는 이제 그쪽 길이라도 찾아보는 수밖에 없었다.

그리고 그는 곧 그 샛길을 찾아냈다. 농장 쪽엔 무슨 인가나 마을을 점쳐볼 만한 불빛 한 점 찾아볼 수 없었지만, 그 위에 사내의 발자국도 이미 다 지워지고 없었지만, 찬찬히 살펴보니 지금까지의 산길이 옛 참나뭇골 대신 저수지 한쪽 산비탈께로 이어져 내려가는 흔적을 남기고 있었다.

그것은 물론 본래부터의 길이 아니었다. 그가 목적하고 온 길은 더욱 아니었다. 하지만 어둠과 눈보라 속에 자신의 행로를 잃고 만 절박스런 처지에 그는 우선 그쪽 샛길이라도 따라가볼 수밖에 없었다. 혹심한 밤추위 속에 인가든 빈 창고든 우선 몸을 깃들일 의지처부터 찾아야 했다.

소작 씨는 스적스적 다시 지친 발길을 이끌고 눈 덮인 비탈 샛길

을 헤쳐 내려가기 시작했다. 저수지를 저만큼 끼고 돌아 내려가는
그 산비탈길은 폭이 좁고 가파른 데다 밤눈까지 계속 날려 쌓여 발
길이 여간 미끄럽고 위태롭지 않았다. 게다가 그 샛길이 어디로 향
해 뻗어가는지 갈수록 행로가 막막해졌다.

미끄러지고 넘어지며 어렵사리 비탈길을 다 내려서서도 아직
인가나 사람의 흔적이 나타날 기미가 없었다. 샛길은 잠시 저수지
아래쪽 방둑 위로 올라섰다가, 거기서부터는 드넓은 농장을 이리
저리 가로지르며 사방으로 갈라져나갔다.

소작 씨는 그 중에서 저만치 바닷물을 가로막아 선 맞은쪽 방조
제를 향해 다시 농장 길을 건너기 시작했다. 농장을 가로질러 한쪽
으로 방조제 길을 따라가 보면 둑이 끝나는 곳 어디쯤엔 대개 사람
사는 집이 몇 가호쯤 모여 앉았거나, 하다못해 작은 오두막이라도
숨어 있게 마련이었다. 소작 씨가 오랜 세월 떠돌이 생활에서 얻은
지혜였다. 그리고 지금의 처지론 그런 자신의 경험을 의지 삼는 수
밖에 다른 길이 없었다.

방둑까지의 그 허허벌판 길은 눈짐작보다도 훨씬 멀었다. 눈발
속으로 부옇게 가로 뻗어나간 방둑이 한참을 걸어가도 늘 그만큼
씩 다시 물러서 있곤 했다. 농장 길을 들어서고부턴 문득 바람기까
지 잠잠해진 고즈넉한 눈벌 길이 앞서의 숲속 길 못지않게 심사를
아득하고 막막하게 했다. 이따금은 그 백야처럼 애애하고 괴괴한
정적경이 그를 섬찟섬찟 놀래켜오기도 했다.

'그래, 그 위인이 앞서간 사람을 보았다며 먼길에 그를 따라 잡
으라 한 것은 다름 아닌 이 농장 길을 두고 한 소리가 아니었을까?'

소작 씨는 새삼 위인의 말을 떠올리며, 아닌 게 아니라 길이 이 토록 멀고 사나울 양이면 그런 길동무라도 한 사람 함께할 수 있었 으면 싶었다.

그러니 나이 예순 길을 눈앞에 둔 무소작 씨가 새 이야기 장삿길 로 들어선 것은 그렇듯 그의 생애의 대부분을 객지 떠돌이로 보내 고 인생의 황혼 녘에 즈음하여 아무것도 다른 일을 할 수 없게 된 처지로 옛 참나뭇골을 찾아 돌아오다 급기야는 그 고향마을과 고 향길, 그의 마지막 삶의 행로마저 잃게 되고부터였다.

줄여 말해 소작 씨가 이날 자기 행로를 잃고 혼자서 지향 없이 건너간 그 낯설고 황량하기 그지없는 밤 눈길은 실상 그가 어렸을 적 그 숙명과도 같은 부름 소리에 이끌려 길고 먼 떠돌이 길을 떠 나지 않을 수 없었듯이, 이젠 더 이상 육신의 일을 할 수 없는 그의 남은 노년이 지나간 시절의 반추처럼 다시 거두고 감당해갈 또 다 른 새 종생의 길, 바로 다름 아닌 늙은 이야기 장사꾼 길의 시작이 었다.

그의 짐작대로 농장을 건너가 방조제 길 한쪽 끝에 숨어 앉은 작 은 해변 마을을 찾아낼 수 있었던 것이 이날 밤일로 해서는 무엇보 다 큰 다행이었다. 그의 옛 유년 시절의 참나뭇골, 그의 오랜 기억 속의 고향마을은 거기 그렇게 전혀 다른 모습으로 초라한 흔적을 남겨둔 셈이었다.

그런데 바로 이 작은 해변 동네에서 전혀 예기치 못한 이야기꾼 으로서의 소작 씨의 새 삶의 행로가 시작된 것은 이날 밤 소작 씨가 우선 무작정 사립을 밀치고 들어간 마을 초입께 집에서 처음 만난 50대 안팎의 순박한 주인 사내가 그의 지난 행로와 사연을 병적일 정도로 즐겨 들어준 것이 인연이었다.

아니, 그도 물론 주인 사내가 처음부터 소작 씨에게 그런 이야기를 시키고 든 건 아니었다. 이야기가 본격적으로 시작된 건 이튿날 아침부터였지만, 그 단초가 된 이날 밤 실마리 역시 소작 씨가 별다른 목적이 있어 꺼낸 것이 아니었다.

"우선 이 더운 물로 언 속부터 좀 덥히구려."

"그런데 도대체 무슨 일로 이 늦은 밤중에 하필 이 우렁이 창자 끝 같은 막오지까지 험한 눈길을 찾아든 게요? 노형은 대체 뭘 하는 사람이오?"

추운 새벽 눈보라 속에 황망결에 낯선 길손을 맞고 난 수더분한 인상의 주인 내외가 그 밤중에 더운물과 간단한 요깃거리를 마련해 권하면서도 그의 정체가 의심스러운 듯 마음을 못 놓는 눈치였다.

그래 소작 씨는 자신의 곡절을 밝힐 겸 주인에게 옛 참나뭇골의 일을 물었다.

"이 저수지가 생기기 전엔 저 위쪽으로 참나뭇골이라는 동네가 있었는데……" 하지만 소작 씨의 설명을 대충 듣고 난 주인 역시 옛날 참나뭇골에서 나 살다 간척 농장이 생기면서 이 바닷가로 집을 옮겨 내려온 처지라면서도 연배가 몇 년이나 아래여서 그런지 소작 씨는 물론 그의 돌아가신 양친 일조차 전혀 기억을 못했다.

하다 보니 소작 씨는 불가피 자신의 어릴 적 시절부터 집을 떠나간 된 사연하며, 이후 한평생 온 세상 객지 땅을 떠돈 끝에 마침내 고향마을 참나뭇골을 찾아 돌아오기까지의 긴 인생 행로를 대충 다 털어놓게끔 되었다. 그리고 이날 밤엔 그것으로 서로 안심을 하고 때늦게 다시 함께 피곤한 잠자리로 들었다.

그런데 이튿날 아침 소작 씨가 피곤한 잠자리에서 일어나 보니 주인 사내는 아침도 먹기 전에 몇몇 이웃 사람들을 일찍 불러 모아 놓고 있었다. 그리고 아침상을 받고 앉은 자리에서부터 옛 참나뭇 골 소작 씨네의 일을 들어 알거나 기억하고 있는 사람을 물었다.

미리 짐작한 대로 그 이웃 사람들도 대개 주인 사내처럼 새 농장이 생길 무렵 참나뭇골에서 이곳으로 집을 옮겨온 사람들이었다. 하지만 눈앞의 소작 씨는 물론 옛날 그의 집이나 어른들의 일을 기억하는 사람은 아무도 없었다. 그중 소작 씨와 나이가 가장 근접해 보이는 50대 중반께의 초로 한 사람만이 옛날에 비슷한 이야기를 들은 듯싶다고 했지만, 그 역시 어릴 적 소작 씨의 일이나 양친의 유택에 대한 일들은 자세히 알고 있지 못했다. 그래 소작 씨는 서둘러 아침을 끝내고 그 참나뭇골 시절부터 이날에 이르기까지 간밤에 주인 사내에게 털어놓았던 그간의 내력을 다시 한 번 되풀이해 보였지만, 그 역시 별다른 도움이 못 되었다.

"글쎄, 저수지가 생길 때 그런 일을 기억할 만한 노인들이 마을을 떠나지만 않았어도…… 하지만 저수지 공사 이후로 너무 많은 사람들이 동네를 떠난 데다 그때 일은 세월이 너무 흘러놔서……"

이야기를 듣고 나서도 사내들은 그를 전혀 알아볼 만한 사람으로 여기는 눈치가 아니었다.

"하지만 아무러면 어떻소. 당신이 어디 못 올 데를 찾아왔겠소. 산 사람들 깃들어 살고 있는 고을에 우연히 길을 지나다 찾아들 수도 있는 마당에."

어디선지 우연히 이 참나뭇골 근처까지 발길이 떠돌아 들어와 공연히 그간에 주워들은 이야기들을 늘어놓고 있는 실없는 사람 취급이 역연했다.

소작 씨는 불안했다. 이들이 그의 말을 곧이들어주지 않으면 그는 이제 이곳엔 더 머물러 있을 수가 없었다.

그렇다고 전날처럼 어디로 다시 훌쩍 길을 떠나갈 수도 없었다. 지닌 것이나 남은 기력이 없으니 어디에 머물러 먹고 잘 곳이 없었다.

하지만 그것은 소작 씨의 기우였다.

주인 사내가 일찍 이웃 사람을 불러모은 것은 소작 씨의 일을 알아보기 위해서만이 아니었다. 그보다도 그에겐 다른 목적이 있었다. 소작 씨가 오랜 세월 바깥세상을 떠돌면서 겪었거나 보고 들은 일들을 이웃 사람들과 함께 이야기 듣기 위해서였다.

"참나뭇골에서 나 살았든 말았든 어렸을 적 일이야 아무러면 어떻소. 당신한테 소중한 건 우리가 알지 못한 넓은 세상을 맘껏 떠돌아다니며 겪고 본 일들이지. 자, 그러니 그 이야기나 차분히 들려주시오. 간밤부터 듣자 하니 노형한텐 정말로 우리가 여기서 상상할 수조차 없는 놀랍고 기이한 이야기들이 무진장한 듯싶은데 말이오."

어릴 적 내력을 증거하는 데 실패한 소작 씨가 한동안 시무룩한 얼굴을 하고 있으려니, 주인 사내가 마침내 좌중을 대표하듯 그런 주문을 내놓았다.

"그러시오. 바쁜 집안일들 제쳐두고 우리도 실은 그 이야기를 듣고 싶어 찾아왔으니."

본심을 드러내고 나서 주위의 동의를 구하듯 한차례 좌중을 둘러보는 주인 사내나 거기에 고갯짓과 동의를 보내며 새삼 자리를 고쳐 앉는 이웃 사람들이나 소작 씨가 정말 바깥세상 이야기만 들려주면 그가 옛 참나뭇골내기든 아니든 무슨 상관이냐는 표정들이었다.

소작 씨에게도 그건 물론 어려운 일이 아니었다. 바깥세상 이야기라면 아닌 게 아니라 그에겐 끝이 없을 정도였다. 그리고 그걸 듣고 싶어 하는 사람이 있고 보면 그는 아직 아무것도 지니지 못한 사람이 아니었다. 그에겐 아직 그 세상 이야기가 가득히 간직되어 있었다. 그리고 실상 그것은 그의 삶 속에 마지막까지 남겨 지니고 있는 재산임 셈이기도 했다. 하지만 자신은 그것을 깨닫지 못해온 터에 주인 사내가 그것을 대신 찾아내준 셈이었다. 뿐만 아니라 그가 그 바깥세상 여행담을 이야기하는 동안엔 며칠간이라도 이 해변 마을에 머물러 지낼 수 있는 일이 아닌가. 그야말로 반갑고 다행스런 일이 아닐 수 없었다.

"그야 내가 그간에 겪어온 바깥세상 일이라면야……!"

소작 씨는 기쁘고 고마운 마음으로 방 안 사람들의 소청에 흔쾌히 응낙했다.

그리고 이어 지난날의 오랜 떠돌이살이 속에 보고 듣고 겪은 일들을 차례차례 한 가지씩 들춰나가기 시작했다.

"한마디로 말해 바깥세상엘 나가보면 모두가 엉뚱하고 별스런 일뿐이지요. 바로 이 동네를 한 발짝만 나가서 읍내까지만 들어가 봐도 모든 것이 낯설고 새로 배워야 할 일투성이니까요. 우선 한 예로 저 해산물거리들을 놓고 봐도 그래요."

그는 먼저 그렇게 전제하고 나서 근본이 바닷가 태생답게 잠시 전 주인 사내와 마주해 아침 끼니를 끝내고 밀쳐놓은 윗목께의 빈 밥상을 가리켰다. 그리고 이것저것 먹다 남긴 해물 쪼가리들로부터 차근차근 이야기의 실마리를 풀어나갔다.

"저 바닷게의 이름이 무어지요?"

"저거야 뿔게 아니오. 양쪽 통끝이 길고 뾰족한 뿔꼴로 생겼으니까."

소작 씨가 수수께끼 놀이를 하듯 묻고, 이내 주인 사내가 대답했다.

"그럼 저 작은 낙지처럼 생긴 것은요?"

"쭉지미지요."

"왜 쭉지미라지요?"

"그야 옛날부터 그걸 잡아온 바닷가 개꾼들이 그렇게 불러왔으니 그렇겠지. 애초엔 낙지 동생 같아 보여 '지' 자 돌림으로 그렇게들 부르기 시작했나?"

"그럼 이번엔 저 고막은요?"

"그건 새고막 아니오. 털깃을 물고 있어 나중에 새가 되어 날아간다고."

한동안 소작 씨는 계속 묻기만 하고 주인과 다른 방 안 사람들은 서로 번갈아가며 막힘 없이 대답했다.

그러다가 소작 씨가 문득 물음을 멈추고 본론을 말하기 시작했다.

"여러분들 대답은 모두 맞는 대답이오. 하지만 그것은 이 동네에서뿐이오. 읍내 성중이나 다른 대처로 나가보면 그런 대답은 모두 틀릴게요. 육지부 사람들은 하나같이 우리가 말하는 뿔게를 꽃게라 부르고 이곳의 쭉지미는 주꾸미라 하지요. 이곳의 새고막도 새고막이 아닌 피조개로 부르는 판이고."

"그 사람들은 왜 그렇게 제 본디 이름들을 멋대로 바꿔 부르기 좋아하오? 세상만물 이름이란 작은 해산물 하나라도 원래 제가 난 본바닥에서 얻어난 것이 제격이게 마련 아니오?"

이번에는 방 안 사람들이 고개를 갸웃거리며 소작 씨에게 거꾸로 묻고 들었다. 그리고 소작 씨는 대답 삼아 그동안 아껴뒀던 자신의 생각을 털어놓기 시작했다.

"그렇지요. 하지만 바다에서 먼 육지부 사람들은 제바닥 본디 이름은 모르고 나중에사 전해 들은 것을 자기들 편한 대로 적당히 고쳐 부르는 식이니까요. 새조개의 속살이 빨갛고 피가 붉다 해서 피조개로 부르듯이, 뿔게는 굽거나 삶으면 등껍데기가 빨간 꽃빛으로 익는대서 꽃게가 되고, 쭉지미나 새비는 안팎의 입놀림들이 게을러 주꾸미가 되었지요. 갯장어나 게두는 그 모양새만 좇아서 뱀장어, 키조개로 변하고…… 해물이고 뭐고 간에 육지부 대처

로만 올라가면 적지 않이 많은 것이 그렇듯 제 본바닥 이름을 잃고
마는 꼴이라오. 그러니 원래부터 육지부 사람이면 몰라도 여기서
뒤늦게 성중으로 들어간 사람들은 제 본바닥에서부터 알고 있던
본디 이름을 버리고 새 이름을 다시 외우느라 이만저만 고심들이
아니지요."

"그러면 대체 우리가 여기서 꽃게라 부르는 진짜 꽃게는 무엇이
라들 부르오? 우리가 피조개라 하는 것은 또 뭐라 부르고?"

"집게발가락이 빨갛고 큰 이곳의 꽃게는 다른 곳에는 없으니 다
른 이름이 있을 필요가 없지요. 이곳의 피조개도 다른 데서는 볼
수 없으니 마찬가지고요."

이젠 차라리 어이가 없다는 듯한 방 안 사람들의 물음에 소작 씨
가 이번에는 대답을 간단히 줄이고 나서, 대신 그 육지부 대처 사
람들의 괴상한 해물 섭생법을 한 가지 더 덧붙였다.

"그런데 지금 여러분이 대처로 나간다면 그 본바닥 해물들을 이
름을 새로 바꿔 외워야 하는 괴로움쯤은 문제도 아닐 겁니다. 그
사람들은 이름을 바꿔 부를 뿐 아니라, 모든 생선은 굽거나 삶거
나 모조리 겉비늘을 다 벗겨내고 속엣것도 깡그리 다 드러내버리
는 것을 옳은 섭생법으로 여기니까요. 그야 물론 냉장 시설이 없던
옛날엔 본바닥 사람들이나 생선을 제대로 다 먹었지. 먼 거리 대처
사람들이야 상하고 곪기 쉬운 껍질이며 내장까지 어찌 함부로 취
해 먹을 수가 있었겠소. 하지만 그 사람들 세상이 한참 바뀐 지금
에 와서도 싱싱한 생선을 다 그 꼴로 만들어 먹으며 그게 가장 옳
고 양반다운 섭생법이라 우겨대니, 그 사람들은 원래 내력이 그렇

다 치고 본바닥에서 새로 대처로 간 사람들은 그 생선들 이름들 바꿔 외워야 하는 일에다 본디 입맛까지 버리고 새로 그 사람들을 따라 익혀야 할 노릇이니 그 고역이 어떻겠소들. 물 좋은 낙지나 오징어의 고소한 머리통 속맛 따윈 그만두고, 물 좋은 갈치나 장어 병어까지 각기 제맛을 드러내는 겉비늘과 껍질을 깡그리 다 긁어 벗겨내버리는 판이니, 이름만 다를 뿐 맛도 모양새도 다 그게 그것 같은 생선 맛을 새로 익히느라 말이오."

이야기를 하다 보니 소작 씨는 자신이 처음 참나뭇골을 나가 읍내와 서울 등지에서 겪은 일들이 생생하게 되살아나 한참이나 열심히 설명을 계속했다. 그러다간 부질없이 좀 말이 길어진다 싶어 첫 번 이야기의 마무리 삼아 필요한 몇 마디를 짤막하게 더 덧붙였다.

"바깥세상은 그렇듯 늘 낯이 설고 괴이한 일뿐이에요. 모든 것을 새로 배우고 익혀야 할 일투성이지요. 여기 앉아 이렇게 이야기로만 들으면 별반 실감이 안 날지도 모르지만요."

두말할 것 없이 서두의 전제를 한 번 더 되풀이한 소작 씨의 덧붙임은 그러니까 다름 아닌 자신의 이야기에 대한 방 안 청자들의 반응을 떠볼 겸해 한 소리였다.

소작 씨로선 그게 물론 당연한 관심사였다. 그리고 방 안 사람들 반응 역시 그런 바깥세상 일이 적지 않이 생퉁스럽고 어이없는 표정이면서도 한편으로 그만큼 더 호기심이 발동해오는 눈치였다.

"그것 참 세상일이란 한 발 문밖이 천 리라더니, 사람 살아가는 노릇이 그렇게 서로 길이 다를 수가 있다니."

"그러게 우리 같은 무지렁이들은 그저 제 태어난 골에 가만히 엎드려 붙어서 들곡물이든 물고기든 제 이름대로 거둬 먹고사는 게 속 편하지."

"암, 듣고 보니 이렇게 지내는 우리가 상팔자여. 그런 이야길 듣기 전엔 어디로든지 이 골만 빠져나가면 지금보다 더 편하고 낫게 되는 줄 알았지. 그런데 설마 하니 바깥세상 일이란 매사가 다 그렇게 엉뚱하고 괴이하기만 하더라는 게요?"

바깥세상 풍물이나 세상살이가 자신들과 다르면 다를수록 더 재미있고 흡족해할 게 분명한 이 해변 동네 위인들은 끝에 가선 은근히 소작 씨의 다음 이야기를 주문하고 나서기까지 했다.

소작 씨는 더한층 고맙고 다행스럽지 않을 수 없었다. 이제 와선 그 바깥세상 이야기나마 두고두고 길게 이어나가야 할 처지에, 그는 거기 더 용기를 얻어 곧 다음 이야기를 시작했다.

"내가 둘러본 바깥세상 일은 늘 그런 식이었지요. 난 실상 그런 곳 그런 일만 찾아다닌 셈이었고, 그게 내가 여태껏 세상을 떠돌아다닌 목적이었으니까요. 그러니 내가 겪어온 바깥세상 일이란 사실 본바닥 생선 이름을 다시 외워 사는 따위는 괴이하고 외설스럽기가 아직 아무것도 아닌 셈이었어요. 그럼 이번엔 나라 안쪽 일 말고 먼 사막 나라 이야길 한 가지 들려드릴까……"

이번 이야기의 사연은 소작 씨가 맨 처음 나라 밖 떠돌이살이를 시작한 중동 지역의 한 사막 나라에서 경험한 일이었다.

젊은 소작 씨는 그러니까 그 나라 도로건설사업 일꾼으로 건너간 지 얼마 되지 않아서 심히 비정하고 가슴 아픈 일을 겪게 됐다.

그는 처음 몇 달 동안은 더운 사막 기후에 적응하느라 별다른 생각 없이 열심히 일만 했다. 그러다 차츰 더위나 일거리에 몸이 익어진 다음엔 마음의 여유가 생기면서 한동안 잠잠하던 호기심이 다시 고개를 들기 시작했다.

그는 곧 그 지역 사람도 사귀고 말도 익히기 겸하여 회사 규칙을 어겨가며 매일 밤 현지 출신 일꾼들의 숙사를 찾아가 밤을 함께 보내고 오곤 했다.

그러다 그 지역 사람들의 말을 웬만큼 알아들을 수 있게 된 소작 씨는 마침내 한 현지인 친구까지 사귀게 되었다. 어딘지 늘 겁을 먹고 이 사람 저 사람 자주 눈치를 보는 따위로 막일꾼치고는 심성이 퍽 연약해 보인 한 젊은이가 이방인인 그를 이상하게 잘 따르고 가까이하고 싶어 한 데다, 소작 씨도 위인이 심지가 좀 허약할 뿐 본바탕은 그만큼 착하고 인정스러운 데가 있어 보인 때문이었다.

그런데 그와 한 며칠 잠자리를 이웃해 지내다 보니 위인이 자주 겁을 먹고 사람 눈치를 보는 데엔 그의 심약한 심지 이외에 다른 절박한 이유가 있었다. 무엇엔지 늘상 겁을 먹은 듯한 위인이 공연히 안되어 보여 그동안 격의 없이 따뜻하게 대해준 소작 씨를 겪어보고 나름대로 어떤 믿음이 생겼던지, 그가 어느 날 밤 잠자리에서 소곤소곤 소작 씨에게 엉뚱하고 당돌스런 부탁을 해왔다.

"인자하신 형님, 가엾은 저를 제발 이 회사 일꾼으로 오래 일하게 해주십시오."

듣고 보니 그럴 만한 사연이 있었다. 위인은 한마디로 그 무렵 그 나라의 어떤 살인사건과 관련하여 적잖은 현상금까지 내걸린 살인용의 수배범으로, 이를테면 고용인력의 신원관리가 허술한 외국 사업장을 은신처 삼아 몸을 피해 지내온 처지였다. 그가 평소 사람을 겁내고 눈치를 자주 보는 것도 천성이 원래 심약한 외에 불안하게 쫓기는 그 절박한 처지 때문이었다.

그러나 그는 억울한 누명을 썼을 뿐 진짜 살인범이 아니었다. 위인이 그렇게 말했고 소작 씨가 그런 그의 말을 믿었다. 소작 씨가 겪어온 위인의 평소 심성뿐만 아니라 적지 않은 현상금까지 내걸린 처지에 자기를 믿고 그런 비밀을 털어놓는 데에는 소작 씨 역시 믿지 않을 수가 없었다. 오히려 소작 씨는 알 수 없는 고마움과 함께 젊은이를 더 안전하게 보살펴줄 결심으로 그를 위로하고 안심을 시켜주기까지 하였다.

"그래, 그동안 마음고생이 참 많았구나. 이젠 너무 걱정하지 않아도 된다."

말할 것도 없이 그곳 현지인 인부들이 대개 그러하듯 내일에 대한 보장이 없는 임시 고용직으로 지내온 위인에겐 그 은신처를 위해 다른 사람들보다 더 긴 기간 마음 놓고 일할 수 있는 보장이 필요했다. 소작 씨는 그 길을 찾는 데 함께 힘을 써보자고 그것도 약속했다.

"그런 일이라면 내가 힘껏 도와줄 테니 나를 믿어봐."

하지만 그날 밤 이후 소작 씨는 그럴 수가 없었다. 그날 밤 곁에서 둘 사이의 이야기를 엿듣고 제물에 어려운 처지끼리 비슷한 이해와 위로의 말을 건네온 다른 한 사람이 있었기 때문이다.

"형씨도 참 나같이 재수가 없는 팔잔가 보구랴. 그런 억울한 누명을 쓰고 숨어 쫓겨 다니는 신세라니. 언제 내 속사연도 들어보면 알겠지만 나도 실상은 형씨보다 더 나을 것이 없는 막막하고 팍팍한 처지니 앞으론 우리 서로 비슷한 처지끼리 함께 보살펴가며 의지하고 지내도록 합시다. 그러니 이제부턴 마음을 좀 편히 먹고……"

그런데 젊은이는 그의 말을 믿지 않은 모양이었다. 아니, 젊은이는 그 뜻하지 않은 동족 불청객의 말에 오히려 위인도 소작 씨도 더 믿을 수가 없어졌는지 모른다. 어쨌거나 이튿날 아침잠을 깨고 보니 젊은이는 새벽 일찍 자리를 비운 채 사라지고 없었다. 그리고 간밤의 동정이나 위로의 말은 역시 그 나름의 계략이었던 듯 젊은이가 한발 앞서 일찍 사리진 것을 알아차린 동족 청년도 비로소 제 아쉬움을 터놓고 숨기지 못해했다.

"아이구야, 내가 한발 늦었구나. 내 아무래도 녀석이 그럴 것 같아 안심까지 시켰더니만……"

하지만 일이 그쯤 끝났으면 서운한 대로 소작 씨에게 더 이상의 배신감은 남기지 않았을 터였다. 그런데 일이 그렇게 끝나주질 않았다. 옆자리의 청년이 제 발로 걸어든 현상금을 놓친 게 아깝고 억울하여 며칠 밤을 혼자 끙끙대는 눈치더니, 그사이 언제 미리 신고를 해놓았던지, 하룻밤엔 의기양양 현상금을 타 들고 와서 소작 씨 앞에 희희낙락 자랑을 해댔다.

"새끼, 지놈이 가면 어딜 가. 10리도 못 가 결국엔 붙잡히고 말 녀석이 그동안 숨어 다니느라 고생이라도 덜하게 일찌감치 이 형님 말씀대로 여기서 함께 얌전히 기다리잖고. 어려운 처지끼리 서로 돕자니까. 내가 어물어물 잘못했으면 공연히 어떤 다른 놈 좋은 일을 시킬 뻔했잖나……히히."

하지만 이날 아침 소작 씨가 바닷가 마을 사람들에게 들려준 그 사막 나라의 배신극 이야기는 거기까지가 아직 시작에 불과했다. 이후로 소작 씨가 그 나라에서 일상적으로 겪은 그 패륜적 불신과 배신의 풍조는 하나의 필연적 현상이자 일반적 관습율로까지 느껴졌다.

시일이 지나면서 소작 씨가 뒤늦게 알게 된 일이지만, 어찌 된 일인지 그 나라에는 온통 사람들의 뒷조사를 일삼는 정부 기관과 그런 데에 몸을 담고 그 노릇으로 밥을 먹고 사는 사람들 천지였다. 그 나라 사람들 스스로도 더러 한탄하듯 정보국이나 경찰, 군 기관 같은 정보업무 관계의 국가 기관은 물론이고, 세무서나 은행, 우체국, 전화국 같은 비정보 업무 기관들, 심지어는 백화점이나 사설학원, 아파트, 건설회사 같은 곳까지, 무소불위 멋대로 남의 신상사를 뒤지고 우편물을 검사하고 전화를 도청하는 기관이나 단체들이 수없이 많았다. 그리고 그 일에 종사하는 사람 수가 이 나라 국민의 절반도 넘을 정도랬다. 말하자면 이 나라 국민의 절반은 감시자요 절반은 피의자로, 온 나라가 그 감시자와 피의자뿐인 셈이었다.

불신과 배신이 일상적으로 고질화될 수밖에 없었다. 그런데도 사람들은 그것을 전혀 부자연스러워하지 않고 오히려 나라의 내일을 위해 당연한 일로 여기고 살아가는 눈치였다. 그것을 경계하고 두려워하기보다 서로 간에 감시를 부추기고 불신을 격려하며 고자질엔 미덕으로 상을 주기까지 하였다.

아니, 이 나라 사람들은 어릴 적 교육부터가 그런 식이었다.

어느 날 소작 씨는 한 현지인 친구와 함께 휴일 외출을 나갔다 그곳 초등학교를 구경한 일이 있었다. 그런데 두 사람이 어느 교실 앞에 이르렀을 때 웬일인지 그 반 아이들이 10여 초쯤의 간격으로 차례차례 문을 나와 변소 쪽을 돌아오고 있었다. 변소엘 들어가 일을 보고 오는 것이 아니라 그냥 안만 잠깐 기웃거려 보고 다시 돌아가는 식이었다.

"누군가 뒷교정의 올리브 열매를 따 숨겼다고 고자질을 한 모양이에요."

소작 씨가 이상해하는 낌새를 알아차린 그 현지인 친구가 이내 설명을 해왔다.

"묻지 않아도 뻔해요. 누군가 몰래 뒷교정의 올리브 열매를 따 숨긴 걸 다른 친구가 선생님께 고자질을 했을 거고, 선생님은 그 올리브 열매를 빼앗아다 고자질을 한 아이에게 상으로 그걸 자랑스럽게 변소로 가져다 버리고 오라 했을 거고, 다음엔 그 고자질쟁이가 그걸 버리지 않고 제 몫으로 어디다 숨기고 올지 모르니 다른 녀석에게 뒤를 따라가보라 일렀을 것이고, 그리고 또 다음엔 앞의 두 녀석 몰래 짜고 나눠 가질지 모르니 다음 녀석을 다시 뒤쫓아 보내고……"

그런 식으로 결국엔 반 아이들 전부 다 한 번씩 변소 쪽을 돌아보고 오는 중일 거랬다. 그 현지인 친구도 나어린 초등학교 시절부터 수없이 겪어온 일로, 그러니까 그건 이를테면 이 나라 교육의 필수 과목 격인 불의와 부정의 감시고발 교육의 현장이었던 셈이다.

"흔히들 교육은 나라의 백년대계라 말하듯 미래의 모든 것을 결정짓고 마는데, 그 나라는 어릴 적 교육부터 그런 식이니 세상살이 모양새가 그런 식일 수밖에 없는 게 오히려 당연한 노릇인지도 모르지요."

소작 씨는 거기서 다시 이야기의 한 대목을 끝내며 짤막하게 자신의 의견을 덧붙였다.

"그러고 보면 우리는 교육 풍조가 그나마 퍽 다행스런 편이지요. 어느 대통령이 자기는 중학교 때부터 대통령이 될 결심을 하고 결국엔 그 뜻을 이루어냈다고 자랑했듯, 우리 교육은 어릴 적부터 한사코 많이 얻고 많이 누리기 위해 무슨 일에나 남을 앞서고 큰 힘, 높은 지위를 좇아 얻는 길이나 가르치지 나라 법 어디에도 터놓고 남을 못 믿고 감시하며 고자질을 일삼으라는 대목은 없지 않습니까."

그 역시 자신의 이야기에 대한 방 안 청자들의 반응을 묻기 위함이었다.

하지만 그건 이제 소작 씨의 부질없는 걱정이었다. 마을 사람들도 그 소작 씨의 이야기에 갈수록 흥미가 더해가는 분위기였다. 이번에는 첫 번처럼 바로 반응을 드러내고 나선 사람이 없었지만, 그 요지경 속 같은 바깥세상의 괴이함에 오히려 할 말을 잃고 만 것 같았다. 더러는 소리 없는 한숨 기를 삼키거나 더러는 멀거니 빈 천장만 쳐다보고 있는 양들이 아무래도 소작 씨의 이야기에 마음을 깊이 빼앗긴 모습들이었다.

거기에 안심을 한 소작 씨는 그 분위기가 식기 전에 서둘러 다시 다음 이야기를 계속해 이어나갔다.

그리고 그 이야기들은 차츰 세월과 행로를 점점 더 멀리하여 생각 미치는 대로 이리저리 무한정 가지를 뻗어갔다.

방 안의 청자들이 바다를 이웃해 살고 있어 소작 씨 역시 그 사막 나라에 이어 바로 머리에 떠올라 그랬지만, 이번에 먼저 이어진 이야기는 여러 가지 모습의 바다 이야기였다. 가도가도 끝이 없는 먼 바닷길 이야기, 그 바닷길에서 만난 큰 고래나 무시무시한 상어 떼 이야기를 했다. 아무도 알 수 없는 대양 한가운데에 저 혼자 피어올랐다 저 혼자 사라져가는 바닷물 회오리, 때로는 배를 집어 삼키고 세상을 온통 박살낼 듯 사납게 휘몰아치는 지옥의 폭풍우와 천둥질에 대한 이야기도 했다. 그리고 추운 바다 속에 숨어 떠 있는 거대한 얼음산과, 거리와 숲들이 온통 열대의 꽃으로 어우러져 그 전체가 하나의 꽃송이처럼 떠 있는 남태평양의 작은 섬나라에 대해서도 이야기했다.

그 바다 이야기가 너무 길어진다 싶었을 때 소작 씨는 다시 그 바다 너머 뭍 세상의 기이한 일들로 이야기를 옮겨갔다. 겨울도 눈도 없는 상하의 푸른 대륙, 그래서 나무들은 잎을 떨굴 줄 모르고 겨울잠도 자지 않는 땅 이야기를 하였고, 반대로 몇 달씩 해가 뜨지 않은 채 흰 눈과 추위뿐인 얼음덩이 대륙과, 그런 중에도 노래하듯 박자를 맞춰 더운 분수를 아름답게 뿜어내는 간헐천과 옛

해적의 후손들이 세워 가꾼 먼 북유럽 오로라 나라들의 이야기도
했다.

그리고 물론 그렇듯 낯설고 이상한 땅에 사는 이상한 사람들에
대한 이야기도 함께했다. 옷을 입지 않고 벌거벗고 지내는 사람
들, 그 몸이나 얼굴에 얼룩덜룩 물감 칠을 하고 뽐내는 사람들, 콧
구멍이나 귀를 뚫어 갖가지 쇠붙이 장식을 자랑스럽게 매달고 다
니는 사람들, 옛날 옛적엔 입으로 불을 뿜어 말을 했다는 사람들,
혹은 오지 않을 내일을 위해 언제나 오늘의 희생을 즐겨 감수하며
내일만을 위해 사는 사람들, 세상 사는 목적을 오직 자식 출세에
걸고 이웃 간에 모이기만 하면 자식 자랑만 일삼으며 지극정성 종
생토록 자식의 종으로 살아가는 사람들, 허구한 날 서로 간에 지난
일을 허물하고 헐뜯는 재미로 살아가는 사람들, 죽은 사람의 집을
살아 있는 사람보다 크게 짓고 한평생 그 죽은 사람의 이름만 부르
며 살아가는 부족 등등, 그 낯설고 이상한 나라의 이상한 사람들에
대한 그의 이야기는 끝없이 이어져갔다.

그중에서도 특히 사람의 말 대신 새 울음소리를 지저귀며 벌거
벗은 몸으로 나뭇가지 위를 날아다니며 살고 있는 어느 정글 족속
의 이야기와, 어느 북유럽 항구 도시의 왕궁 앞 해변 시장에서 운
좋게 장바구니를 들고 나온 그 나라 대통령 할아버지를 만난 이야
기는 소작 씨로서도 새삼 신명이 나서 더욱 즐겁게 이야기했다.

해변 동네 사람들도 그의 이야기를 계속 재미있고 흥미진진해
하고 있음이 분명했다.

사람들은 지금까지 듣도 보도 못한 소작 씨의 이야기를 절반도

다 이해하지 못했다. 겉으로는 대개 이 세상 어디에 그런 일, 그런 인종들이 있을 수 있겠느냐는 반신반의하는 얼굴들이었다. 새 울음소리로 말을 대신해 살아가는 사람들의 이야기, 더욱이 장바구니를 들고 저녁거리 시장을 보러 나온 어느 나라 대통령 할아버지 이야기에 이르러선 차라리 어이가 없는 표정들이었다. 하지만 이해를 하지 못한 만큼 내심으론 그걸 더욱 신기하고 재미있어하는 기색이었다. 그의 이야기 중엔 섣부른 물음이나 채근질로 이야기의 분위기를 흐트러뜨리려 방해하고 드는 사람이 아무도 없었다. 이야기의 기이함과 놀라움을 참지 못해 이따금 머리를 깊이 끄덕이거나 감탄스런 눈길을 짐짓 천장으로 피해가는 사람도 있었다. 그러다 한 대목씩 이야기가 끝나고 나면 호기심에 취한 목소리로 다시 다음 이야기를 은근히 재촉해올 뿐이었다.

"그것 참, 당신 덕분에 우리는 여기 가만히 앉아서 재미있는 세상 구경을 공짜로 다 하는구먼. 그래 어디 또 희한한 동네 사람들 이야기가 없겠소?"

주인 사내고 누구고 오정이 가깝도록 일을 나가려 하지도 않았고 끼니를 찾아가려지도 않았다. 이야기가 재미있어 먹지 않아도 배가 부르다며 주인 여자가 삶아낸 고구마 뿌리 따위로 점심 끼니를 때운 채 계속 이야기에만 취해 앉아 있었다.

그래 소작 씨는 점심을 거른 채 오정을 훌쩍 넘어서까지 내처 이야기를 계속해나갔다.

생각난 김에 이번엔 일을 전혀 하지 않고 허구한 날 맘 편히 놀고만 먹고 지내는 나라 사람들 이야기였다. 이곳저곳 할 일 없이 길거리나 헤매 다니다 때가 되면 멀쩡한 제 집을 두고도 공짜 급식소에서 끼니를 얻어먹고, 밤이 되면 동네 역 대합실이나 지하도 같은 데다 아무렇지 않게 잠자리를 펴는 사람들. 그 사람들 말대로 자신들은 별나라의 백성이라, 꽃밭의 천사들이라 자랑스럽게 살아가는 사람들 이야기. 본디는 밤낮 가리지 않고 죽자사자 일에만 매달려 지내온 부지런한 사람들이었지만, 무슨 일이 있어도 일세의 성군으로 백성들의 존경과 기림만을 소망하던 임금이 나이가 들수록 잦은 실정에다 인기가 급락하자 노심초사 고심 끝에 자기 당대만을 위한 미봉책으로 무작정 이웃 나라의 큰 고리채 빚을 끌어들여 결국엔 백성들을 그 꿈같은 무노동 천국경에 취하게 만들어놓았다는 전설 같은 나라 이야기. 일면은 부럽고 행복해 보이면서도 일면은 아리송하고 괴이하기 그지없는 그 지상낙원의 이야기를 들려줬다.

그리고 다음번엔 다시 일을 모르는 사람들의 희한스런 놀이 쪽으로 이야기를 옮겨갔다.

"우리도 한번 그런 나라에 가 살아보면 여한이 없겠구면. 하지만 그 사람들 그렇게 놀기만 하면서 멀쩡한 사대육신은 어떻게 지탱해간다누. 사람이란 원래 육신을 움직여 제 먹거리를 벌어야 탈이 없는 법인데. 오늘은 이야기가 재미있어 이러고들 있지만, 우리들 육신은 허구한 날 일에 매여 지내와서 몸을 하루만 부리지 않아도 탈이 날 것 같은데 말요."

놀고먹는 사람들의 이야기에 한 사람이 부러움과 탄식기가 섞인 어조로 짐짓 엉뚱한 걱정을 보태온 것이 계기였다. 바로 맞는 말이자 새 이야기의 좋은 실마리였다. 일을 하지 않고 놀고먹는 사람들의 제 몸 보살피기 놀이야말로 소작 씨가 가장 흥미 깊고 기상천외하게 여겼던 일중의 하나였기 때문이다.

"그 사람들도 물론 자기 몸 건강은 살펴야지요. 우리는 그냥 일을 하는 것으로 소중한 힘과 건강을 제절로 얻고 살지만, 그 사람들은 아무것도 일을 하지 않으니 육신을 잘 건사해갈 놀음거리를 따로 궁리해냈어요. 그러니 거꾸로 된 그 억지 놀음이란 참으로 기괴하고 망측스럴 수밖에요. 허헛……"

소작 씨는 모처럼 유쾌한 웃음을 터뜨리고 나서 아직도 생생한 그 고을 사람들의 해괴한 육신관리 방편거리를 하나하나 더듬어 갔다.

그 고을 사람들은 그러니까 자고 먹기 위해선 전혀 육신을 힘들여 부릴 일이 없었다. 그러다 보니 부질없이 살이 불어오르고 기력은 반대로 쇠퇴해가기만 하여 갖가지 어려움과 병고에 시달리게 마련이었다. 어떤 사람은 살이 너무 불어올라 쇠약해진 다리로는 걸음걸이마저 어려워질 지경인가 하면, 그러다간 또 반대로 꼬챙이같이 몸이 빼빼 마르며 속이 항상 고파와 눈앞의 모든 것이 먹을 것으로만 보이는, 맹물이라도 쉬지 않고 들이마셔야 견뎌낼 수 있는 허천병 환자 처지가 되어 지내기도 했다. 어떤 사람들은 몸속의 오장육부 움직임까지 게을러져 배변행사를 못 치르고 고생고생하는가 하면, 그로 하여 종당엔 앞뒤 배변 장기를 망가뜨려먹을 수도 안 먹을 수도 없는 어려운 처지가 되기도 했다.

그래 사람들은 제 몸뚱이와 목숨을 길게 지탱해가기 위해 게을러진 사대육신을 힘들게 부려낼 계책을 찾아내야 했다. 그래서 궁리 끝에 일부러 마련해낸 노릇이 공연히 헛걸음질로 서로 앞뒤 차례를 다투며 죽어라 뛰고 달리기, 이런저런 물건을 죽자사자 용을 써 들어 올리거나 빈 허공으로 팔매질 쳐 던지기, 고무나 가죽 공 따위를 방망이로 받아쳐 날리거나 그물벽 너머로 떠넘겨 보내기 따위였다.

그런 놀이 가운데엔 조그만 굴렁쇠 같은 것을 공중에 매달아두고 몇 사람씩 작당으로 이 손 저 손 번갈아가며 가죽 공을 치고 쫓아가 그 구멍 속으로 던져 넣거나 넓은 공지 한쪽에 나무 문틀 같은 것을 세워두고 두 패거리가 서로 발길을 다투어 얼룩 공을 빼앗아 몰고 가서 빈 문틀 안으로 차 넣기, 멀쩡한 산비탈을 깎아 넓은 잔디밭을 가꿔놓고 패거리패거리 앞쪽에 숨어 있는 흙 구멍을 향해 작고 딴딴한 공을 쳐 날리며 멋들을 내는 놀음, 심지어는 두 사람씩 짝을 지어 서로 도망을 못 치도록 금줄을 둘러쳐놓고 상대방을 붙잡아 메다꽂거나 개구리 덮친 뱀처럼 온몸을 옴짝달싹 못하게 휘어 감고 숨통을 죄어 누르기, 얼굴이든 갈빗대든 위험 가리지 않고 상대방을 두들겨 패어 혼절시켜 쓰러뜨리기 등속, 소작 씨의 눈에는 참으로 망측하고 몹쓸 놀이들이 숱하게 많았다.

그런데 그런 놀음들엔 거의 다 그 장소나 용구, 동원되는 신체 부위에 따라 제각기 서로 패를 지어 함께할 수 있는 알맞은 사람 수가 정해져 있어 누구나 마음대로 할 수 있는 것이 아니었다. 그것은 대개 오랜 이력이 붙은 몇몇 사람들이 다른 사람들을 대표해 나섰고, 나머지 사람들은 기꺼이 그 대표를 좇아 편을 지어 남의 놀음을 구경하며 자기 몫을 대신했다. 그리고 대표들은 그것으로 큰돈을 벌어 모아 나라나 단체를 통해 돈벌이가 없는 사람들을 먹여 살리는 일에 보탬을 했고, 그 때문에 놀면서 구경이나 하는 사람들은 그들의 대표 놀음에 항상 뜨거운 성원과 감사와 찬탄의 박수를 보냈다.

놀이의 대표들은 그러므로 만인의 영웅 대접을 받으며 그 육신이나 기력도 누구보다 잘 가꾸어가는 편이었다. 그래서 개중엔 자신이 직접 대표가 되고 싶어 했고, 영웅으로 살고 싶어 갖은 노력을 기울이는 사람도 많았다. 무엇보다 그 대표들의 놀음으로 자기 몫을 대신 삼고 거기 아무리 칭송과 감사의 박수를 보내도 그것으로 제 육신의 힘을 기르고 지킬 수는 없기 때문이었다.

하지만 수가 정해진 대표는 아무나 원한대서 될 수 있는 것이 물론 아니었다. 대표가 아닌 사람들은 힘들여 부릴 짓거리를 따로 찾아야 했다.

그래서 사람들은 혼자서 걷고 뛰고 미친놈처럼 헛 팔질 주먹질을 치고받으며 엎으러졌다 뒹굴어대다 온갖 발광 짓들을 떨어댔다. 아침저녁 공원 길이나 놀이터엘 나가보면 별별 행티들을 다 구경할 수 있었다. 공원 같은 곳이 아니면 하다못해 불편한 똥자루라도 추스르기 위해 제 좁은 집 아파트 바닥에서 경중경중 허깨비 춤들을 춰대어 그 소리를 견디지 못한 위아래층 사람들과 막보기 시비가 일기도 한다 했다…… 제 먹고 마실거리 일을 열심히 하다 보면 제절로 가꿔지고 지켜질 사대육신의 기력을 진짜 일거리 대신 빈 몸부림을 일삼다 보니 그렇듯 싱겁고 원시적으로 보일 수 없는 꼴새들이었다.

이야기 중에 그런그런 정경들을 되새기다 보니 소작 씨는 자신
도 한동안 익숙해진 듯싶던 일들이 새삼 더 황당하고 우스꽝스러
울 수가 없었다. 그중에서도 특히 그 둥근 바퀴 쇳덩이를 죽을 둥
살 둥 들어 올리는 사람의 속셈을 몰라 혼자서 며칠 동안 고심한
일이나. 사람을 죽자사자 도리깨질하듯 두들겨 패는가 하면, 패대
기쳐 엎어져 늘어진 사람을 다시 목까지 죄고 드는 몰인정한 행투
에 얼굴이 하얗게 놀랐던 기억을 되새길 땐 제풀에 한숨 섞인 실소
를 금할 수가 없었다.

"그거 참, 일거리가 없어 그렇게 고심고심 헛힘을 쓰고 사는 사
람들이 있으면 이런 동네로 데려와 일이나 실컷 시킬걸. 그러면 그
사람들은 육신을 옳게 부릴 수 있어 좋고 우리는 우리대로 힘든 일
손 덜어 좋고……"

마을 사람들 역시 소작 씨의 실소에 맞장구를 치듯 어이없어들
했다. 그러면서도 은근히 부럽고 신기해하는 기색들이 여전했다.
어느새 짧은 겨울 해가 서서히 저물어가기 시작하는데도 누구 한
사람 자리를 일어서려질 않은 채 계속 다음 이야기를 기다리는 눈
길들이었다.

소작 씨의 이야기는 그렇게 무한정 계속되어나갔다.

그것은 물론 그 하루만이 아니었다. 첫날은 주인 사내가 드디어
시장기를 못 이겨 제풀에 제 아낙에게 저녁상을 재촉하고 나섰을
때까지 계속됐고, 마을 사람들도 그제서야 마지못해 겨우 아쉬운
자리들을 털고 일어섰다.

하지만 주인 사내는 소작 씨와 이웃들에게 다음 날을 기약했고, 이튿날도 사람들은 아침 일찍부터 일손을 놓고 다시 소작 씨를 찾아 모여들었다. 그리고 다시 이튿날도 그 이튿날도…… 사람들은 그렇게 날마다 소작 씨를 찾아왔다.

이제는 더 올 데 갈 데가 없는 소작 씨도 그것을 다행스럽게 여기고 즐거운 마음으로 이야기를 계속해나갔다. 바깥세상을 떠돌아다닐 땐 마음속에 굳이 새겨 지니려지도 않았고 그런 쓰임이 있을 일로 치부해둔 적도 없었지만, 처지가 처지고 보니 이젠 그 지난날 떠돌이살이 시절의 일들이 어제런 듯 생생하게 고스란히 되살아났고, 그 오랜 체험과 기이한 풍물의 견문을 새삼 하나하나 고맙고 소중하게 되새김질해나갔다.

그런데 하루하루 그런 식으로 며칠이 지나간 어느 날이었다.

그동안 날마다 할 일도 잊고 소작 씨의 이야기에 취해 살다시피 해온 사람들이 이날부턴 왠지 그 태도나 반응이 달라졌다. 그간엔 하루하루 이야기가 끝나고 나면 그 누추한 허기와 삶의 추위를 속에 안고서도 그런대로 허허 웃으며 제법 마음들이 편한 얼굴로 늦은 잠자리를 찾아가던 사람들이 이날은 소작 씨가 전혀 생각지 못한 주문을 내놓았다.

첫 계기는 물론 이날 소작 씨 자신의 이야기에 있었는지도 모른다. 이때까진 늘 남의 일처럼 어조가 짐짓 담담해지곤 하던 소작 씨가 이날은 왠지 모르게 이야기 중에 자주 흥분기를 참지 못했다. 그것은 필시 이날 이야기 중의 그 별스런 가족 사랑과 거기 연유한 끔찍한 핏줄 찾기 이기심 탓이었을 터인 바, 소작 씨가 모처럼 흥분기를 금치 못해한 그 도회 고을 사람들의 괴이한 혈연 지상주의 풍속은 실정이 이러했다.

소작 씨가 처음 그 도회 고을을 찾아들던 날, 그 동네 사람들은 마침 큰 명절을 맞아 모두들 고향길을 떠나고 있었다. 도시는 온통 거리가 텅텅 비었고, 반대로 시골로 가는 길목은 고향을 찾는 사람들의 행렬로 온종일 북새통을 이루었다. 명절을 맞아 모처럼 조상님 성묘도 하고 살아 계신 부모님과 가족 친척들을 찾아보기 위해 그렇듯 먼길을 나선댔다.

소작 씨는 처음 그 정성스런 효성과 혈족 간의 깊은 우애를 무척 부럽고 감동스러워했다.

그러나 텅 빈 도시에서 며칠간을 혼자서 쓸쓸히 보내고 난 소작 씨는 그 떠들썩한 명절 기간이 끝나고 나자 이내 생각이 바뀌었다. 도시의 이곳저곳에서 그동안 혼자 남아 있다가 굶어 죽거나 스스로 목숨을 끊은 노인들의 시신이 연이어 발견되어 나온 때문이다. 심지어 소작 씨가 묵고 있던 동네의 어떤 집에선 몇 년 동안 내내 자식들이나 일가친척이 없이 혼자 살아오던 노인이 명절이 지나간 지 거의 한 달 가까이 되어서야 웬 참을 수 없는 냄새의 진원지를 좇던 이웃집 사람에게 겨우 발견된 일도 있었다.

알고 보니 이 도시 사람들은 자기 자신이나 가족, 잘해야 인척 정도의 가까운 사람 이외에 다른 사람의 일에는 좀처럼 알은체를 하지 않고 지내는 버릇들이 있었다. 자신이나 가족의 일이 아니면 눈앞에서 도둑이 물건을 훔치는 것을 보고도 모른 척했고, 흉포한 불량배가 무고히 사람을 때리거나 부녀자를 괴롭혀도 제 가족 제

처자가 아니면 아랑곳을 않은 채 외면하고 지나갔다.

알은척하고 나서거나 따지려 드는 건 오직 자신이나 자기 가족을 위해서뿐이었다. 조상을 위하고 명절 잔치를 가는 것도 오로지 자기 집안과 인척을 위해서뿐이었다. 자기 집안일은 끔찍이 위해 챙기면서 남의 일엔 전혀 오불관언이었다. 이웃집 노인 따위에게 무슨 일이 생기든 관심을 갖거나 알은척을 하고 나설 턱이 없었다.

사정을 알고 나니 소작 씨는 우선 딱한 생각부터 들었다. 그런 식으로 오직 자기 조상과 가족들만을 위한 고향길이라면 그 길이 너무 요란하고 힘들어 보였다. 그런 식의 효도나 우애를 위한 일이라면 그는 훨씬 더 쉬운 길을 알고 있었다. 그는 이날토록 나이 먹은 사람을 만나면 오래 찾아가보지 못한 고향 부모님을 대신해 제 부모처럼 위했다. 낯모른 이웃이라도 늘 고향 형제처럼 위해주며 우의 깊게 지냈다.

그런데 그 도시 동네 사람들은 가까운데 일은 모른 척 외면하고 굳이 제 조상 제 부모 형제만 위해 먼 고향길을 쫓아다니느라 큰 애를 먹었다. 듣자 하니 그 길은 이곳이나 저곳이나 너무 멀고 번잡하여 사람들은 도중에서 밥도 먹고 잠도 자고 똥오줌까지 까놓고 싸갈겨대는가 하면, 틈만 나면 제각기 서로 앞길을 다투느라 체면도 염치도 없는 악다구니판이랬다.

왜 이 사람들은 굳이 그토록 제 핏줄만 찾아다니며 제 핏줄만 찾아다니며 제 조상 제 부모 형제만 위하려 할까. 길이 그리 멀고 어려운 처지라면 굳이 고향길만을 찾으려 할 것이 아니라, 가까운 이웃에서 그것을 대신하는 것이 더 쉬울 것이 아닌가. 나는 그 고향까지 찾아가지 못하더라도 이웃을 대신 위해주면, 누군가는 또 내 고향 부모 형제들을 대신 위해줄 것이라 여길 수는 없는가. 그것이 마음은 그리 편치 못할망정 사람들 서로 간에 그 힘든 길보다 더 뜻깊은 일일 수도 있지 않은가…… 참으로 이해하기 힘들고 딱한 일이 아닐 수 없었다.

하지만 그런 딱한 생각도 아직 진실을 다 알아차리지 못한 처음 한동안뿐이었다.

시일이 좀더 흐르면서 지나가는 길가마다 쓸 만한 산자락마다 위풍당당 흰 돌치장을 거느리고 들어앉은 수많은 그 동네 사자들의 무덤(그런 무덤 속에는 대개 값진 귀중품도 함께 부장되어 있어 그 동네엔 더러 그것을 도굴하거나 유골을 파다 팔아먹는 직업까지 생겼댔다)을 보고는 이 고을 사람들의 타인에 대한 그런 몰인정한 무관심이 애초엔 이들 특유의 제 죽은 조상 섬기기, 보다 허망스러워 보이기로는 대대손손 제 일족을 위한 자랑스런 '족보' 받들기 풍습에서 연유하고 있음을 알았을 때, 소작 씨는 딱하다 못해 노여움이 치솟았고, 노엽다 못해 나중엔 슬프기까지 하였다.

"그러니 알고 보면 그 동네 노인들이 명절 때 그렇듯 떼죽음을 맞은 것도 그닥 이상할 게 없는 일인 셈이지요. 남의 집 노인넨 제 집안 족보를 꾸미는 데엔 아무짝에도 소용없을 테니까요."

한동안 흥분기를 감추지 못하던 소작 씨의 기괴한 '고려장' 동네 이야기는 결국 그런 식의 체념 투로 끝났다.

이야기가 끝나자 방 안 사람들도 한동안 아무 말이 없이 빈 허공만 멍청히 쳐다보고 있다가 종당엔 고개들을 끄덕끄덕 소작 씨의 그 풀죽은 체념 투에 제각기 한마디씩 동감을 표시했다.

"듣고 보니 젊은것들 행투란 어디서나 마찬가진 게로구먼. 이 고을 녀석들도 그보다 하나 나을 게 없지. 달면 삼키고 쓰면 내뱉는다는 말도 있지만, 그래도 아직 힘을 빌릴 만할 땐 그럭저럭 함께 붙어 지내다가도 나이 먹어 더 볼일이 없게 되면 타관 동냥아치 보듯 데면데면해지는 판인걸."

"그런 행짜가 어디 남의 집 노인네들한테뿐인가. 제 살길들만 챙기느라 낳아준 부모까지 내팽개치고 뿔뿔이 흩어져간 바람에 요즘 들어선 동네마다 이렇듯 고린 늙은이들뿐인걸."

"그러다 제 놈들도 언젠가는 같은 꼴로 하릴없이 버려지는 처지를 당할 테지. 세상을 태어나 나이 먹지 않고 늙어가지 않을 장사는 없는 이치니까. 생전에 그러고도 죽어 묻힌 담에야 그 무슨 알량한 조상 무덤치레들은!"

그리고 마지막으로 한 사람이 그 모든 이야기를 한마디로 대신했다.

"똑같아. 사람 사는 일이란 알고 보면 어디나 속이 똑같아!"

소작 씨의 이야기가 마을 사람들에게 어떤 깊은 울림을 준 것은 전과 다름이 없어 보였다. 그러나 그 울림의 내용이나 방향이 어딘지 이전과는 퍽 달랐다. 전에는 그의 이야기의 이질성에 그저 기괴해하고 재미있어하기만 해온 데 반해, 이번에는 거꾸로 자신들과의 모종 삶의 공감대 같은 것을 발견해가고 있었다.

소작 씨는 그 방 안 사람들의 '한가지로 똑같다'는 소리가 문득 마음에 걸려오기 시작했다. 여기, 이 사람들의 삶에도 그런 별스런 대목이 있었던가?

하지만 소작 씨는 아직 그런 생퉁스런 느낌엔 크게 마음을 쓰지 않았다. 방 안 사람들은 어쨌든 그의 이야기를 흥미있어하고 진지하게 들어주고 있었다. 그는 그쯤만 해도 만족이었다.

그래 소작 씨는 다시 머릿속을 더듬어 더욱 별스런 사람들의 별스런 습속 이야기를 이어나갔다.

"다음 이야긴 그러니까…… 우리 눈엔 매우 상스럽고 해괴한 식사 풍습을 떠받들고 살아가는 사람들 이야긴데요. 한마디로 말해 그 나라 사람들은 끼니때 밥을 먹는 모양이 우리와는 전혀 달랐지요."

이번에는 또 다른 중동 지역의 척박한 이웃 나라 식사 풍습에 관한 이야기였다.

"우리는 대개 온 가족이 동시에 한자리에 모여 앉아 각기 자기 차지의 밥이나 찬 그릇을 깨끗하게 비워내는 것이 옳은 식사예법 아니에요. 그런데 그곳에선 온 식구의 음식을 한꺼번에 큰 접시에 담아놓고 나이 많은 어른부터 아랫사람 쪽으로 차례차례, 그것도 맨손으로 주먹밥을 쥐어 먹는데, 차례가 앞선 어른들은 될수록 음식 낟알을 그릇 주변으로 많이 흘리고 먹는 것이 미덕으로 되어 있더라 이겁니다. 사연인즉 뻔한 사정으로, 한 집안의 제일 어른에서부터 자식과 부녀자들로, 거기서 다시 아랫머슴이나 심부름꾼으로까지 이어져 내려가는 음식 차례에서 윗사람의 흘림이 적을수록 아랫차례 몫이 쉽게 줄어들게 마련인 데다, 경우에 따라 아랫것들한테는 빈 접시 주위의 흘림밖에 차지가 돌아오지 않기 때문이었지요."

그런데 소작 씨가 그 이야기를 다 마무리 짓기도 전에 회중의 한 사람이 지레 또 앞 번과 비슷한 소리를 했다.

"똑같아. 그도 우리 사는 것과 하나 다르지 않아!"

하지만 그것은 소작 씨의 이야기가 그저 신기해서가 아니었다. 신기해서보다 앞서 이야기에서와 같은 동질성에 대한 익숙한 공감의 표시였다.

그는 이젠 소작 씨의 설명을 더 들을 것도 없다는 듯 제풀에 이야기의 뒤를 이어갔다.

"아, 우리도 전에 어렸을 적 어른들이 밥그릇을 반쯤밖에 비우지 않은 채, 더러는 썩 입맛이 돌 만한 음식 앞에서도 젓가락질 시늉만 일삼다 배가 부르다거나 입맛이 없다거나 하는 핑계로 일찍 상자릴 물러앉아버리는 걸 본 일이 많잖들. 겉모양새는 다를지 몰라도 그거 다 아랫사람들을 생각하는 윗사람의 금도 아니겠어. 더욱이 우리네 반상예법 역시 가풍이 있는 반가에서들은 집안의 어른이 먼저 끼니상을 받아 앉으면 아랫식솔들은 모두 어른이 수저를 놓을 때까지 함께 자리를 지켜 앉았다 그 상을 다시 물려받는 식이었다는데, 그런 때도 어디 아랫사람들이 지켜보고 기다리는 속에 상을 먼저 받은 어른이라고 이리저리 고운 음식을 좇아 젓가락을 휘둘러대며 식탐이나 부렸을 거냐 이 말씀요. 그 섭생 풍습 하나만 해도 어떤 동네선 부러 흥하게 음식을 흘려 흐트려야 하고, 어떤 동네선 자식들을 앞에 꿇어앉혀놓고 넌지시 효도를 즐기는 척하고, 세상 살아가는 품새들이 서로 반대로 엉뚱하게 보일지라도, 그 속을 깊이 들여다보면 사람의 정의나 지혜가 서로 하나 다를 게 없질 않소."

듣고 보니 그저 아는 척하는 소리가 아니었다. 그가 그러고 나서는 덴 다른 이유, 소작 씨가 미처 생각지 못한 새 주문이 담겨 있었다.

"그러니 이젠 좀더 색다른 이야기가 없을까? 세상을 그렇게 많이 돌아보고 다니셨다니 사는 것이나 생각하는 것이 아예 우리하고 전혀 딴판으로 돌아가는 세상 이야기 말요."

그가 자신의 의중을 보다 확실하게 드러내 말했다.

"그래요. 겉모양새는 다른 듯해도 알고 보면 속이 우리 살아가는 것이나 별차 없는 이야기라 갈수록 재미가 덜하는구만. 좀더 진기했던 일을 얘기해봐요. 보기에 정말 기가 막혔던 사람들 이야길 말요."

"그래요. 다른 놀라운 이야기를!"

방 안의 다른 사람들도 여태 말을 참고 있었다는 듯 덩달아 덧붙이고 나섰다.

마을 사람들 모두가 그쯤 나서는 판이고 보면 그건 공연한 생트집이 아니었다.

그의 이야기 투가 늘 비슷한 데다 연이어 너무 많은 일들을 거치다 보니 이젠 중독 증상이 온 모양이었다. '우리 사는 것과 별다를 것이 없다'고 한 것은 알고 보니 그 같은 사실의 발견에 대한 자족감보다 그만큼 이야기의 재미와 새로움이 덜하다는 쪽이었다.

방 안 사람들에겐 실상 그런 자신과의 동질성에 대한 공감보다

이야기의 재미가 문제였다. 그런데 그 외진 해변 마을 청자들은
이제 어떤 새 놀라움거리에도 갈수록 흥미를 잃어가고 있었다. 그
저 단순한 자연 풍물이 아닌 사람들 살아가는 세상살이 이야기에
선 더욱 그런 기미가 역력했다. '우리와는 전혀 다른 별천지' 이야
기로 늘 놀라움과 즐거움을 선물하려던 소작 씨로선 그걸 깨닫고
나자 한동안 당황할 수밖에 없었다. 그에겐 이만저만 큰 문제가
아니었다. 그가 이야기를 너무 많이 해버린 탓이었다. 그것으로
그의 이야기는 이야기의 생명이라 할 싱싱한 생기를 잃어버린 격
이었다.

  하지만 소작 씨는 이야기를 그칠 순 없었다. 그의 이야기는 이제
그의 숙식의 방편이요 삶의 길이었다. 그는 이야기를 계속하지 않
으면 안 되었다. 그리고 자신이 있었다. 그걸 한 번도 유념해본 일
이 없었지만, 그의 지난날의 긴 떠돌이살이가 그에게 그런 자신감
을 주었다.
  "그렇다면."
  그는 한 번 더 생각을 가다듬고 다시 이야기를 시작했다.
  이번에는 지구상에서 이 마을과는 가장 먼 지역 남미주 안데스
산맥 하늘 위에 떠 있는 티티카카호, 그 신기한 자연풍광에 대해선
전날에도 이미 소개한 바가 있었지만, 이번에는 그 호숫가에 세상
과 멀리 동떨어져 살고 있는 사람들의 기상천외한, 그래서 우리와
는 정반대로 부도덕하게만 보였던 장례 풍습에 대한 이야기였다.
  "그 하늘호수 사람들은 나이가 들어 죽고 나면 그 시신을 바로

작은 떼배에 실어 호수 물 멀리로 흘려 떠나보내버리지요. 그래서 호수 속의 물고기들이 그 시신을 배불리 뜯어먹을 수 있도록 한다는군요. 사람들은 그렇게 먼저 간 사람들의 시신을 뜯어먹고 살이 찐 물고기들을 잡아먹으며 사자의 은혜에 감사한다는구만요."

소작 씨는 자신도 어이가 없다는 듯 잠시 이야기를 멈추고 뜸을 들였다가 다시 말을 이어갔다.

"그런데 그보다 더 별난 노릇은 이 사람들이 죽을 때가 되면 제발 일요일이 아닌 평일에 죽게 되기를 소원한대요. 이 나라에는 이미 수백 년 전부터 이방인이 들어와 이방인의 법과 종교로 사람들을 다스려왔는데, 이 호숫가 사람들에게도 죽은 사람을 호수로 흘려보내는 것을 금하고 뭍에 묻어 장례를 치르게 했다거든요. 하지만 이들에게 새 장례법을 지키게 하고 그것을 감독하는 이방인 신부는 길이 너무 멀고 험해서 일요일 주일예배 때 한 번밖엔 이곳엘 찾아올 수가 없는 사정이었다구요. 그래서 이 마을 사람들은 아직도 새 계율과 마른 땅 묘지를 마다하고 기어코 그 물고기밥이 되어 사라지려는 뗏목수장을 소원하여 신부님이 오지 않는 평일 종생을 소원한다구요. 사람의 일이 근본은 늘 같은 바탕이라지만 이건 아무래도 좀 이해하기가 힘들지요?"

소작 씨는 그쯤 이야기를 끝내고 나서 동의를 구하려 천천히 주위를 둘러보았다.

하지만 이번에도 좌중의 반응은 그의 기대와 딴판이었다.

"그도 따지고 보면 우리들 인생살이 길과 별다를 게 없구만, 이해가 힘들기는 무에 힘이 들어!"

"그래, 우리나 똑같아. 다를 게 하나 없어!"

이번에도 사람들은 그저 시큰둥한 반응 속에 그게 무엇이 새삼 별스런 이야기냐는 듯 오히려 그를 딱해하는 눈치였다.

소작 씨는 더한층 맥이 풀리지 않을 수 없었다. 사람들은 이제 무슨 신기한 이야기를 해도 그것을 자신들의 경험과 삶 속에 쉽게 수긍하고 동질화시켜버리려 들었다. 때문에 그의 이야기엔 그만큼 흥미를 잃어갔다. 그는 맥이 풀릴 정도가 아니라 한평생 온 세상을 떠돌며 남이 못 본 것을 찾아보고 남이 못 들은 일을 찾아 듣고 돌아온 사람으로서의 자존심까지 상했다. 여기 이 벽지 시골구석에 한평생을 묻혀 살아온 위인들이 어찌 정말로 그 넓은 바깥세상 이치를 다 꿰뚫어 이해할 수가 있단 말인가.

"죽어 물고기밥이 되기를 소원하고 그 시신을 물고기들에게 보내어 그것을 뜯어먹은 물고기를 다시 잡아먹는 사람들의 일이 어찌 우리하고 다르지 않다는 건지 모르겠소. 죽어서 양지바른 땅에 묻히기를 바라고, 고인을 그렇게 받드는 걸 큰 효도로 여겨온 우리네 처지에서 말이오."

소작 씨는 반신반의 우선 그것부터 확인해보고 싶었다.

그러나 세상을 자기 환경따라 단순하고 정직하게 외곬으로 살아온 사람들은 말도 그만큼 명철하고 단순해질 수밖에 없는 것인지 모른다. 소작 씨의 물음에 대한 사람들의 대답은 의외랄 만큼 사려가 깊고 간명했다.

"우리 생명의 생성과 소멸을 이어가는 자연순환의 이치로 인해 서지요."

소작 씨가 미처 그 깊은 뜻을 헤아리지 못하고 어리둥절해 있는 양을 보고 다시 두어 사람이 몇 마디씩 설명을 보탰다.

"신문이나 텔레비전에서 자주 보는 일이지만, 나체족에게 굳이 옷을 입히고 생고기를 먹고 사는 사람들에게 공연히 화식을 익혀 주려는 노릇처럼 그 이방인 신부는 자신의 계율로 남의 생명질서를 다스리려 든 격이 아니오. 그러니 그 앞에 사람들이 그렇듯 제 질서를 좇으려는 소망은 참으로 부러운 지혜겠지요."

"물속에 묻히나 뭍땅에 묻히나 죽음은 어차피 소멸의 길 아니겠소. 그래서 노형도 아까 어떤 고을 사람들이 제 조상의 무덤을 요란하게 꾸미는 것으로 효도를 삼으려는 풍조를 이상하게 여긴 거 아니었소. 그게 그 죽음의 이치를 거역하는 노릇밖에 안 되어 외려 땅속의 고인을 욕되게 할 뿐이겠으니 말이오."

소작 씨는 비로소 그 말뜻을 웬만큼 짐작할 수가 있었다. 그리고 아깟번 자신의 무덤 이야기까지 들추고 나선 방 안 사람들의 공박투엔 이제 더 할 말이 없었다.

하지만 알고 보니 그도 아직 이해가 절반도 미치지 못했거나, 방 안 사람들의 지혜가 훨씬 더 깊었던 것 같았다.

소작 씨는 이제 자신뿐 아니라 누구도 전혀 이해가 불가능한 새로운 이야기를 찾아내야 할 처지였다. 하지만 이미 자신도 불가해하게 여겨온 진기한 일들을 거의 다 털어놓은 소작 씨의 기억 속 다시 그럴 만한 이야기를 찾아내기란 참으로 어려웠다.

그래 한동안 고심을 하고 있으려니 어느새 그런 낌새를 눈치챈 그 50대 후반께의 마을 노장이 위로하듯 다시 그를 앞지르고 나섰다.

"노형도 혹시 알고 있을지 모르지만, 내가 어렸을 적 어른들한테 들은바 한평생을 서로 제 주견만 내세우며 싸우다 늘그막에야 간신히 마음을 합해 살게 된 강나루목 집 두 형제 이야기가 있었지요. 어렸을 적 손위 형은 산을 좋아하고 아우는 반대로 물을 좋아해서 그걸 두고 늘 우김질이 많았는데, 이들이 자라서 세상을 배우러 나선 길도 각기 산길과 뱃길로 따로 갈렸겠다요. 그런데 십수 년 세월이 흐른 뒤 두 형제는 다시 옛 강나루목으로 돌아왔어요. 그런데 이번에도 형은 역시 사람이 살 곳은 인자요산(仁者樂山) 산을 앞설 데가 없다 내세우고, 그에 맞서 아우 쪽은 현자요수(賢者樂水)라, 사람살이는 역시 넓은 물길 쪽이 제일이다 우겼다지요. 그래 두 형제는 허구한 날 다투다 못해 이번에는 다시 형이 물길로 아우는 산길로 서로 길을 바꿔 세상공부를 나섰겠다요. 그런데 십수 년 뒤 형제가 다시 돌아와 이번에는 서로 이렇게 우기더라지요. 형은, 가보니 산은 바다가 뭍 위로 솟아 올라선 모양이더라 하고, 아우는, 바다란 산이 물속으로 평평히 흘러 가라앉은 모습이더라 말하고. 하지만 형제간에 그렇게 서로 한참 우기다 보니 결국엔 양쪽이 다 말은 달라도 산길과 물길이 실상은 한마당 같은 세상살이 길이라는 걸 깨닫게 되었다지요. 그리고 형제는 그로부터 서로 마음을 열고 의좋게 함께 살았다고요."

이야기를 하는 사람과 듣는 사람의 자리가 어느새 반대로 바뀌어 있었다. 게다가 마을 노장은 자신의 이야기에 아직 좀 미심쩍은 데가 남은 듯 몇 마디 의미 있는 말을 덧붙였다.

"줄여 말하면 안과 밖 이야기 한가지지요. 산에서 보면 물이 바깥이고 물에서 보면 산이 바깥이 되겠지만, 그래서 결국엔 둘이 서로 하나로 넓게 어울려야 하는 같은 삶마당, 그런 게 우리네 삶마당 아니겠소."

"그 말이 맞소. 추려 말하자면 노형의 이야기가 이젠 우리에게서 그 안과 바깥의 경계가 차츰 사라져가고 있다는 말인 게요. 하지만 우리도 처음부터 그런 경계를 생각한 건 아니었지요. 며칠 동안 이런저런 노형의 이야기를 듣다 보니 제절로 차츰 그렇게 된 거지요."

이번에는 두 사람의 이야기를 조용히 듣고 있던 다른 동네 사람들까지 소작 씨에 대한 치하와 위로의 말을 겸해 그를 거들고 나섰다.

"그동안 노형이 우리에게 그걸 깨닫게 해줬으니 그보다 고맙고 귀한 선물이 어딨겠소."

"지금까지만 해도 우린 노형의 이야기로 세상이 많이 넓어진 격이오. 예서 굳이 더 새 이야기를 찾으려 수골 하지 않아도 상관없소."

한마디로 이젠 더 애를 써봐야 새삼 놀랄 만한 이야기가 나올 성싶지 않으니 그렇고 그런 이야기는 그만 들을 일이 없다는 소리들이었다.

그리고 위인들은 공연히 더 민망스런 시간 끌 필요가 없다는 듯 소작 씨가 이 집에 이야기 마당을 편 이후 처음으로 제물에 한 사람씩 차례차례 자리를 일어서기 시작했다.

"그럼 난 먼저 좀 자리를 일어서보리다."

"나도 오늘은 집에 손을 볼 일이 있어서……"

소작 씨로서도 그 판국에 더 무슨 말을 할 수가 없었다.

그 사람들을 붙들어 앉힐 엄두를 낼 수도 없었고, 그러고 싶은 생각도 없었다.

그는 졸지에 머릿속이 망연해진 속에 차례차례 방을 나가는 사람들에게 건성 인사말을 되풀이하고 앉아 있을 뿐이었다.

"그래요. 그럼 살펴가셨다가 내일 또 오세요."

"내일 다시 봅시다."

소작 씨의 긴 이야기판에 드디어 예기찮았던 파장의 조짐이 나타난 것이었다.

하다 보니 이날 밤 소작 씨는 혼자서 불안스런 마음에 잠조차 쉽게 이룰 수가 없었다.

그의 이야기에 흥미를 잃게 된 소이가 이젠 분명하게 밝혀진 셈이었다. 허물은 이들 앞에 그의 이야기가 안과 밖의 경계를 잃게 된 때문이었다. 안과 밖의 경계가 사라진 이들에게 그의 이야기는 이제 어떤 일도 그 경계 밖의 새롭고 신기한 바깥 이야기가 될 수 없었다.

문제는 그 경계를 다시 확실하게 하는 일이었다.

하지만 소작 씨는 이제 그것이 불가능했다. 세상을 떠돌 만큼 떠돌다 보니 종내는 그의 유년의 고향고을이 가장 멀고도 알 수 없었던 그였다. 그렇듯 그는 원체 제 안을 지니지 못한 채 바깥세상만 떠돌다 돌아온 떠돌이였다. 애초에 제 안이 없는 떠돌이, 안과 밖

184

의 경계를 지니지 못한 떠돌이 처지였다. 안과 밖의 경계조차 분별할 수가 없었다. 그 경계를 알 수 없으니 그것을 다시 분명히 할 수도 없었고, 그 경계선 바깥의 다른 새 이야기를 찾을 수도 없었다. 이야기를 하는 사람이 그 아닌 다른 사람으로 바뀌거나 하다못해 이야기를 듣는 쪽이 다른 사람들로 바뀌지 않는 한 그것은 이제 불가능한 일이었다.

그러니 이제 그가 애써 어떤 이야기를 찾아낸다 해도 사람들은 이전처럼 그것을 굳이 신기한 바깥세상 일로보다 이웃의 익숙한 삶처럼 그저 대범하게 새겨듣고 말 터였다. 아무리 먼 나라의 기이한 일이라도 이제는 그 안팎의 경계를 넘어 바로 이웃 일처럼 쉽게 받아들여버리는 이들의 넓은 궁량 앞에 소작 씨는 아예 더 무슨 새 이야기를 찾는 일이 불가능할 수밖에 없었다.

"그러면 나는 도대체 무엇이란 말인가? 지금까지 내가 살아온 세월은 무엇이었단 말인가."

거기에 생각이 미치자 늙은 소작 씨는 새삼 한탄하지 않을 수 없었다. 비록 그것이 제 안을 지니지 못한 바깥 떠돎 탓이기는 했지만, 그것을 분명히 깨달아갈수록 지난날의 모든 삶의 보람이 일시에 물거품이 되어버린 듯 자신의 지나간 세월이 사무치도록 아프고 허무하게 느껴졌다.

하지만 소작 씨는 거기서 모든 걸 단념해버릴 순 없었다. 거기서 이야기를 그만둘 수가 없었다. 그의 이야기는 이제 숙식의 문제뿐만이 아니라 그의 자존심의 문제였다. 아니 무슨 자존심 따위보다 어떻게 해서든 계속 이야기를 하고 싶었다. 그대로는 아무래도 그냥 잠을 이룰 수가 없었다. 이번에는 아예 그 말썽거리 안과 밖의 경계를 넘어선 다른 차원의 이야기, 그래서 그 경계를 지울 것도 말 것도 없는 허황스런 이야기라도 찾아보고 싶었지만, 자기 속의 경계를 지니지 못하고, 이쪽저쪽을 분별해낼 수도 없는 소작 씨로서는 애초에 가능한 일이 아니었다. 안과 밖의 경계를 알 수 없는 그로서는 어차피 그 경계 바깥의 이야기를 찾을 수밖에 없었다.

그래저래 그는 밤이 한참 깊을 때까지 긴 시간 궁리를 계속했다. 그리고 드디어 한 가지 그럴듯한 이야기를 생각해냈다.

뿐더러 이튿날 아침에는 그럭저럭 제법 여유로운 기분 속에 다시 그 동네 사람들을 기다리게끔 되었다.

동네 사람들 역시도 아직 소작 씨의 남은 이야기에 미련이 남았던지 이튿날 아침 몇 사람이 다시 버릇처럼 그를 찾아왔다. 다른 날보다 때가 좀 늦은 데다 바쁜 일이 있다는 핑계로 두어 사람의 자리가 비어 남기는 했지만, 소작 씨로서는 어쨌거나 그쯤만이라도 다행이라 여기고 밤새껏 마음속에 가다듬어온 이야기를 시작했다.

"오늘 내가 여러분께 들려드릴 건 그러니까 일정한 행선지가 없이 길거리를 제멋대로 떠돌아다니는 희한한 나라 버스 이야긴데요."

소작 씨 자신이 지레 해괴하기 그지없는 노릇이라는 듯 주위의 호기심을 부추겨가며 한참 동안 구연해나간 그 바람둥이 버스 이야기는 마을 사람들에게도 물론 관심과 흥미가 일 만했다…… 일정한 목적지나 방향을 정해두지 않고 운전사 마음 내키는 대로 이리저리 거리를 헤매고 다니는 그 동네 버스를 타고 나면 사람들은 그 버스가 자기 목적지 가까운 곳을 지나가기를 하루 종일 기다려야 할 때도 있었고, 때로는 목적지도 출발지도 아닌 엉뚱한 곳에서 하루의 운행이 아무 때나 정지해버리는 바람에 온종일 허탕만 친 채 먼길을 혼자 되돌아가야 하는 낭패를 겪는 수가 많았으니까. 당연히 사람들은 그런 버스를 타자면 대단한 인내가 필요했고, 무한정한 기다림에 짜증과 불평이 없을 수 없었지만, 사람들은 일찌감치 버릇이 들어온 듯 짜증이나 불평커녕 오히려 느긋하고 편안해하는 동네였으니까. 그런 동네의 버스와 사람들 이야기였으니까……

하지만 이날 그 소작 씨의 이야기는 간밤에 자신의 기억 속에서 찾아낸 그대로가 아니었다. 그 비슷한 일을 겪었던 건 사실이었다. 그리고 그 무렵 한동안은 늘 어디를 가나 비슷비슷한 사람 비슷비슷한 풍물에 잔뜩 진력이 나 있던 소작 씨는 그 제멋대로식 버스의 행각에 모처럼 신선한 즐거움을 느꼈었다. 그러니 전날 밤 그 동네 버스 일이 떠올랐을 때 소작 씨는 머릿속에 아직 그런 기억이 남아 있어준 것이 얼마나 고맙고 다행스러웠는지 모른다.

그러나 그는 이내 다시 걱정이 되지 않을 수 없었다. 문득 다시 생각하니 그 시절 소작 씨로선 그 희한한 버스 길을 마치 목적지나 종착지가 없는 자신의 인생 행로처럼 친숙한 느낌 속에 거기 한동안 마음을 빼앗긴 채 여기저기 동네 거리를 무작정 함께 헤매고 다닌 기억이었다. 놀랍고 흥미로운 것은 처음 한동안뿐 소작 씨에게선 이미 그 동네 일에 안과 밖의 경계가 사라져간 것이었다. 소작 씨 자신이 그런 터에 그가 아무리 해학적인 어조를 구사한들 이 마을 사람들이 그 이야기의 경계를 볼 수 있을지가 의문이었다. 그래 그는 다시 새벽녘까지 궁리를 계속했다. 그리고 고심 끝에 이야기를 부러 더 엉뚱하게 과장해볼 생각을 하게 됐다.

"그래 보고 듣고 겪은 것만으로 부족하다면 그것을 더 재미있게 꾸며보자!"

두드리면 열린다듯이 긴 시간 고심을 하다 보니, 이야기라는 것은 굳이 실제의 체험에서만이 아니라 그 체험을 바탕으로 한 새로운 꾸밈이나 순전한 상상 속에서도 얻어질 수 있다는 데까지 생각이 미치게 된 것이다. 그리고 그런 사실이야말로 소작 씨에겐 참으로 그 이야기에 대한 전혀 새로운 발견, 지금까지와는 차원이 다른 새 이야기 길의 발견으로 여겨진 것이었다.

그러니 이날 소작 씨가 털어놓은 앞서와 같은 이야기는 그가 직접 듣고 보고 겪은 그대로가 아니라, 이야기의 안과 밖의 경계를 드높이기 위해 우정 더 낯설고 흥미롭게 꾸며낸 이야기인 셈이었다.

그래 이날 아침 스스로도 제법 만족스런 기분 속에 이야기를 끝내고 난 소작 씨는 모처럼 느긋하고 기대에 찬 표정으로 천천히 좌중의 반응을 기다렸다.

그러나 그 소작 씨의 마지막 간절한 기대도 끝내 허사였다.

사람들은 여전히 아무 말이 없었다. 이야기 이미 끝났는데도 아무도 입을 열어오는 사람이 없었다. 더부룩하게 자라오른 턱수염만 어루만지며 돌부처처럼 내내 침묵만 지키고 앉아 있었다. 아니 끝끝내 말을 하지 않은 건 아니었다.

"그도 또한 우리 사는 것과 별다를 데 없구만."

한동안 침묵 끝에 누군지 빈 천장을 향해 혼잣소리처럼 내뱉었다.

"그렇구만. 제 속을 지니지 못해 중심을 잃고 떠도는 사람들의 삶이란 어디서나 늘 그렇지. 그 거짓말 같은 사람살이, 아니 바로 거짓말 세상살이. 그걸 사람살이라 여기고 살아가는 사람들이나 그게 재미있어 좇아다니는 사람이나. 우리 가운데도 더러 그 비슷한 사람들이 있어왔으니까."

다른 한 사람이 그렇게 뒤를 이어받았고, 또 다른 사람이 결론처럼 말했다.

"그런데 왜 우리가 지금 이렇게 그런 이야기를 듣고 앉아 있어야 하는구."

그게 마지막이었다.

잠시 후 사람들은 한 사람 한 사람 자리를 일어서기 시작했다. 그리고 이날은 그렇게 일찍 자리를 일어서는 구실이나 다음 날 기약조차 남기려지 않은 채 묵묵히 방을 나가버렸다.

소작 씨가 예상한 대로 이튿날부턴 사람들이 아예 모습을 나타내지 않았다.

그가 모처럼 새 이야기 방법을 찾아내고 안팎의 경계를 잔뜩 꾸미 올린 것도 말끔 허사가 되고 만 꼴이었다. 사람들은 전혀 그 경계를 보지 못했고, 때문에 흥미나 재미를 느낄 수 없었을 건 당연했다.

그의 이야기는 그렇게 그저 허사로만 끝난 것도 아니었다. 어떻게 미리 눈치라도 챈 것일까. 해변 마을 사람들은 그의 이야기에 흥미를 느끼지 못할 뿐 아니라 그 이야기 속의 사람살이를 거짓 삶으로 치부했다. 나아가 그의 이야기나 소작 씨 자신까지 모두 거짓 취급이었다.

그 역시 알고 보니 당연한 일이었다.

"부질없는 소리 같소만, 저 사람들 지금까지 당신의 이야기를 너무 많이 들어서 그럴 게요. 섭섭하게 들릴지 모르지만, 당신한테 들을 이야기는 이미 다 들었다는 식 아니었소. 이야기의 방법을 바꾸지 않는 한 이젠 당신이 무슨 이야기를 해도 늘 같은 소리로 들릴 테니까."

이웃 사람들이 돌아가고 나자 제물에 혼자 민망스러워진 주인 사내가 소작 씨에게 위로 삼아 한 말이었다. 그 역시 소작 씨가 이미 낌새를 알아차리고 대비책에 고심해온 바였다. 그런데 그게 전혀 먹혀들지 않아 탈이 아닌가.

"옳은 말이오. 그래서 나도 이번에는 방법을 달리해서 내가 겪은 그대로가 아니라 내용을 더 별스럽게 꾸며낸 이야기였지요. 그런데 어떻게 그런 기미까지 알아챈 것 같던데 그걸 어떻게 알았을까요?"

우연찮이 정곡을 찌르고 든 주인 사내의 충고에 소작 씨는 답답한 김에 솔직하게 털어놓고 물었다.

그런데 그간 주인 사내 역시 이미 그의 수많은 이야기의 경계를 넘어서버린 때문이었을까. 주인 사내의 속내는 소작 씨의 예상보다 훨씬 웅숭깊어 보였다.

"그야 지금까지도 당신의 이야기엔 꾸밈이 많았으니까. 사람 일이란 아무리 자신이 실제로 겪은 일이라도 이야기로 말해 전할 땐 꾸밈이나 과장이 불가피하게 마련 아니던가요? 전날 이야기들이라고 당신이 늘 겪은 일 그대로 말했다고 장담할 수 있겠소?"

놀라운 지적이었고 뼈아픈 깨달음이었다. 그는 과연 이날뿐 아니라 이전의 이야기들에도 많은 과장과 허세가 깃들어왔음을 인정해야 하였다. 그리고 다시 묻지 않을 수 없었다.

"하지만 오늘은 어느 때보다 이야기를 더 노골적으로 꾸미고 든 셈인데, 그래도 아무 흥미를 끌지 못한 이유가 무얼까요?"

"이야기의 방법을 달리해 꾸미려고만 했을 뿐 그럴수록에 그 속에 담아야 할 진심을 담지 못했기 때문이지요. 당신의 마음이 여기서도 늘 먼 바깥세상을 떠돌 뿐 지금 이곳엔 뿌리다운 뿌리를 지니지 못했으니까. 진실이 실리지 못한 이야기는 꾸밈이 많을수록 더 허황한 거짓, 그래서 서로 경계다운 경계를 찾아 안팎으로 합해질 수가 없는 부질없는 거짓만 낳을 뿐이지요. 그 거짓 세상 거짓된 이야기에서 어떤 놀라움이나 감동, 안과 밖이 서로 하나 되고 넓어져가는 충만스런 지혜를 만날 수가 없지요……"

주인 사내는 그쯤 은근히 그를 나무라고 나서 자신도 이제 더 할 말이 없다는 듯 방을 나가버렸다.

부끄럽고 가슴 아픈 일이었지만 소작 씨도 이젠 사람들이 그의 새 이야기에까지 등을 돌리고 돌아선 이유가 확연해진 셈이었다. 이야기를 꾸미는 것이 불가피한 처지라면 거기 제 진심을 실어 꾸미라는 것이었다. 그리고 그걸 위해선 제 안의 삶의 뿌리부터 찾아지니라는 충고였다.

소작 씨로선 참으로 소중하고 요긴한 깨달음, 그러나 뒷일을 전혀 감당할 수 없는 절망적인 깨달음이었다. 부끄럽고 허망스런 일이었지만 평생 동안 바깥세상만 떠돌다 돌아온 소작 씨로선 애초부터 뿌리다운 삶의 뿌리가 있을 수 없었고, 새삼스럽게 여기서 그것을 찾는 것은 전혀 불가능하기 때문이었다.

소작 씨는 이제 사람들이 다시 그를 찾아오지 않는대도 어쩔 수 없는 일이라 단념을 할 수밖에 없었다.

그리고 마을 사람들 역시 소작 씨의 짐작대로 그렇게 한번 발길을 돌려 간 뒤론 다시 그를 찾아오지 않았다. 다음 날도 그 이튿날도 다시는 모습을 나타내지 않았다. 다시는 그의 이야기를 들으러 올 기미가 없었다.

이웃 사람들뿐 아니라 주인 사내도 더 이상 그 사람들을 기다리거나 그의 다음 이야기에 관심을 보여온 일이 없었다.

소작 씨 자신도 그 모든 것이 오히려 당연한 일로 여겨졌다. 그러면서도 이번엔 새 이야기의 뿌리를 찾기 위해 먼 어릴 적 시절까지 지나간 삶의 행로를 거꾸로 더듬어 올라가며 행여나 하는 불안스런 기대와 거듭된 실망감 속에 며칠을 더 기다렸다.

그리고 마침내 깨닫기 시작했다. 그가 이젠 이곳을 떠나야 할 때가 온 것이다.

그가 지금껏 주인 사내나 마을 사람들에게 쉼 없이 지난날의 이야기를 해온 건 뭐니 뭐니 해도 그의 숙식을 얻기 위해서인 셈이었다. 그의 이야기론 더 이상 그것이 불가능해진 처지에 당장의 앞날에 대한 막막한 두려움이 앞을 섰다. 하지만 사람들이 이미 그의 이야기를 외면하고 돌아선 마당에 그는 이제 더 이곳엔 머무를 수가 없었다.

아니, 그런 건 이제 오히려 2차적인 문제였다. 그가 떠나야 할 보다 절실한 이유는 그의 자존심 때문이었다. 그동안 서서히 생기와 힘을 잃고 만 자기 이야기에 대한 오기와 이야기꾼으로서의 그의 자존심 때문이었다.

하지만 그렇게 떠날 결심을 하고서도 소작 씨는 당장 길을 떠날 수가 없었다.

이런저런 궁리 속에 미적미적 며칠을 더 참고 사람들을 기다렸다. 그의 이야기에 대한 소망이 너무 간절했던 탓인지 마침내 어릴 적 이야기가 한 가지 생각난 때문이었다. 그의 어린 시절의 꽃씨 할머니 이야기. 그 시절 어느 날 들밭 일을 끝내고 돌아오는 길에 철없는 그의 물음에 어머니가 조용조용 들려준 그 꽃씨 할머니이야기. 그 후부턴 날마다 혼자서 빈집을 지키며 이제나저제나 그를 찾아 나타나기를 기다리던 그 오랜 꽃씨 할머니의 이야기가 어느 순간 마치 오래 말라 있던 씨앗이 문득 움을 트듯 머리에 떠오른 것이다.

그 꽃씨 할머니의 이야기야말로 그의 어린 시절의 꿈과 숨결이 아직 역연한 그의 생생한 삶의 뿌리요 이야기의 뿌리였다. 떠돎 이전의 거짓 없는 그 자신의 이야기였다. 소작 노인은 이제 마을 사람들이 그의 이야기를 더 이상 원치 않더라도 자신이 마치 한평생 그 할머니를 찾아 헤매다 돌아오기라도 한 것처럼 마지막으로 그 꽃씨 할머니의 이야기만은 들려주고 싶었다. 그 이야기를 마지막으로 마을을 떠날 참이었다.

물론 이제는 숙식 따위의 문제 때문이 아니었다. 자신의 삶을 끝내 경계선 바깥의 떠돌이 처지로만 남겨두고 싶지 않은 소망, 안과 밖을 함께 지닌 이야기꾼으서 마지막으로 자기 삶의 흔적을 증거해 보이고 싶은 자존심 때문이었다.

아니면 그 모든 이유에 앞서 언제부턴지 그의 속에 그저 무슨 하고 싶은 이야기가 자라고 있는 것처럼 계속 이야기를 하고 싶은 소망, 다른 일이야 어찌 되든 지금까지처럼 그냥 그 세상살이 이야기 판을 잃고 싶지가 않아서였을 수도 있었다.

소작 씨는 그만큼 그 이야기를 하고 싶었고, 그만큼 간절히 사람들을 기다렸다.

하지만 끝내는 그도 다 허사였다.

사람들은 끝끝내 모습을 나타내지 않았고, 주인 사내 역시 이제는 그를 전혀 아랑곳하지 않은 채 그동안 미뤄온 바깥일에만 매달려 지내기 시작했다.

그래 소작 씨는 더 기다리다 못해 어느 날 저녁, 낮일의 피곤기로 일찍부터 졸음기에 젖어드는 주인 사내를 일깨워 그 한 사람을 상대로 꽃씨 할머니 이야기를 꺼냈다.

"내가 어렸을 적 어머니에게서 들은 이야긴데 말이오. 한평생 이곳저곳 헐벗은 산하를 찾아 꽃씨를 뿌리고 다닌 할머니가 있었는데……"

하지만 그 이야기 역시도 아무 관심을 끌 수가 없었다. 소작 씨가 그 이야기의 서두조차 다 넘어서기 전이었다.

"그거 뭐 우리도 어렸을 적에 다 주워들어 아는 얘긴걸요……그 노인네 이야기를 나더러 계속 듣고 있으라는 게요? 내 참!"

눈을 반쯤이나 감은 채 마지못해 잠시 이야기를 듣는 시늉을 하고 있던 주인 사내가 마침내 졸음기를 더 이기지 못하고 아예 몸을 돌아누우며 투덜댔다.

그리고 그것이 이 제방 끝 동네에서의 그의 마지막 허망스런 밤이었다. 이젠 정말로 떠나야 할 때가 온 것이다.

그리고 그는 더 지체하지 않고 이튿날·일찍 그곳을 떠나갔다. 그동안의 후의와 보살핌에 대한 몇 마디 감사의 인사말을 남기고 간단히 주인 집 사립을 나섰다.

그리고 별로 분명치 못한 대로 그 주인 사내의 짐작을 좇아 이미 물속에 잠겨든 옛 참나뭇골께의 숲자락을 찾아가 한 무리 낡은 무덤들을 선영 삼아 조상들의 혼백에도 마지막 하직을 고한 다음 그 방둑 끝 마을과 참나뭇골을 뒤로 표연히 발길을 재촉해 떠나갔다.

하루하루의 숙식을 구하기 겸한 그의 마지막 황혼길 인생 행로, 기약 없는 그의 새 이야기 길이 시작된 것이다. 마치도 그날 밤 참나뭇골을 찾는 어두운 눈길을 가며 아무 믿음도 없는 자신의 행로를 위해 스스로 이런저런 사연의 발자국을 만들어갔듯이.

그러나 이번엔 그때와는 다르게 그 꽃씨 할머니 이야기 하나를 자신의 이야기로 소중하게 더해 지닌 채.

이야기의 속으로 사라진 무소작 노인

그로부터 그 무소작 노인의 행로를 제대로 아는 사람은 세상에 아무도 없었다. 그가 이후로 어느 고을을 찾아 떠돌며 어떤 사람들을 만나고 어떤 이야기를 하다가 언제 어디서 어떻게 생애를 마쳤는지 올바른 행로나 행적을 아는 사람이 아무도 없었다.

아니, 꼼꼼히 찾아보니 그가 자신의 이야기로 이 고을 저 고을 계속 숙식을 구하고 다닌 흔적은 곳곳에 남아 있었다. 그가 떠나가고 난 몇 해 뒤 어떤 이야기 공부꾼 하나가 우연히 그 참나뭇골 저수지 아래 이주민 동네까지 숨은 이야기를 찾아들었다가 그 무소작 노인의 사연을 얻어듣고, 무슨 목적에선지 이후부터 계속 그의 이야기 행적을 뒤좇아다니기 시작했는데, 그 같은 위인의 끈질긴 노력 앞에 이곳저곳에서 이따금 그런 흔적이 드러나곤 한 것이다.

그러나 그것도 물론 그의 이야기의 기억으로 해서뿐이었다.

무소작 노인이 이야기를 남기고 간 고을 사람들도 그가 무엇을 하는 사람이며 어디서 무슨 일로 자기 고을엘 찾아 들어왔는지, 그리고 그 이상스런 이야기판 놀음 끝에 홀연 다시 어디로 떠나갔는지, 아직도 어디에 살아 있는지 어쩐지, 죽었다면 어디서 어떻게 죽었는지, 그의 앞뒤 신상사를 대강이라도 아는 사람이 없었다.

사람의 신상사를 모르니 사람 자체에 대한 뚜렷한 기억이 남았을 리 없었다. 기억하는 것은 다만 그가 남기고 간 이야기 정도였다. 이를테면 그는 이 고을 저 고을에 그의 단골식 떠돌이살이 이야기류로 남은 셈이었는데, 그것도 대개 이 동네서 저 동네 식으로 이어 전해지지 못하고 여기 한 곳 저기 한 곳 시기와 장소를 종잡을 수가 없어 그것으론 그의 행로를 길게 이어 따라갈 수가 없었다.

게다가 그렇듯 몇 달만큼씩 혹은 몇 년 만에 한 가지씩 뜸뜸이 발견된 그 이야기들의 무대나 내용까지 그 참나뭇골께의 방둑 끝 마을 때와는 달라진 데가 퍽 많았다. 어떤 것은 자신의 체험을 완전히 변조했거나 때로는 앞뒤 행로의 연결이나 이야기 내용의 유사성으로 보아 전에 머물렀던 고을에서 새로 얻어듣고 그것을 뒷날 다른 고을에다 자신의 새 목록으로 더해 구연하고 갔음 직한 이야기, 심지어 그 자신이나 지난날의 떠돌이 행로와는 아무 상관도 없이 그때그때 상황따라 임의로 꾸며 흘려놓고 갔음에 분명한 황당한 이야기까지도 종종 발견됐다. 그런데도 그 이야기들은 그 새로운 변조나 허황스러운 꾸밈새 투에도 불구하고 어딘지 참나뭇골 저수지 동네에서보다 오히려 더 재미있고 뜻이 깊어짐 직해 보인 것이 또한 기이했다.

"어떤 떠돌이 늙은이가 들려주고 간 이야기라오. 동네 사람들이 며칠씩 일손을 놓고 늙은이에게 빠져 지냈지요. 이야기를 들을 땐 세상천지에 그런 일도 다 있는가 싶어 하며 그저 흥미에만 이끌려 들었지만, 뒷날까지 오래도록 기억에 잊히지 않는 것이 거기 무슨 지혜가 숨겨져 있었던 듯도 싶고……"

이야기를 남기고 간 사람은 까맣게 잊었음에도 그 이야기만은 아직 역력히 기억하고 있는 당지인들의 한결같은 회고였다. 그리고 재미만 있으면 좋은 이야기 나쁜 이야기를 가린 흔적이 없었지만, 그 이야기들 가운데에서도 그가 스쳐간 고을 사람들이 거의 공통적으로 기억하고 있는 이야기가 한 가지 있었다.

전날의 그의 '꽃씨 할머니' 이야기였다. 그리고 바로 그 꽃씨 할머니 이야기야말로 무소작 노인이 분명 그 마을을 다녀갔다는, 그 떠돌이 이야기꾼이 다른 사람 아닌 무소작 노인이라는 확실한 증거가 되어준 셈이었다.

그 꽃씨 할머니 이야기가 아니라면 그 이야기 공부꾼이 긴 세월 이 고을 저 고을을 찾아다니며 주워들은 이야기들이 모두 무소작 노인이의 행적이라고는 단정하기가 어려웠다. 그럴 만한 확실한 증거를 찾아내기 어려웠다. 무소작 노인만이 온 세상을 떠돌아다녔다 할 수 없었고, 다른 사람들도 비슷한 세상살이 체험에 비슷한 이야기를 꾸며낼 수 있었다. 그리고 그 이야기들이 무소작 노인의 행적임이 분명치 않다면 그가 그곳을 지나쳐 간 사실도 믿을 수 없는 일이었다.

하지만 이야기 공부꾼은 한 가지 어김없는 사실을 발견했다. 무소작 노인이 거쳐갔음 직한 고을엔 꼭꼭 한 가지 유다른 이야기가 섞여 남아 있었다. 다시 말할 것 없이 그 꽃씨 할머니 이야기였다. 뿐더러 그가 다녀간 고을 사람들은 어느 이야기보다 그 꽃씨 할머니의 이야기로 해서야 겨우 그를 기억해내곤 했다.

거꾸로 말해 그 꽃씨 할머니 이야기가 남아 있는 마을은 무소작 노인이 거쳐간 고을이었고, 떠돌이살이 숨결이 실린 그 고을 다른 이야기들도 대개는 그가 심어 남기고 간 이야기이기 십상이었다.

그런데 보다 더 흥미로운 일은 그 이야기 공부꾼이 그렇게 계속 노인의 행적을 좇다 보니 그 '꽃씨 할머니'의 이야기는 모두 그가 어렸을 적 고향집 어머니에게서 처음 들은 그대로가 아니었다. 어떤 것은 그가 처음 들었던 것과 거의 비슷한 것도 있었고, 어떤 것은 바로 자신의 이야기를 거기 빗대 꾸며낸 듯싶은 것도 있었다. 그중의 어느 쪽이 앞이고 어느 쪽이 나중인지는 확실치 않았지만, 자신의 이야기로부터 차츰 꽃씨 할머니로 변해 돌아가는 편이 더 읽기가 편해 보인 그 이야기들은 그러니까 처음부터 그 변화의 순서를 따라가보면 무소작 노인의 이후의 행적이나 종생의 과정까지도 대충 그려볼 수 있었다.

이를테면 무소작 노인이 처음 참나뭇골 해변 마을을 떠나고 거리나 시일이 그리 멀지 않은 고을에서 발견된 이야기에는 그 꽃씨 할머니의 모습이 거의 드러나지 않았다. 그 고을엔 한평생 중동으로 어디로 끝없이 넓은 세상 구경을 돌아다니다 그 변화무쌍한 세상 이야기밖에 아무것도 지닌 것 없이 노년을 맞이한 한 가난하고 남루한 늙은이가 종당엔 그 세상 이야기를 이 고을 저 고을 전해주고 다니는 것으로 종생의 길을 삼은 사람의 이야기가 남아 있었다. 그 이야기 중의 꽃씨 할머니의 흔적이란 아무것도 가진 것 없는 고단한 처지와 자신이 마지막 가진 것을 이곳저곳 세상 사람들에게 나누어주고 다닌다는 것 정도였다.

그러나 길을 더 멀리 떠나간 고을들에선 그 세상 이야기가 모두 진달래며 봉숭아며 해바라기 국화 같은 갖가지 고운 꽃의 전설로 변해갔고, 노인이 그 꽃의 전설을 전해주고 간 곳에선 그 전설들이 제각기 꽃씨로 변하여 해가 바뀌고 나면 이곳저곳 그 꽃들이 피어

나는 이야기가 되었다. 그리고 다음으론 그 꽃전설을 전하고 다니는 노인의 모습이 웬일인지 할아버지에서 차츰 할머니로 바뀌었고, 그로부터 할머니는 아예 그 꽃전설 대신 이 꽃 저 꽃 씨앗을 뿌리고 다니는 이야기로 변해갔다.

무소작 노인은 말하자면 자신이 그 꽃씨를 뿌리고 다니는 할머니로 변하여 자신의 이야기 속으로 사라져간 셈인데, 그의 그런 이야기의 행적을 뒤찾아다닌 그 이야기 공부꾼도 그의 마지막 행적, 그러니까 그가 그 이야기 속의 할머니와 함께 마지막 꽃씨를 뿌리고 세상에서 모습을 감춰간 종생의 자리는 아무 데서도 찾아볼 수가 없었다는 것이다.

왜냐하면 그가 그 이야기 속의 할머니와 함께 세상에서 모습이 사라져간 곳에는 필시 그 자신이 어떤 꽃으로나 피어났을 법한데, 그 이야기 연구가로서도 노인이 마지막 뿌리고 간 그 이야기의 꽃씨앗이 어떤 것인지를 알 수 없었기 때문이다.

하기야 세상엔 형형색색 수를 헤아릴 수 없을 만큼 고운 꽃들이 흔하고, 더욱이 그중엔 이름도 내력도 알려지지 않은 진기한 모습을 한 것도 많으니까.

글쎄, 그 꽃을 끝내 찾아낼 순 없을지 모르지만, 보이지 않는 그 꽃에 미리 이름을 붙인다면 '떠돌이 이야기꽃'쯤이 어떨지 모르겠다. 어쩌면 이미 그런 꽃이름을 들었거나 실제로 본 사람이 있을지도 모를 일이기는 하지만.

(2000)

들꽃 씨앗 하나

1

무서운 전란이 나라를 온통 가난과 굶주림에 떨게 만들어버린 1950년대의 어느 해 봄. 먼 남녘 고을의 한 벽지 시골 소년 진성은 제 병약한 홀어머니와 어린 누이동생으로부터 그 지긋지긋한 가난의 굴레를 벗겨주려 결심하고, 초등학교를 졸업하자 그의 정든 식구들과 남루한 오막살이집을 떠나 맨손으로 3백여 리 상거의 K시로 올라갔다. 그는 그곳에서 어떤 어려움과 고생을 무릅쓰고서라도 3년 과정의 중학교를 졸업하고 돌아와 고향 초등학교의 선생님이나 면사무소 직원으로 취직해 떳떳하게 식구들을 보살필 작정이었다. 그것이 그가 고향집을 떠나면서 그 홀어머니와 누이동생에게 남긴 굳은 약속이었다.

진성은 결심대로 그 3년 동안 줄곧 신문 배달이나 상점 심부름꾼 따위 일을 해가며, 또한 궁색한 자취방과 사설 학원 사이를 쉴 새 없이 오가며 자신이 소원하던 중학교 과정을 모두 공부할 수 있었다. 그리고 그 3년이 지나고 난 해 이른 봄엔 중학교 과정의 검정고시도 통과하고, 시 변두리의 한 신설 상업 고등학교 입학시험에도 합격해 그의 꿈을 절반쯤은 이룰 수 있었다.

하지만 그는 대신 처음의 결심이나 약속대로 곧 고향으론 돌아갈 수가 없었다. 중학 과정의 검정 시험 합격이나 고등학교 입학 자격 학력으론 아직 초등학교 선생님이나 면 직원이 될 수 없었기 때문이다. 다만 그에겐 그동안 바쁜 시간 때문에 한 번도 내려가보지 못한 고향집을 모처럼 만에 찾아갈 기회가 생긴 것뿐이었다.

"어떻게든지 고등학교까진 졸업을 해야 한다. 하지만 넌 그 많은 입학금을 한몫에 마련하기가 힘들지 않겠느냐. 내 다행히 그 고등학교 교감 선생님을 알고 있다. 입학 등록금 면제나 분납 혜택을 사정해볼 테니 서둘러 시골집엘 한번 다녀오거라. 면사무소엘 가서 너의 집 재산세 증명서를 떼어오면 아마 큰 도움이 될 수 있을게다. 느네 집은 아마 재산세를 내지 않는 무과세 기록이 나올 테니까."

그의 어려운 사정을 알고 있던 학원의 담임선생님이 고맙게도 그의 일을 돕고 싶어 한 때문이었다.

"입학 등록 마감일이 내일모레 토요일 3시까지다. 오늘이 목요일이니 내일 아침 일찍 서둘러 갔다 와야겠다. 될 수 있으면 내일 오후 5시까지 해오구, 늦어도 모레 토요일 등록 마감 한 시간 전까지, 그러니까 2시까지는 여길 도착해야 한다. 내, 내일부턴 이 학원 사무실에서 널 기다릴 테니 바로 이리로 와야 한다."

　선생님의 말씀은 아닌 게 아니라 등록 마감 날까지 목돈 마련이
어려워 고등학교 입학을 거의 단념하다시피 하고 있던 진성에게
하늘이 새로 열리는 것 같은 큰 힘이 되었다.
　그래 이튿날 새벽 그는 아침도 먹지 못한 채 찬바람 속을 서둘러
그의 시골 대흥면 면소 마을까지 가는 버스 차부로 달려가 첫 번
출발하는 차를 탔다. 그리고 버스가 아직도 부연 아침 어스름 속으
로 서서히 K시를 벗어져나가기 시작하자 비로소 후우 안도의 한숨
을 내쉬며 자리를 고쳐 앉았다.
　'배가 좀 고프고 춥더라도 이대로 가만히 앉아 있다 보면 점심때
가 조금 지나 면소까지 닿겠지. 지금서부터 여섯 시간 아니면 일곱
시간? 3년 전에도 그쯤 걸렸으니 늦어도 면사무소 문을 닫기 전에
는 닿을 수 있을 거야.'
　그는 배고픔과 추위를 이기기 위해 눈을 감은 채 목줄기를 잔뜩
움츠리며 자신이 이날 해야 할 일과 아침부터 저녁까지의 시간을
재보았다.
　'차를 내리면 바로 면사무소로 달려가 재산세 증명서를 떼
고…… 오늘은 날이 너무 저물어 돌아올 차편이 없을 테니 어둠
속으로라도 밤사이에 잠깐 어머니를 찾아가보고 내일 아침 일찍
면소 마을로 다시 나와 첫차를 타고 돌아오면 어떻게 등록 마감 시
간까지는 대어 올 수 있겠지.'
　진성은 한 번 더 가슴을 쓸어내리고 나서 모처럼 주위를 천천히

둘러보았다. 기름투성이 작업복 차림의 남자 조수가 아직 꾸벅꾸벅 졸고 앉아 있는 출입문 바로 뒤쪽, 그의 자리와 운전사의 뒤쪽 몇 좌석밖에 사람이 채워지지 않은 차 안은 여전히 썰렁해 보이기만 하였다. 두꺼운 점퍼 깃을 높이 세우고 앉아 구부정한 모습으로 묵묵히 핸들을 움직여나가는 운전사의 뒷모습 역시 추워 보이기는 마찬가지였다. 진성은 몇 사람 되지 않는 승객들을 위해 커다란 버스를 몰고 있는 그 운전사의 수고가 마치 자신의 일 때문인 것처럼 고맙고 미안했다. 한편으론 그만큼 미더운 생각도 들었다.

'어쨌든 저 아저씨가 오늘 나를 우리 면소 동네까지 데려다줄 테니까.'

그러자 그는 차츰 몸속의 추운 기운이 가시며 마음이 조금씩 훈훈해져오는 느낌이었다. 그리고 모처럼 차분하고 아늑한 기분 속에 한동안 잊고 지내온 시골집 어머니와 누이동생 금숙을 생각하기 시작했다.

'어머니는 그새 또 몸이 크게 아프지나 않으셨는지⋯⋯'

'금숙이는 학교에 무사히 잘 다니고 있는지⋯⋯'

그동안 바쁘고 힘든 일 때문에 그는 한 번도 고향집까지 식구들을 찾아갈 수가 없었고, 편지 소식조차 자주 전하지 못해온 처지였다. 하지만 일이 잘 되면 이날 저녁쯤엔 오랜만에 집으로 달려가 어머니와 누이를 반갑게 만날 수 있었다. 진성은 어느새 식구들을 만날 생각으로 가슴이 뛰기까지 하였다.

하지만 그 어머니와 어린 누이에 대한 생각은 그다지 행복하고 즐거운 것만은 아니었다. 동네 한약방 의원 어른 말처럼 기력이 부족해선지 어째선지 늘 알 수 없는 신열기에 시달리던 어머니 연동댁의 부석부석한 얼굴이 크게 떠오르는가 하면, 이내 또 초등학교 5학년엘 다니고 있을 금숙의 일이 지레 걱정스러워지기도 하였다.

그는 될수록 어두운 생각들을 접고 즐겁고 반가운 일들을 떠올리려 하였다. 시골 동네에는 두 사람 일을 돌봐줄 친척도 몇 사람 살고 있었고, 그동안 금숙의 편지에도 항상 집에는 별일 없으니 다른 마음 쓰지 말고 오빠만 건강하게 열심히 공부하여 꼭 '성공'하고 돌아오라는 당부뿐 나쁜 이야기는 한마디도 없었으니까.

'금숙이나 어머니가 나를 보면 얼마나 기쁘고 대견해할까. 뭐니 뭐니 해도 오늘 재산세 증명서만 떼어가면 난 이제 어엿한 고등학생이 될 테니까……'

그런저런 생각에 젖다 보니 버스는 한 시간여 만에 어느새 나주와 영산포를 지나 영암읍을 향해 맑은 아침 햇살 속을 신명 나게 달리고 있었다. 면소나 읍내 같은 큰 동네를 지날 때마다 버스는 새 손님을 태우기 위해 자주 정류소엘 들르곤 했지만, 이런 식으로만 달린다면 대흥까진 어쩌면 해 지기 훨씬 전에 도착할 수 있을 것 같았다. 그는 이제 그것이 외려 달갑잖아질 지경이었다. 기왕 이번 길에 식구들을 만나보기로 마음을 정한 마당에, 차가 너무 일찍 도착하면 그걸 단념하고 서둘러 면사무소에서 세금 증명서를 떼는 대로, 그리고 다음 차편이 닿는 대로 곧장 다시 K시의 학원으로 돌아가는 게 옳은 일이기 때문이었다. 그럴 수만 있다면 어머니나 누이를 못 만나보더라도 그러는 게 당연했으니까.

하지만 그건 진성이 너무 찻길의 앞일을 예상하지 못한 맘 편한 생각이었다.

버스가 기세 좋게 영암 정류소까지 거치고 바야흐로 장흥 쪽으로 넘어가는 돈밧재 고갯길로 들어섰을 때였다. 이때까지와는 달리 굽이굽이 힘든 고갯길에 속력을 잔뜩 낮추어 산모퉁이 중턱을 기어오르던 버스가 느닷없이 크렁크렁 밭은기침 소리를 내더니 그만 길 한가운데에서 덜컹 멈춰 서고 말았다.

진성은 처음 그것을 크게 걱정하지 않았다.

"내다 버린 군용 헌 트럭 엔진을 주워다 철판만 새로 뒤집어씌운 조작 차가 돼놓으니 말썽이 안 날 리 없지!"

나주를 지날 때 옆자리를 채워 앉은 검은색 두루마기 차림의 중년 남자 어른이 불평을 늘어놓았지만, 그쯤은 으레 있어온 대수롭잖은 일이라는 듯 '한번 내려가 봐라' 문 앞쪽 조수 청년에게 가볍게 이르고 자신은 그냥 태평스레 운전대에 턱을 괴고 앉아 기다리는 운전사나, '알았어요, 별일 아닐 테니 잠깐만 기다려주세요, 소변 보실 분들 내려서 소변도 보시구요' 승객들에게 가볍게 당부를 남기고 차를 내려가는 조수 청년의 행작이 퍽 여유가 있어 보인 때문이었다. 그리고 덜커덩 보닛을 열고 이리저리 고장 난 곳을 살피던 조수 청년이 차 안의 운전사를 향해 '연료 파이프가 터져 새는데요' 가볍게 말하고는, 바로 그 처방도 알고 있다는 듯 운전석 옆 구석에서 기다란 고무호스를 꺼내갔을 때도 그 운전사나 조수 청년의 태도들이 미덥기만 하였다.

하지만 조수 청년이 차 아래쪽 연료통에 고무호스를 꽂아 입으로 붉은색 휘발유를 빨아올려 그것을 양철 탄피통에 받아다 엔진쪽(그게 실상은 죽은 엔진 대신 보조 엔진을 살리려는 거라고, 그런 기계 속을 좀 만져봤다는 좀 전의 검정 두루마기 어른이 아는 척을 했지만, 어쨌거나 그게 그거처럼 보였다)에 직접 부어 넣는 것을 보고는 진성도 차츰 마음이 조급해지기 시작했다. 더욱이 그런 조수의 응급조치 끝에 용케 다시 시동이 걸리고 바퀴가 움직이기 시작해 그럭저럭 한동안 산길을 기어 올라가던 버스가 산굽이를 하나 돌아서자마자 다시 맥없이 멈춰 서버리고 말았을 때는 제풀에 몸이 부르르 떨리며 뒤늦게 새삼 오줌까지 마려운 것 같았다.

하지만 진성은 아직도 모든 걸 나쁘게만 생각하려지 않았다. 버스는 이후에도 가다가 멈춰 서고 다시 멈추고 했지만, 조수 청년은 그때마다 가벼운 투덜거림 속에도 그걸 오히려 기다렸다는 듯 재빨리 차에서 뛰어내려갔고, 예의 고무호스로 기름을 빨아 옮겨다 계속 다시 엔진을 살려내어 얼마큼씩 차를 움직여갔기 때문이다. 그리고 시간이 훨씬 길게 걸리기는 했지만, 어렵사리 버스가 돈밧재 고갯길을 올라선 다음 운전사와 조수 청년이 함께 차를 내려 차속을 정성 들여 손질하고 나서는 그럭저럭 탈 없이 계속 남은 길을 달릴 수 있었기 때문이다. 하는 일 없이 그저 기다리고 앉아 있기만 한 자신에 비하면 진성은 그 추위 속의 조수 청년과 운전사 아저씨의 거듭된 수고에 오히려 마음이 송구스러울 정도였다. 그리고 두 사람이 그렇게 애를 써준 덕에 그가 이날 안으로 일을 무사히 치를 수 있게 된 것이 고마울 뿐이었다. 고장 사고 바람에 처음 예정보다 두 시간 가까이나 늦어져 이날 안으로 길을 되돌아오기는 어려울 것 같았지만, 그로 하여 이제는 어머니와 누이를 만나게 될 일이 확실해진 터이고 보니 그것도 차라리 잘된 일일 수 있었다.

문제는 정작 버스가 남쪽 해변 고을 대흥면을 아직 7, 80리쯤 남겨둔 장흥읍까지 도착하고부터였다. 버스가 그럭저럭 장흥읍 정류소에 들어선 것이 K시를 출발한 지 일곱 시간 만인 오후 1시쯤이었으니, 거기서 더 이상 다른 변통만 생기지 않고 남은 길을 달려준다면 공무원 퇴근 시각인 5시 이전에 대흥면 사무소에 도착하여 증명서 일을 보는 데는 아직 충분한 시간이 남아 있을 터였다. 그런데 버스가 정류소로 들어서자 운전사가 손님들을 모두 차에서 내리게 하였다.

"오면서 다들 보셨겠지만 이 차, 정비소로 가지고 가서 고장을 마저 손보고 가야겠어요. 시간이 그리 오래 걸리지 않을 테니 그동안 손님들께선 천천히 용변도 보시고 요기도 좀 하시면서 이 근방에서 기다려주세요."

차장 대신 운전사가 모처럼 뒤쪽 승객들에게 직접 건네온 당부였다. 그러니 승객들이 모두 내린 다음 운전사와 조수 청년이 어디론지 버스를 끌고 사라져갔을 때도 진성은 아직 마음이 차분했다.

'어련히 차를 잘 고쳐가지고 오려고. 남은 거리를 탈 없이 가려면 지금 시간이 좀 지체되더라도 그편이 나을 테니까.'

게다가 이제는 더 견딜 수 없을 만큼 배가 고팠고, 오줌도 마려웠다. 운전사 말마따나 이날은 마침 읍내 오일장이 서고 있어 정류소 주변 길가에 오종종 늘어앉은 아주머니들의 장 광주리에서 찐빵도 하나 사 먹고 용변 길도 다녀올 여가가 생겨 진성은 차라리 일이 무방하게 되었다 싶기까지 하였다.

하지만 한번 사라져간 버스는 진성이 그 자잘한 용건을 다 마치고 다시 정류소 입구를 지키기 시작한 지 한 식경이 자나도 좀체 모습을 나타내지 않았다. 버스가 다시 돌아온 것은 좋이 한 시간도 더 지나간 2시 30분쯤이었다. 그것도 정비소에서 차를 고치는 동안 자기들끼리 어디서 차분히 점심을 먹고 온 듯 운전사는 아직도 이쑤시개를 입에 문 채 눈자위가 제법 불그스레 취한 얼굴이었다. 하긴 두 사람의 기분이 그렇듯 느긋해 보이는 것도 앞길을 위해 그닥 나쁠 일만은 아니었다. 그런 넉넉한 기분 속에 이제라도 차를 잘 달려준다면 아직도 시간은 넉넉했다.

그런데 그 운전사나 조수는 기다리던 승객들이 서둘러 차에 오르고 나서도 좀체 출발을 서두르는 기색이 없었다. 이날이 하필 그 읍내 장날인 데다 바야흐로 파장이 가까워진 때문이었다. 장꾼들은 버스가 언제쯤 떠나리라는 것을 미리 알고 있는 듯 처음에는 별반 관심도 두지 않는 기색이더니, 운전사가 뿡뿡 한두 번 경적을 울리고 나서부터 장 보퉁이를 이고 끌고 차문 앞으로 줄을 이어 대기 시작했다. 하지만 버스는 첫 파수 손님들을 거의 다 거둬 싣고 나서도 움직일 생각을 안 했다. 하나 둘 장꾼들이 계속 손짓을 쳐 가며 뒤를 이어 댔기 때문이다. 하긴 읍내 아래쪽 동네로는 하루 몇 번씩밖에 버스가 드나들지 않는 사정이라서 시간이 좀 먹더라도 운전사는 그 사람들을 그냥 뒤에 내팽개치고 떠날 수가 없는 처지였다. 그래 그런지 운전사도 손님들도 별로 서두르는 기색이 없이 마냥 늑장을 피우는 식이었다. 차 안은 이제 손님들과 장바구니들로 발 디딜 틈 하나 없이 빼곡 들어차고 말았지만, 시골 장꾼들은 몸을 비비적대며 장바구니(그 장바구니에는 별의별 것들, 심지어 비린내가 진동하는 생선이나 꽥꽥거리는 돼지 새끼까지 담겨 있었다)를 챙기는 데만 정신이 팔려 있을 뿐, 남은 뒷사람을 생각해선지 그 비좁은 차 속 사정이나 늑장기에 대해선 별다른 불평이 없었다.

"어이, 이게 사람 타는 찬지, 짐짝 찬지! 거, 운전수 양반, 이제 그만 출발하는 게 어떻소?"

푸른 군복을 입은 휴가병 청년 하나가 앞사람의 장 보따리를 피해 고개를 뒤로 잔뜩 치켜 젖힌 채 불평 섞인 소리를 내지른 게 고작이었다.

시간은 그새 오후 3시에 가까워지고 있었다. 이날로 면소 일을 보고 다시 길을 돌아가기는 이미 물 건너간 일이 되고 말았지만, 이대로 곧장 차가 출발한다 해도 이제는 증명서를 뗄 시간을 대어 가는 것조차 빠듯한 상황이었다. 한데 갈수록 태산 격으로 차 안에선 거기서도 한참이나 더 출발을 지체할 수밖에 없는 소동이 벌어졌다.

"워메, 내 돈! 어이고, 내 해우(김) 판 돈!"

통로 입구 한쪽에 간신히 몸을 껴 붙어 서 있던 한 중년 시골 아주머니가 느닷없이 얼굴빛이 하얗게 변하며 다급한 목소리로 외쳐댔다. 그리곤 금세 넋이 다 빠져나간 듯 자기 저고리 앞섶을 들추며 두리번두리번 주위를 향해 미친 사람처럼 울부짖었다.

"내 돈, 못 입고 못 먹고 애면글면 새끼들하고 피땀 흘려 번 내 돈! 오늘 장에서 해우 두 통 팔아 받은 목숨 같은 내 돈, 금방까지 여기 있었는디 어느 놈이 가져갔어! 어느 벼락을 맞을 놈이!"

어느 사이 차 안으로 소매치기가 섞여 들어온 모양이었다. 지난날 진성이 처음 집을 떠나 K시로 갈 때도 작은 돈을 팬티 속에 꿰매어 갔을 만큼 붐비는 차 속 소매치기는 이미 다 소문이 나 있는 일이었다. 미리 조심을 하지 않은 게 탈이었지만, 그렇다고 그 운 나쁜 아주머니만 몰인정하게 나무랄 수는 없었다.

"쯧쯧, 어떤 인간이 그래 해먹고 살 짓이 없어 해필 우리 겉은 촌구석 무지랭이 쌈지 돈을 다 털어가나!"

차 안 사람들도 자신들 갈 길보다 아주머니의 처지를 더 걱정해 주었다.

"거 운전수 양반, 위인이 아직 이 차 안에 있을지 모르니, 작자가 빠져나가지 못하게 출입문 단속하고 경찰서로 끌고 갑시다."

하지만 소매치기가 그때까지 아직 차 안에 남아 있을 리 없었다.

"돈이 없어졌으면 위인은 벌써 10리 저쪽 사람이오. 치고 튀는 게 녀석들 기술인데 여태까지 나 잡아갑쇼 하고 차 속에 남아 있겄소? 아주머니헌티는 안된 소리지만, 일이 생긴 게 이 차 속에선지 밖에선지도 확실찮고, 그새 차 문을 들고 난 사람이 몇인디……"

운전사를 대신해 조수 청년이 시큰둥한 소리로 그걸 부질없어 하였다. 아닌 게 아니라 요즘 세상에 그만 일로 손님을 가득 실은 노선버스를 경찰서까지 끌고 갈 수는 없는 노릇이었다. 경찰서까지 끌고 가봐야 범인을 잡아낸다는 보증도 없는 일이었다. 하지만 아주머니는 이제 완전히 제정신이 아니었다. 그사이 그녀는 바득바득 사람들 사이를 비집고 차 문을 빠져나가 밖에서 안을 향해 악을 써대었다.

"다들 내려! 내가 녀석을 찾아낼 테니께 다들 차에서 좀 내려보란 말여. 오늘 내 아까운 돈 못 찾으면 이 차 해가 져도 못 떠날 테니께. 그래 금방까지 이 치맛말 밑에 얌전히 들어 있던 돈다발이 차 속이 아니면 어디서 없어졌길래. 작자가 분명 아직 차 안에 있을 테니 어서들!"

이번에는 치맛말까지 들추고 젖가슴을 온통 드러낸 채 파랗게 게거품을 물고 나서는 바람에 차 안 사람들도 어쩔 수 없이 차례차례 내릴 수밖에 없었다. 한다고 조수 총각 말마따나 소매치기가 아직 거기 섞여 남아 있을 턱이 없었다. 아주머니는 바투 차 문 앞에 지켜 서서 한 사람 한 사람 차에서 내리는 사람들의 행색과 얼굴 표정을 유심히 살폈지만, 차 안이 텅 빌 때까지도 어느 한 사람도 자신 있게 지목을 하고 나서질 못했다. 그러다 마침내 희망이 없음을 알아차린 아주머닌 그 자리에 펄썩 몸을 주저앉아버리며 다리를 뻗고 통곡을 터뜨리기 시작했다.

"아이고 아이고, 이 일을 어쩔거나. 이 꼴을 당하고 어떻게 집구석을 찾아 들어가며, 불쌍한 우리 새끼들 얼굴은 또 어찌 볼거나…… 아이고……"

그런데 그게 그냥 억울한 푸념 넋두리가 아니었다.

"아주머니, 일은 안됐지만 이제 어떻게 하겠어요. 우리가 경찰

212

에 신고는 해놓을 테니 오늘은 이만 이 차 타고 집으로 돌아가셔야
지요. 다른 손님들도 많이 기다리셨고."

"이 차 회사에 단단히 부탁하고 그렇게 합시다. 아주머니."

보다 못한 운전사와 몇몇 손님들이 달래보려 했지만, 아주머니
는 그럴수록 새삼 더 엉뚱한 결의를 다지고 나섰다.

"아니, 나 이대로는 못 가요. 놈을 못 찾으면 한 달이고 두 달이
고 여기서 이대로 기다릴라요. 기다려도 못 찾으면 지옥까지라도
쫓아가 기어코 놈을 찾아 끌고 올라요, 아이고!"

그러니 이젠 어쩔 수가 없는 일이었다. 한두 차례 더 같은 소리
를 되풀이하던 운전사와 조수들도 그녀를 더 기다릴 수가 없는 듯
정류소 사무실로 데리고 가 그곳 사람들에게 맡겼다. 그리곤 차 안
손님들에 대한 간단한 사과 말과 함께 비로소 늦어진 찻길을 서두
르기 시작했다.

생각잖은 소동으로 다시 반 시간여를 허비한 3시 30분 가까운
시각이었다. 그러니 이날 안으로 면소 일을 보려면 이제는 잘해야
시간 반 남짓밖에 남지 않은 아슬아슬한 시각이었다.

2

지체한 시간을 벌충하려는 듯 이후부터 버스는 한적한 남녘 들
길을 부지런히 달렸다. 하지만 중간 동네 곳곳에서 내릴 사람이 나
서는 데다, 울퉁불퉁 돌자갈이 많은 시골길이 되다 보니 한껏 속도

를 내어 달렸는데도 때가 이미 늦고 있었다. 뒷자리의 나이 먹은 아저씨에게 알아보니 버스가 종착지 대흥 면소 동네에 닿은 것은 관공서 근무 시간을 훌쩍 넘긴 오후 5시 20분쯤이었다.

그러거나 말거나 진성은 차에서 내리는 길로 곧장 전부터 알고 있던 파출소 건물 옆 면사무소로 달려갔다. 그리고 지금 막 서쪽 산봉우리 뒤로 가라앉아 들어가는 황혼 녘 잔광을 부옇게 되비추어내고 있는 면소 건물 밀창 문을 황급히 열고 들어가며 마음속으로 간절히 빌었다.

'제발 아직 퇴근을 하지 않고 남아 있는 사람이 있었으면! 하다 못해 야간 숙직을 하는 사람이라도 있다면 그 사람한테 사정을 해보면 되련만!'

다행히 그 진성의 소망은 이루어진 셈이었다.

사무실은 이미 책상마다 주인들이 모두 퇴근을 하고 썰렁하게 비어 있었다. 하지만 빈 사무실 중앙 쪽에 놓인 난롯가에 중심으로 아직 두 사람이 손을 비벼대며 마주 앉아 있었다.

"안녕하세요."

진성은 반가운 김에 큰 소리로 인사를 하고 곧장 그 두 사람 곁으로 가까이 다가갔다.

"무슨 일이냐?"

두 사람 중 개털 깃 점퍼 차림에 나이가 좀 많아 보이는 중년 티어른이 그를 바라보며 느린 목소리로 물었다.

"예, 저의 집 재산세 증명서를 좀 떼러 왔는데요."

진성은 급한 김에 냉큼 찾아온 용건부터 말했다.

하지만 개털 깃 점퍼 어른은 왠지 좀 장난스런 웃음기를 흘리며 가볍게 그를 나무랐다.

"무어, 재산세 증명서? 그런 일 보러 온 녀석이 지금이 몇 시라고 사람들 다 퇴근하고 없는 빈 사무실엘 찾아와?"

"지금이라도 아저씨들은 남아 계시지 않아요. 버스가 하루 종일 늑장을 부려서 시간이 늦어졌지만, 아저씨들이 그 증명서를 떼어 주시면 되지 않아요. 그렇게 좀 해주세요. 전 사정이 급하단 말씀이에요."

진성은 왠지 가슴이 답답한 느낌 속에 시간이 늦어진 사연과 함께 간곡히 사정을 하고 들었다.

하지만 난롯가 어른들은 좀체 그의 말귀를 알아듣지 못했다.

"그래, 증명서는 아무나 떼어주는 줄 아냐? 재산세 일은 재무계 담당 직원이 보는데, 여긴 지금 재무계 일을 볼 사람이 없단 말이다."

이번에는 개털 깃 점퍼 대신 검누런 금니를 박은 옆 사람이 말을 가로맡고 나섰다.

"봐라, 저 책상, 재무계 담당잔 벌써 퇴근을 하고 자리가 비어 있지 않으냐. 그런데 우리가 어떻게 남의 일을 대신한단 말이냐. 그게 정 급하게 필요하다면 내일 아침 일찍 다시 오는 수밖에 없는 일이다."

듣고 보니 그도 그렇겠다 싶었다. 하지만 그런 사정을 알고 나니 진성은 가슴이 더욱 막막해왔다. 그래 더 이상 말을 못하고 망연해 있으려니 그 난감한 모습이 딱했던지 이번에는 개털 깃 점퍼 쪽이

쯧쯧 혀를 차며 다시 물었다.

"그런데 넌 대체 어느 동네 누구냐? 네 아버지가 누구시냐? 그리고 재산세 증명서는 어디에 쓰려는데 아버지가 오시잖구 어린 네가?"

"그건 저…… 저는 저 참나뭇골 사는 배진성인데요……"

진성은 더욱 기가 죽을 수밖에 없었다. 그는 갈수록 막막한 심사 속에도 행여나 하는 마음에 그 검정고시 과정을 거쳐 얻은 고등학교 진학 입학금 문제와 재산세 증명서의 용도를 더듬더듬 설명했다. 그리고 어른들의 연이은 물음에 5, 6년 전 난리 통에 국민방위군인가 뭔가 하는 델 끌려갔다 소식이 끊겨져버린 아버지의 일과, 이런저런 그의 사정을 알지 못한 어머니의 처지를 조심스럽게 털어놓고, 자신이 직접 증명서를 떼어가지 않으면 안 되는 다급한 사정을 호소했다.

"그러니까 전 지금 증명서를 떼어놨다가 내일 아침 일찍 첫차로 올라가서 학교에 내야 해요. 그래야 입학금을 면제 받거나 연기 받고 저도 고등학생이 될 수 있단 말씀이에요."

말을 다 끝내고 나서 진성은 다시 한 번 희망을 가지고 이것저것 썩 관심을 가지고 물어준 어른들의 표정을 살폈다.

"그래, 아버지 도움도 없이 너 혼자 고학을 해서 고등학교 입학 자격까지 땄단 말이지? 사정을 들어보니 일이 참 급하게 되긴 했구나."

"참나뭇골에 방위군 나갔다 돌아오지 못한 사람이 누군지 이름을 들어도 모르겠다만, 어쨌거나 아들아이 하나는 퍽 똑똑한 녀석

216

을 남겼구나."

그의 사정을 듣고 난 어른들도 우선은 그를 썩 대견해하며 그의 일이 되도록이면 돕고 싶어진 눈치였다. 하지만 그건 어디까지나 그 어른들 마음뿐이었다. 그들에게도 뾰족한 방법이 없었다.

"하지만 어쩐다? 사정을 듣고 보니 네 처지가 더욱 딱하기는 하다만, 그렇다고 우리가 함부로 남의 책상을 뒤져 서류를 대신 만들어줄 수도 없는 일이고…… 보아라, 저 재무계 책상 서랍에 자물쇠 채우고 간 거. 저 안에 그 사람 인장을 간수해두고 갔는데, 널 도와주고 싶어도 주인이 없는 책상 서랍을 부술 순 없는 일 아니냐."

"그러니 오늘은 참나뭇골 집으로 들어가 어머니랑 함께 지내고 내일 아침 일찍 다시 오거라. 여기 업무 시간이 아침 9시부터니까 그 사람 출근시각에 맞춰서. 그러면 우리가 부탁해서 첫 번째로 네 서류부터 만들어달래마."

"그래라. 이젠 그밖에 다른 길이 없구나. 참나뭇골까지는 10리가 넘는 산길인데, 우선 여기 난롯불에 몸을 좀 녹이고."

어른들은 서로 얼굴을 건너다보며 번갈아가며 걱정을 했지만, 그것은 아무래도 말이 안 되었다. 아침 9시에 증명서를 만든다면 그길로 바로 차부를 나서는 버스를 탄대도 K시까지는 죽어도 때를 맞출 수가 없었다. 내려오던 길 사정을 생각하면 아침 6시나 7시쯤 첫차를 탄대도 마음을 놓을 수 없는 판에 9시라면 희망이 전혀 없었다. 어른들은 도대체 그런 사정을 알지 못했다. 그렇다고 그걸 함부로 허물하고 들 처지도 못 되었다. 어떻게든지 이날 안으로 증명서부터 떼어놓아야 했다. 하지만 진성은 이제 그 답답하고 안타까운 사정을 호소할 곳조차 없었다. 난롯가 어른들은 사정을 알고도 그를 도울 길이 없었다. 마음속 한구석엔 그 어른들이 어딘지 자신이 알지 못하는 방법을 숨겨두고 있는 듯 원망스러운 느낌이 들기도 했지만, 자신이 생각해도 그것은 아니었다. 무엇보다 이 일은 자신의 일이었고, 오늘 그 일이 이렇게 된 것도 다른 누가 아닌 자신의 나쁜 찻길 운수 때문이 아닌가. 하고 보니 이제 마지막 남은 길은 담당 직원이 사는 동네 집을 찾아가 직접 한번 사정을 해보는 수밖에 없었다.

"아저씨, 그럼 그 재무계님 사시는 동네가 어디에요? 제가 지금 그 집을 찾아가 사정을 해보겠어요."

진성은 다부지게 결심하고 개털 깃 점퍼 어른에게 물었다. 그런데 그것이 진성이 미처 알지 못하고 있던 결정적인 실수를 일깨워주는 계기가 되었다.

"허, 그렇게 일러줘도 그 녀석 고집하곤 참! 재무계 동네야 여기서 두어 마장쯤밖에 되지 않는 저 산정 저수지께다만, 그래 네가 지금 찾아간들 한번 퇴근해 집에 돌아가 발 씻고 들어앉은 사람이 다 늦은 이 저녁 찬바람 속에 네 일 봐주자고 다시 옷 걸쳐 입고 나오려 하겠느냐. 아서라, 아서!"

나이가 아래뻘인 금니 쪽이 짐짓 그의 고집통을 나무라고 드는 것을 만류하고 나서며 개털 깃 점퍼 아저씨가 뒤미처 생각난 듯 진성에게 물어왔다.

"가만! 그보다 네가 아까 차를 내려서 바로 우리 사무실로 왔다

218

면 느네 집 호주의 도장도 없을 거 아니냐. 네가 재무계를 찾아가더라도 호주 도장이 없으면 증명서를 떼어줄 수가 없을 테니 말이다. 그래 지금 너 호주 도장은 가져왔냐?"

그러니 그것으로 모든 게 헛수고일 뿐이었다. 그는 물론 얼굴도 알 수 없는 아버지의 인장을 지녀왔을 리 없었고, 증명서를 떼는 데 그것이 그토록 중요한 절차라면 무엇보다 우선 참나뭇골 집으로 달려가 그 도장부터 가져오는 일이 급선무였다. 애초부터 길이 틀린 일을 두고 더 이상 애꿎은 어른들을 상대로 시간을 허비할 수가 없었다.

진성은 마침내 이날 안으론 모든 걸 단념하고 참나뭇골 집으로 어머니부터 찾아가기로 작정했다. 집에서 어머니와 하룻밤을 지내고 다음 날 아침 일찍 도장을 가지고 나와 면사무소로 오든지 그 저수지께 동네로 재무계 사람부터 먼저 찾아가든지 할 생각이었다. 일이 좀 일찍 되든지 늦어지든지, 증명서고 차 시간이고 이제는 모든 걸 하늘의 뜻에 맡기고 일 되어가는 대로 따를 뿐 다른 선택의 여지가 없었다. 앞뒤 순서를 알지 못한 자신의 실수로 공연히 어른들에게 긴 시간 헛수고를 시킨 것이 부끄럽고 미안할뿐더러, 뒤늦게나마 그 실수를 일깨워준 어른들의 걱정을 덜어주기 위해서라도 이제는 더 시간을 지체할 수가 없었다. 일을 그렇게 정하고 나니 차라리 마음이 조금 편해지기도 하였다.

그래 진성은 난로 앞 어른들에게 내일 아침 일찍 도장을 가지고 다시 오겠노라, 꾸벅 자신에 대한 다짐 겸 당부의 인사를 남기고 서둘러 면소 문을 나섰다.

"애, 오늘은 기왕 일이 늦어졌으니 추운 밤길 여기 이 난롯불에 몸이나 더 녹이고 가거라."

나이 든 개털 깃 점퍼가 새삼스럽게 권했지만, 이제는 이미 바깥이 어둑어둑해져오기 시작하여 그럴 여유가 없었다.

면소 동네 장터거리에서 참나뭇골까지 10여 리 길은 잠시 뒤 버스 길이 갈라지는 데서부터 오르락내리락 좁은 산길이 대부분이었다. 그것도 길목 굽이마다 마을 사람들이 늦은 밤길을 드나들며 산짐승이나 도깨비 따위를 만나 큰 곤욕을 치렀다는 곳이 허다했다. 무엇보다 옛날부터 인근 동네에서 어린 갓난쟁이가 죽었을 때 그 시신을 땅에 묻지 않고 짚 오장치 속에 담아 높은 나뭇가지에 걸어 썩어가게 했다는 애기봉께의 검은 소나무 숲 아랫길을 혼자 지날 때면 대낮에도 으슬으슬 오금이 저려오곤 했다.

하지만 진성은 그 어두운 밤 산길을 가지 않을 수 없었다. 그는 면소 문을 나서자 곧장 신작로를 내달려 산길로 들어섰다. 그리고 쌩쌩 추운 산 바람기를 가르며 내처 발걸음을 재촉해갔다. 사방은 어둠이 점점 더 짙어갔고, 숲 속에선 쏴쏴 차가운 솔바람 소리만 음산했다. 몰려오는 허기와 매운 바람기 때문에 두 뺨이 얼얼해지고 찔끔찔끔 눈앞이 흐려오기도 했지만, 그는 잠시도 발걸음을 멈춰 쉴 수가 없었다. 긴장되고 다급한 마음에 실상은 배고픔이나 두려움조차 느낄 틈도 없었다. 검은 숲 그림자에 이따금 저도 모르게 소스라쳐 놀라게 될 때도 있었지만, 그때마다 그는 초등학교 적 어머니와 함께 장거리를 오가며 익혀둔 그 길의 기억을 떠올리며 자신의 두려움을 달랬다. 그는 초등학교를 면소 동네가 아닌 바닷가 회진 포구 쪽으로 다녔기 때문에 자주 오가지는 못했지만, 5일에 한 번씩 열리는 이쪽 대흥 장날이면 어머니의 갯거리나 봄동 따위 광주리를 나눠 지고 이 길을 오간 일이 많았기 때문이다. 그 어머니와 함께 오가던 길을 떠올릴 때는 어머니와의 이런저런 추억도 떠올렸고, 잠시 뒤면 만나게 될 식구들의 뜻밖의 반가움이나 놀람도 함께 떠올렸다. 그리고 그런저런 상상과 서두름 끝에 그는 어느새 산길을 모두 지나 드디어 그의 옛 고향 동네 참나뭇골 초입께까지 이르렀다.

진성은 산길 아래로 마을이 시작되는 그 초입 집 사립 앞에서 비로소 걸음을 멈춰 섰다. 그리고 잠시 가쁜 숨길을 가라앉히며 희미한 불빛이 새어 나오는 그 집 안방 창지문을 넘겨다보았다. 힘든 산길을 벗어나 낯익은 마을길로 들어서고 보니 그새 몸을 조여오던 긴장기가 풀리며 피로감이 몰려들 뿐 아니라, 그 집 창지문 불빛이 유달리 반가웠기 때문이다.

종배 아재, 권종배 아재…… 젊은 시절 무논 쟁기질을 하다가 잘못 보습 날에 발을 찍혀 늘 걸음을 절뚝이고 다니던 종배 아재는 원래 어머니가 진성이네 가문이라서 집안이 그리 벌족하지 못한 진성네에게는 성씨가 다른 척간치고 퍽 마음에 가까운 어른이었다. 그 집이 바로 그 종배 아재네 집이었다. 게다가 진성이 3년 전 어머니와 K행 차를 타러 아침 일찍 그 집 앞 길목을 지나갈 때, 그 종배 아재가 어느새 기척을 알아채고 불편한 몸에 절뚝절뚝 사립 밖으로 쫓아 나와 예상찮은 노잣돈까지 쥐여주던 고마운 기억이 남아 있었다.

"이거 몇 푼 안 된다마는 큰돈으로 알고 차비에 보태거라. 그리고 기왕에 작정을 하고 나서는 길, 고생이 되더라도 열심히 공부해라. 그러다 보면 언젠가는 다시 네 어머니랑 금숙이랑 오순도순 함께 살게 될 날이 올게다."

진성은 아직도 호롱불 빛이 물든 창지문 안에서 종배 아재의 따스한 목소리가 들려 나오는 것만 같았다. 게다가 종배 아재는 늘 불편스러운 걸음걸이 때문에 바깥나들이가 많은 농사일 대신 집 안에 들어앉아 이런저런 손재간질을 많이 익혀, 평소엔 마을 사람들 이발사 노릇을 해오면서도 더러는 급한 사람 도장 새겨주는 일까지 대신해왔던 게 생각났다. 그러고 보니 어머니가 어디 쓸 일이 있어 여태 그 종무소식이 된 아버지의 도장을 온전히 간수해왔는지도 알 수 없었다. 집 안에서 만약 그걸 쉽게 찾아낼 수 없다면, 그 역시 종배 아재의 신세를 져야 할 일이었다. 그래 진성은 누이 금숙의 편지를 받고서도 늘 미심쩍게 여겨지던 어머니나 집안 사정도 미리 알아갈 겸, 사립문을 밀고 그 아재네 집부터 인사를 여쭈러 들어갔다.

그런데 그쯤에서 진성이 종배 아재의 일을 떠올리고 집을 찾아들어간 것은 어려운 여정 중에 생각보다 잘한 일이었다.

"아니, 너 우리 진성이 아니냐? 네가 웬일이냐. 이 어두운 밤중에!"

진성의 바깥 기척에 방문을 열고 나온 종배 아재는 예상치 못한 그의 출현에 무척 놀라면서도 그를 반갑게 맞아주었다. 하지만 진성을 방 안으로 데리고 들어가 따뜻한 아랫목에 자리를 잡아 앉히고 나서 그간의 자초지종을 듣고 난 아재는 차츰 얼굴빛이 흐려지기 시작했다.

"허, 그 참 장하고 고마운 일이구나. 그건 그렇고. 그런디 이 일을 어쩐다? 네 식구들이 지금 아무도 집에 없을 테니 말이다."

그 아재가 마른 입술을 빨아가며 일러준 사연인즉, 금숙은 진작 학교를 그만두고 장터거리 음식 가게에서 먹고 자며 심부름 일을 하고 있고, 어머니는 지난해 겨울께부터 동네 여자들과 완도 쪽 섬 마을로 들어가 여태껏 굴 까는 일에 매달려 지내고 있다는 것이었다.

"살림들이 워낙 쪼들리는 형편이다 보니 어른이고 아이들이고 제집 일거리 없다고 그냥 손발 개고 앉아만 있을 수 없어 온 동네가 다 그 모양이구나. 네 누이 금숙이 일은 그나마 마른자리 일이라 견딜 만한가 보더라만, 네 어머니뿐 아니라 이 동네 여자들 그 매운 해변 바람 추위 속에 무슨 고생들이냐. 봐라, 나도 지금 네 아짐을 딸려 보내고 혼자서 생홀아비 꼴로 지내고 있구나."

탄식기 섞인 말투 속에도 아재는 어딘지 그를 안심시키고 싶은 듯 당신 자신의 궁색한 형편을 포함해 온 동네 사정을 싸잡아 털어놨다. 그러곤 진성이 채 부탁을 꺼내기도 전에 자신이 먼저 도장 일을 맡고 나서주었다.

"그러니 네가 곧장 집으로 가지 않고 우리 집엘 들어온 것은 그나마 다행 아니냐. 문고리만 잠겨 있는 빈집 찾아 들어가 봐야 식구들도 만날 수 없고 도장도 찾을 수 없을 테고. 그러니 오늘 밤엔 여기서 나하고 함께 지내고 내일 아침 일찍 길을 되짚어 나서도록 하거라. 내 걸음걸이가 불편하지 않으면 널 함께 데려다주면 좋으련만, 이 몸으론 너를 쫓아가기도 힘들어 그리는 할 수 없고. 내 그 대신 오늘 밤 안으로 네 아버지 인장은 새겨놓을 게니 그 일은 안심하고."

진성은 고맙고 다행스럽지 않을 수 없었다. 사정이 그리된 판에 어머니나 금숙을 만날 수 없는 서운함 따위는 문제가 아니었다. 그 무엇보다 도장 일이 우선 급했다. 다른 일은 도장 일과 재산세 증명서 일이 제대로 처리되고 나서 틈이 좀 생기거나 다른 기회에 생각해도 될 것이었다. 당신 말마따나 종배 아재를 먼저 찾은 것이 천만다행이었다. 그런 사정을 모르고 아무도 없는 빈집을 찾아들었다 얼마나 혼자 놀라고 앞일이 난감했을 것인가……

"그런디 너 아직 어디서 저녁도 못 얻어먹었겠구나."

말을 하지 않아도 종배 아재는 미리 알아서 진성에게 손수 간단한 저녁 요기까지 시켜주었다.

그리고 진성이 굴을 넣은 더운 매생이 국 한 사발에 식은 고구마 밥덩이를 맛있게 먹는 동안 자신은 조그만 탁자 서랍에서 헌 도장을 찾아내어 원래의 이름을 깎아내고 당신이 알고 있는 아버지의 새 이름을 새겨 넣기 시작했다.

"밥상은 그냥 거기 윗목에 밀쳐두고 그냥 좀 누워 쉬거라. 내가 이따가 알아서 치우마."

저녁을 먹고 나선 아재의 당부대로 방 한쪽 구석에다 상을 밀쳐둔 채 아랫목 이불자락 밑으로 발을 밀어 넣고 드러누웠다. 그러곤 희미한 호롱불 아래 새 도장을 새기고 있는 종배 아재를 바라보며 혼자 생각에 잠겼다.

'이 동네 사람들은 마음들만 착했지 어째 이렇게 가난하고 못사는가. K시 같은 도회지 사람들은 저렇게 아등바등 기를 쓰지 않아도 잘 먹고 잘 입고 큰소리치며 사는데. 그럴수록 나는 어서 고등학교라도 나와서 우리 식구들을 도와야 하는데…… 우리 식구만이 아니라 저 인자스런 종배 아재, 이 추운 날씨에 어머니랑 함께 섬 마을까지 굴을 까러 간 아짐이랑 동네 여자들 모두를 위해……'

문득 이제라도 아랫동네께 그의 집을 한번 둘러보고 올까 싶은 생각이 들기도 했다. 하지만 어머니도 금숙도 없는 썰렁한 빈집 꼴을 떠올리곤 이내 그것을 단념하고 말았다. 자신이 무슨 부끄러운 허물을 지고 들어온 듯 어두운 골목길을 오가다 행여 동네 아는 사람이라도 마주치게 될 일이 공연히 마음을 무겁게 하기도 하였다. 하지만 뭐니 뭐니 해도 우선 도장 일에 마음을 놓게 된 데다 늦은 저녁 요기 끝이라 노곤한 식곤증까지 몰려들어 새삼 몸을 움직이고 나설 엄두가 안 났다.

'내일 새벽부터 일찍 서둘러야 하니까 오늘 밤은 그냥 눈을 붙여 두는 게 좋겠지……'

그런 생각조차 채 끝나기 전에 그는 어느 결엔지 까마득한 잠 속으로 파묻히고 만 것이었다.

3

이튿날 새벽, 진성은 어둠 속에서 제풀에 깜짝 놀라 일찍 잠이 깨었다. 잠을 깨고서도 곤히 잠들어 있는 종배 아재가 어려워 한동안 그대로 날이 밝기만 기다렸다. 종배 아재네도 시계가 없으니 지금이 몇 시쯤 되었는지 시간을 알아볼 수도 없었다. 그런데 어느 결에 알았던지 종배 아재도 곧 잠이 깨어 누운 채로 알은척을 해왔다.

"곤할 텐디 좀 더 자지 않고 그러냐. 내 날이 새면 늦지 않게 깨워줄 건데."

하지만 기왕 잠이 달아나버린 진성은 무작정 그러고 날이 밝기를 기다리고 있을 수가 없었다.

"아니에요. 이젠 됐어요."

그는 아예 자리에서 벌떡 일어나 버리며 어둠 속으로 종배 아재를 살폈다.

"지금 몇 시쯤 됐을까요. 곧 날이 샐 것 같으면 지금 일어나 갔으면 좋겠어요. 면사무소 문 열리기를 기다리려면 차 시간이 너무 늦어질 테니, 방죽께 동네로 재무계님을 직접 찾아가보게요."

"아니, 아침 요기도 좀 하지 않고 이 어둠 속을 빈속으로 말이냐? 새벽닭이 이미 두 파수나 울었으니 조금만 기다리면 곧 날이 샐 텐데."

진성의 결심을 알아차린 종배 아재도 이젠 그대로 자리에서 일어나 앉으며 부스럭부스럭 호롱불을 찾아 밝혔다. 그리곤 이른 요 깃거리라도 덥혀 들어오려는 듯 방문을 열고 나서려는 그를 진성이 다시 불러 세웠다.

"아재, 도장은 다 만들어두셨어요? 그것만 주시면 전 지금 그냥……"

반 애원에 가까운 그의 목소리에 종배 아재는 다시 문을 닫고 들어와 탁자 서랍에서 새로 새긴 도장을 꺼내 건네주었다.

"여기 있다. 잘 새기진 못했다만, 언제 또 소용될지 모르니 오늘 쓰고 그냥 네가 간직하고 가거라. 하지만 이 어둠 속을 어떻게 어린것이 너 혼자 나선다고……"

도장을 건네주고 나서도 아재는 제물에 난감해져 입술을 빨고 있었다.

"괜찮아요. 어젯밤에도 저 혼자 들어온 길인걸요. 그리고 오늘은 조금만 가다 보면 날이 샐 거구요."

"그래, 알았다. 네 각오가 정 그렇다면 내 이 뒷산 고갯길까지만 함께 따라가주마. 아마 거기쯤 가다 보면 날도 제법 밝기 시작할 테니까."

그러면서 이번에는 아재 자신이 먼저 이것저것 옷가지들을 챙겨 입기 시작했다.

"괜찮아요. 아재. 저 혼자 갈 테니 아재는 다리도 불편하신데 그냥 집에 계셔요."

다행이 도장을 일찍 얻어 지니고 가는 판에 더 바랄 게 없는 진성은 진심으로 사양했지만, 아재도 이번엔 물러서려질 않았다.

"괜찮다. 이런 네 어려운 사정을 알면서도 노자 한 푼 보탤 수 없는 처지가 이렇게 가슴이 쓰린데 그마저 못해서야 내가 어디 사람……"

말끝도 미처 맺지 못한 채 기어코 길을 함께 따라나설 기세였다.

진성도 이젠 더 어쩔 수가 없었다. 그는 간밤 자리에 들면서 머리맡에 벗어놓은 저고리를 챙겨 입고 간단히 방문을 앞장서 나섰다. 그리고 '하늘에 구름이 짙게 끼었다만 그런대로 오늘 아침엔 날씨라도 좀 포근해 다행이구나' 혼잣소리를 흘리며 무심스레 방문을 따라나서는 아재를 향해 불쑥 작별 인사를 건넸다.

"아재, 그럼 안녕히 계셔요. 이제 제 일은 걱정하지 마시구요."

"아니, 그럼 너……!"

불의에 아재가 놀라는 소리와 함께 그를 향해 황급히 손을 휘저어대는 것 같았지만, 진성은 그쯤 뒤도 돌아보지 않고 재빨리 사립을 빠져나와 집 뒤쪽 고갯길을 향해 어둠 속으로 감감 모습을 감춰들어가버렸다. 그리고 아재가 더 이상 따라올 엄두가 나지 않을 만큼 산길을 한참이나 달려 올라가고 나서야 진성은 아직도 사립 앞에 몸을 돌이키지 못하고 서 있음에 분명한 종배 아재의 먼 목소리를 들었다.

"그래, 진성아, 그럼 부디 어두운 산길 조심해라. 그리고 장터에서 일 잘 보고 가거라. 이제 곧 날이 밝을 게다."

어둠 녘 새벽부터 일을 서두른 탓에 장터거리 면소에서는 다행히 예상보다 일이 일찍 끝난 편이었다.

장터거리까지 나가는 산길 중간쯤에선 깊은 구름장 속으로나마 날이 밝기 시작했고, 아닌 게 아니라 간밤과는 딴판으로 제법 남녘 고을 날씨답게 찬바람기가 가신 길을 거기서부터는 거의 내달리다시피 하여 단숨에 면소까지 당도했다. 처음에는 바로 저수지께 동네로 재무계 직원을 찾아갈 요량이었지만, 전날 저녁 미처 그의 이름을 알아두지 못한 데다 그 방죽께 동넨 어차피 장터거리를 지나 있어 우선 면소 사무실부터 들른 것이었다. 그 면소에 도착해 보니 사무실 벽시계가 아직 아침 7시 전이었다.

　한데다 이날은 그 면소에서도 일이 썩 잘 풀려나갔다.

　"아따, 그 모진 녀석, 너 정말 간밤에 그 먼 산길을 혼자 다녀온 게냐?"

　행여나 하는 생각으로 면소 사무실의 잠긴 문짝을 두드리자 안에서는 다행히 전날의 개털 깃 점퍼 아저씨가 숙직으로 남아 있다, 아직 속셔츠 차림으로 뒤쪽에 붙은 좁은 샛문을 열어주며 몹시 놀라워했다. 그리고 어김없이 새 도장을 파가지고 온 진성이 대견스럽고 안됐던지 속셔츠 차림 그대로 사무실로 들어가 청하지도 않은 쪽지 한 장을 써주며 뜻밖의 선심을 베풀었다.

　"자, 지금 바로 이걸 가지고 저수지 동네로 달려가 김승수 재무계님을 찾아 보여드려라. 네 급한 사정을 들어 내가 특별히 부탁을 드렸으니 그 사람 좀 일찍 나와주실 게다. 그래도 냉큼 네 부탁을 안 들어주시거든 어제처럼 네 지독한 고집통을 한번 들이대보구."

　재무계 아저씨를 데리고 나올 요량까지 일러주는 격려에 더욱 힘을 얻은 진성은 쪽지를 받아 쥐고 쏜살같이 방죽께 마을로 달려갔다. 그런데 그 쪽지에 무슨 말이 씌어져 있었던지 어렵잖게 찾아 만난 재무계 아저씨도 처음엔 이른 아침 느닷없이 들이닥친 그를 보고 잠시 눈살을 찌푸리는 눈치더니 이내 쪽지의 글을 읽고 나선, '거 사람하곤, 자기 숙직 일이나 얌전히 끝낼 일이지 이른 아침부터 웬……' 하고 혼잣소리처럼 투덜대면서도 천천히 방 안으로 들어가 무엇인가를 찾아 들고 나와 그에게 건네주며 은근한 생색과 함께 당부 소리를 일러왔다.

"자, 이거 내 책상 서랍 열쇠다. 나는 아직 잠도 다 깨지 못했으니 이걸 그 아저씨한테 갖다 주고 대신 증명서를 떼어달래라. 서랍 속에 서류 양식이랑 직인이 들어 있으니 그 사람더러 알아서 찾아 해달라고, 규정대로라면 아침부터 이런 경우에 없는 노릇 생각도 못할 일이다만, 그 아저씨 부탁도 있고 해서 이건 특별히 네 급한 사정을 도우려는 것이니, 면소까지 가는 길에 이 열쇠 단단히 간수해가고."

그가 직접 나서주지 않고 서랍 열쇠만 내주는 걸 보고 진성은 처음 그러다 어디서 또 일이 잘못되면 어쩌나 걱정스럽기도 했지만, 어찌 생각하면 아저씨 처지에선 그만만 해도 천만다행 고마운 배려가 아닐 수 없었다. 그가 규정대로 면소 문이 열릴 시각까지 자기 출근을 기다리라면 어쩔 뻔했는가. 아슬아슬한 일이 아닐 수 없었다. 게다가 아저씨가 직접 출근을 앞당겨 길을 함께 나서준대도 진성 혼자서 길을 뛰어가는 것보단 시간이 훨씬 늦어질 게 뻔했다. 다른 일만 생기지 않는다면 그에겐 무엇보다 조금이라도 시간을 덜 먹는 쪽이 나았다. 그리 생각하니 아닌 게 아니라 아저씨가 사무실 규칙까지 어겨가며 어린 진성을 위해 서랍 열쇠를 내주고, 숙직 직원에게서 서류를 대신 만들어가게 한 것은 참으로 잘된 일이 아닐 수 없었다.

진성은 새삼 고맙고 다행스런 마음에 그 재무계 아저씨에 대한 인사를 끝내자마자 벅차오르는 숨결을 참으며 한달음에 면소까지 다시 뛰어갔다. 그리고 그를 기다리고 있던 개털 깃 점퍼 아저씨로부터 싱거울 정도로 간단히 증명서(그것은 담임선생님의 예상대로 '재산세 증명서'가 아닌 '재산세 무과세 증명서'였다)를 떼어 받았다.

재산세 무과세 증명서.
1953년부터 1955년까지 3년간 재산세 과세 및 납부 실적 없음.

개털 깃 점퍼 아저씨가 이것저것 서류를 뒤져보고 진성에게 대신 만들어준 서류에는 그런 내용 아래 다시 이렇게 적혀 있었다.

재산세 부가 기준액 미달 가구.

하고 보니 진성은 이날 일이 어쩌면 생각보다 훨씬 잘 풀려나갈 것도 같았다. 지내는 곳을 알 수 없는 누이 금숙을 찾아볼 틈이 없는 것이 아쉽기는 했지만, 그보단 모든 일을 한 시간 정도 만에 끝내고 8시에 출발하는 버스를 일찍 탈 수 있게 된 것도 그랬고, 아심찮이 제법 포근한 날씨에 전날과는 달리 버스가 장흥 읍내까지 백 리 가까운 아침 길을 단숨에 잘 달려준 것도 그랬다. 차가 장흥

읍 정류소에 들어선 것이 10시쯤이었으니 앞으로 남은 K시까지는 2백여 리 거리에 다섯 시간 정도의 시간 여유가 있었다. 남은 찻길에 또 어제 같은 탈만 생기지 않고 계속 내달려준다면, 입학 등록 사무를 마감한다는 이날 오후 3시까진 어쩌면 무사히 서류를 가져다 낼 수 있을 것 같았다.

그런데 끝내는 원망스러운 것이 날씨였다. 밤사이에 갑자기 포근해진 날씨가 실은 화근이었다. 아니, 말썽의 단초는 차가 장흥 읍내에 가까워질 무렵부터 이미 조짐을 드러내기 시작한 셈이었다. 구름 덮인 하늘에 날씨가 썩 포근한 것이 눈을 내릴 징조였던 모양으로, 언제부턴지 차창 밖으로 희끗희끗 눈발이 스치기 시작했다. 그러다 차가 읍 성내로 들어서면서부터는 길거리까지 하얗게 뒤덮여가고 있었다.

하지만 진성은 그걸 보면서도 아직 별다른 걱정을 하지 않았다. 차가 정류소로 들어서 정지해 섰을 때도 전날 오후 가슴에 숨긴 돈주머니를 털린 아주머니가 아직도 소매치기를 찾고 있는지 창밖으로 눈을 두리번거리고만 있었다. 그리고 아주머니는 눈에 띄지 않는 대신 새로 차에 오를 사람들이 다투어 문 앞으로 몰려드는 것을 내다보고 앉아 그중에 혹시 전날의 소매치기가 섞여 있지 않나 싶어 주머니 속의 무과세 증명서를 한 번 더 단단히 단속했을 뿐이었다.

그런데 바로 거기서부터 사단이 터지고 말았다. 그때 정류소 사무실로부터 젊은 청년 하나가 문 앞에 몰려든 사람들 사이를 뚫고 급히 버스로 오르더니 운전사나 조수를 제치고 거두절미 일방적으로 통보했다.

"여기, 제 말씀 좀 들어주시오이. 다름 아니라, 이 차 당분간 출발을 못하게 됐구먼이라이. 지금 보시다시피 우리 장흥 쪽엔 눈이 그다지 심하지 않지만, 영암 월출산 쪽은 새벽에 내린 눈으로 찻길이 다 막혀버려, 우리 차도 돈밧재 고갯길을 넘어갈 수가 없게 되었으니께요. 그러니 그리들 아시고 갈 길이 바쁜 손님은 여기서 차를 내려 다른 방도를 알아보시고, 길이 뚫리기를 기다릴 분들은 그쪽 날씨가 갤 때까지 여기서 볼일들 보시면서 천천히 기다려주셔야겠구먼이라. 다들 아셨지라우?"

예상치 못한 간밤의 눈사태에다 이날도 그 돈밧재 고갯길이 또 말썽이었다. 이른 아침 찻길을 나섰다면 다른 사람들도 대개 마찬가지였겠지만, 진성에겐 정말 청천벽력 같은 소리였다. 아니, 정류소 청년의 갑작스런 통보엔 진성이나 다른 승객들뿐 아니라 핸들을 안고 앉아 느긋이 창밖의 새 손님들이 차에 오르기를 기다리고 있던 운전사까지도 전혀 뜻밖으로 믿을 수가 없는 모양이었다.

"아니, 뭐! 눈이 얼마나 내려 쌓였길래 찻길이 아예 다 막혀버렸단 말여?"

웅성웅성, 졸지에 난감한 처지를 당한 손님들의 떠들썩한 목소리 사이로 운전사가 앞장서 큰 소리로 물었지만, 정류소 청년은 그저, "우리가 알아요? 우리야 어떻게든 차를 내보내고 싶지만, 아까 한 시간쯤 전부터 경찰 통제가 시작되어 이럴 수밖에 없어 그러지라. 보시라고요. 지금 다른 차들도 다 같은 사정이라니께요. 그러니 기사님도 차 한쪽으로 대놓고 차분히 날씨가 좀 들어 경찰 통제가 풀리길 기다리시오이" 하고 몇 마디를 남기곤 휑하니 먼저 차를 내려가버렸다.

그러고 보니 과연 정류소 광장엔 다른 버스들도 손님을 다 내려 버린 채 눈발 속에 그대로 발이 묶여 서 있었다. 사람들은 아직도 그 빈 차 주위를 행여나 하고 기웃거리며 우왕좌왕하고 있었다. 그런 광경을 보니 진성은 이제 아예 할 말이 없었다.

'이젠 다 틀린 일이구나…… 이대로 곧 탈 없이 K시까지 달려가 준대도 시간이 될까 말까 하는 판에.'

지금까지의 모든 일이 결국 헛수고로 끝난다고 생각하니 진성인 새삼 눈앞이 깜깜해오며 더 이상 아무 생각도 할 수가 없었다.

'혹시 다른 차라도 가는 편이 없을꼬?'

운전사도 조수 청년도 이미 자리를 비우고 내려가버린 터에 다른 길이 없어진 손님들도 서둘러 차를 내려 정류소 사무실로 사정을 알아보려 달려가고들 있었지만, 진성은 그도 저도 엄두를 못 낸 채 한동안 그 자리에 넋을 놓고 앉아 있기만 하였다. 갈수록 기세를 더해가는 창밖의 눈보라 따윈 이제 아랑곳도 하고 싶지 않은 막막한 심사 속에.

그런데 그렇게 얼마쯤 시간이 지났을까. 이제 학원 사무실로 담임선생님을 만나러 가기는 이미 틀려버린 시각이었다. 하지만 다시 생각해보니, 이제라도 차가 좀 일찍만 떠나준다면, 그리고 거기서나마 운이 좀 따라준다면, 굳이 담임선생님을 만나러 학원에 들르지 말고 차를 내리는 길로 바로 학교로 달려간다면 어찌어찌 간신히 시간을 대어갈 수도 있을 것 같았다. 차가 언제 다시 떠날지는 알 수 없었지만, 이제는 거기밖에 희망을 걸 수가 없었다. 시간이 정 늦어지더라도 그 학교 사람들에게 그가 직접 무슨 사정(시간이 되어도 진성이 나타나지 않으면 담임선생님이 그쪽에 미리 그런 전화를 해놓을 수도 있었다)을 해보자면 지금이라도 차가 될수록 일찍 떠나줘야 했다. 그렇듯 진성이 이제라도 다시 길이 풀려 차가 조금이라도 일찍 떠나주기만을 간절히 빌고 있을 때였다.

"넌 이 차 내리지 않는 거냐?"

문득 그를 일깨우는 소리에 정신을 차리고 보니, 차 안은 이미 텅 비어 있는데, 차에서 내려갔던 운전사 아저씨가 옷깃의 눈을 털며 차 문을 들어서다가 그를 발견하고 묻고 있었다.

"이 차 다시 가는 거예요?"

진성은 반가운 김에 대답 대신 그것부터 물었다. 운전사 아저씨는 여태도 차를 내리지 않고 기다리던 진성의 조급스러운 물음에 그의 딱한 사정을 짐작한 듯 자기 대답부터 하였다.

"아니다. 눈이 너무 쌓이지 않게 다른 차부 안으로 옮겨다 놓으려는 거다. 그런데 넌 어린 게 어디 몹시 급한 일이 있는 게로구나. 차도 내리지 않고 계속 버티고 앉아 있는 걸 보니. 어디냐, 가는 곳이? K시까지냐?"

대답 끝에 이쪽 사정과 가는 길까지 물어주었다.

그 목소리에 어딘지 어른다운 인정기가 묻어 있었기 때문일까. 차가 다시 떠날 가능성은 그것으로 더욱 멀어진 셈이었지만, 진성인 왠지 그 아저씨에게서 문득 어떤 어슴푸레한 한 줄기 희망의 빛이 보이는 것 같았다.

"예, K시까지예요. 오늘 낮 2시까진 꼭 K시까지 가야 해요. 오늘 3시까진 무슨 일이 있어도 제 고등학교 입학 서류를 내야 하니까요."

진성은 어딘지 미더운 느낌이 드는 운전사 앞에 황급히 자신의 사정을 털어놓았다. 생각 같아선 그의 팔을 붙잡고 한사코 애원을 하고 싶기도 했지만, 날씨가 날씨인 만큼 그쯤에서 부질없이 조급한 마음을 꾹 눌러 참아둔 채였다.

그런데 그때, 운전사가 그런 진성의 속마음까지 읽어낸 듯 비로소 차를 내리려 일어서려는 그에게 뜻밖의 소리를 해왔다.

"K시엘 2시까지라…… 차가 지금 바로 출발한대도 그건 어렵겠는데…… 하지만 혹시 모르니 이 차 내리지 말고 좀 기다려보거라."

애매한 혼잣말 끝에 진성에게 일러온 어조가 분명 새로운 희망을 가져볼 만한 소리였다.

게다가 아저씨는 그대로 진성을 태운 채 어느 함석지붕 건물 안으로 차를 몰고 가 세우고는 진성에게 다시 한 번 가슴을 뛰게 하는 당부를 남기고 돌아갔다.

"어디 멀리 가지 말고 이 근방에서 기다리다가 차가 다시 떠날 기미가 보이면 너도 빨리 올라타도록 해라. 누구 덕인지 모르겠다만, 이런 날씨에 넌 그래도 재수가 있는 쪽에 들지 모르니 다른 사람들 눈치채지 못하게. 어디 따로 갈 데 없으면……"

운전사 아저씨의 말처럼 진성은 차를 내려 어디서 다른 방도를 알아보거나 찾아갈 데도 없었다. 확실한 데는 없었지만, 다른 사람들 눈치를 경계하는 아저씨의 아리송한 말투에 오히려 인정 어린 믿음이 느껴져 계속 그 창고 속처럼 어두컴컴한 차 칸을 지키고 앉아 있었다.

그런데 겨우 오줌만 한 차례 누고 와서 반 시간가량 혼자 떨고 앉았다 보니, 어느 때쯤서부턴지 한 사람 한 사람 눈을 털며 창고 안으로 차를 찾아 들어오는 사람들이 있었다.

"허, 그 녀석! 너도 참 눈치 한번 빠르구나. 넌 어디서 이 차가 간다는 소식을 알았냐?"

맨 먼저 차로 오르는 사람이 그를 보고 감탄하는 소리를 들으니, 아닌 게 아니라 그의 희망은 헛되지 않아 차가 다시 길을 나서기는 할 것 같았다. 그리고 그새 어디선지 기미를 알아챈 사람들이 줄을 이어 계속 창고를 찾아들었다. 오가는 소리를 들으니, 더러는 좀 전 차에서 내렸다가 눈치껏 다시 찾아온 사람도 있었고, 더러는 다른 차에서 내렸거나 새로 길을 나선 사람이 운전사 아저씨나 정류소 사무실에서 특별히 은밀한 귀띔을 받고 오기도 했다. 그런 사람들이 늘다 보니 차 안은 어느새 만원을 이루기 시작했고, 그런 가운데에 어떤 사람들은 어렵사리 차를 얻어 타게 된 행운과 고마움을 실없는 농담 속에 주고받기도 하였다.

"이 차 운전사, 오늘 혹시 지 마누라 K 시내에 해산 날 잡아놓은 거 아녀? 이런 험한 날씨에 자기 혼자 아심찮이 차를 몰아주겠다니 말여."

"아니면 어디 시앗 약속이 있거나 조상 제삿날쯤 되든지, 허허!"

그리고 그쯤에선 운전사 아저씨와 조수 청년까지 돌아와 정말로 다시 길을 나설 채비를 시작했다.

그런데 운전사는 왠지 그러고도 한참이나 차를 움직일 생각을 하지 않고 운전대에 턱을 괴고 앉아 있었다.

"운전사 양반, 이제 자리도 다 찼는데 차를 출발하지 왜 그러고 있어요?"

누군지 운전사에게 재촉을 했지만 그는 여전히 한가한 소리였다.

"조금만 더 기다리세요. 진짜 와야 할 사람이 아직 안 와서 그러니께요."

그가 눈짓으로 가리키는 곳을 보니 사람들이 붐비는 통에 진성은 여태 모르고 있었지만, 언제부턴지 운전사 뒤쪽으로 자리를 옮겨와 있는 그의 건너편, 조수 청년이 지켜 선 출입구에서 두 번째 '비상구'라는 붉은 글씨가 씌어져 있는 유리창 아래 두 자리가 나란히 비어 있었다. 그러고 보니 운전사나 조수 청년은 차중에서 제일 안전하고 편한 그 자리를 미리 잡아두고 누군가를 기다린 모양이었다.

"그 사람 누군디 이렇게 차를 잡아놓고 사람들을 기다리게 만드는 거요? 이렇게 늑장을 부리는 걸 보니 길이 급한 사람도 아닌 모양인디 우리끼리 그냥 가버리면 안 되겠소?"

잠시 뒤 진성보다도 더 마음이 조급한 사람이었던지 기다리다 못해 불평 섞어 다시 재촉을 했지만, 운전사는 오히려 그러는 그를 나무라는 어조였다.

"그 양반이 안 오시면 이 차가 떠나질 못합니다. 그 어른이 누군데 그러시오. 이 눈길에 이 차가 누구 덕에 떠나게끔 되었는데요. 이게 다 그 어른 막중한 회의 일로 K시엘 가시게 된 덕분인 줄이나 아시고 감사한 마음으로 조금만 더 기다리시오들. 모르면 몰라도 그 어른도 갈 길이 못지않게 급하실 테니 말이오."

그가 누군지는 말하지 않았지만 연방 그 어른, 그 양반 소리를 들먹여대는 운전사의 말을 들어보니 고을에서 여간 지위가 높고 힘이 있는 사람이 아닌 것 같았다.

진성은 어쨌거나 그 사람이 고맙지 않을 수 없었다. 그래 누구보다 조급한 마음을 꾹 눌러 참고 기다리고 앉아 있으려니, 거기서도 10여 분이나 시간이 더 지난 다음에야 검은 지프 차 한 대가 차고 앞에 멈춰 섰다. 그리고 점잖은 중절모에 말끔한 양복 차림을 한 어른과 서류 가방을 들고 뒤따르는 비서인 듯한 젊은이가 차를 내려 바로 버스로 옮겨 올라왔다.

"군수 영감님이시구먼. 허긴 군수나 되니께 이런 차편을 낼 수 있었겠제."

"그래, 덕분에 우리도 차를 탈 수 있게 됐지만, 이 눈 속에 무슨 중차대한 회의가 있길래 군수 영감님이 K시꺼지 이 어려운 길을 나서시는고?"

그를 보고 차 안 사람들이 수군거리는 소리에 진성도 비로소 그가 누구인지 알았다. 그리고 그동안 시간을 많이 허비했지만, 그 군수님이 중요한 회의를 위해 일부러 버스까지 내게 했다는 데에 얼마쯤은 마음이 놓이기도 하였다. 그렇듯 중요한 회의를 위해 일 부러 차를 내었다면, 운전사 말마따나 군수님도 그만큼 시간이 바 쁠 게 분명했고, 찻길도 이젠 더 늑장을 부리지 못할 터이기 때문 이었다.

그런데 그건 실상 진성이 너무 쉽게 마음을 놓은 셈이었다.

알고 보니 앞길은 갈수록 첩첩 태산이었다.

버스로 올라온 군수 일행이 그 출입문 뒤쪽 둘째 번 '비상구' 창 문 아래로 나란히 자리를 잡고 앉자 버스는 과연 더 지체 없이 금 방 출발했다. 그리고 그로부터 한동안 계속되는 눈발 속에서도 제 법 속력을 다해 달렸다. 이미 때가 많이 늦어지기는 했어도, 운전 사 머리 앞쪽 차 시계가 아직 11시를 20여 분쯤 남겨놓고 있어, 그 런 식으로 계속 탈 없이 잘만 달려준다면 이제라도 K시까진 늦지 않고 간신히 시각을 대어 갈 수도 있을 것 같았다. 군수가 뒤늦게 나타나 차가 출발할 때까지도 별 가망을 느끼지 못했던 진성에겐 그래 다시 한줄기 희망이 고개를 들기 시작했다.

그런데 그 차가 병영을 지나고 20분쯤 뒤 뽀얀 눈발 속으로 월출 산 봉우리를 건너다보며 영암 쪽으로 넘어가는 전날의 애물 고개 돈밧재를 다시 앞에 하고서였다.

부르릉 덜커덕 텅―, 아닌 게 아니라 무릎을 덮을 만큼 많은 눈 이 쌓인 산길을 조심조심 얼마 동안 힘겹게 올라가던 차를 끝내는 발동까지 꺼 세우고 나서 운전사가 조수 청년과 뒤쪽 사람들을 돌 아보며 차례로 말했다.

"아무래도 안 되겠다. 길이 너무 위험해서."

"미안하지만 여기서부터는 모두들 차를 내려 걸어서 고개를 넘어가주셔야겠구먼요. 보시다시피 눈발이 너무 쏟아져 앞길이 잘 안 보이는 데다 속에 묻힌 길바닥도 어디가 어딘지 분간이 안 가서 미끄러지기 쉽고요. 위험해서 그러니 차중도 좀 줄여줄 겸 여기 군수님하고 몸이 많이 불편하신 손님 계시면 그분들은 부득불 그냥 자리에 앉아 계시고, 다른 분들은 자신의 안전을 생각해서 가급적 그렇게 해주시오 예!"

그 운전사의 말은 거의 명령에 가까웠다. 추운 날씨에 눈보라 속을 걸어 고개를 넘기는 보통 힘든 일이 아니었지만, 누구도 그의 말을 따르지 않을 수 없었다.

"자, 어차피 걸어서 넘어야 할 양이면 어서들 내립시다."

운전사의 말대로 군수님 일행 두 사람과 나이가 많은 노인 몇 사람을 제외하곤 대부분의 승객들이 그럴수록 더 마음이 급해져 서둘러 차를 내렸다. 진성도 어른들을 앞서 일찌감치 차를 내렸음이 물론이었다.

"넌 그냥 앉아 있어도 된다."

진성이 차를 타고 있는지 어쩐지, 읍내에서 다시 차로 돌아와서부턴 거의 알은체 한번 건네지 않던 운전사 아저씨가 차를 내리려는 그를 보고 비로소 뜻밖의 말을 해왔지만, 진성은 어른들도 다 내리는 판에 나 어린 자신이 그러긴 염치가 없었기 때문이다.

하여 사람들을 거의 다 내려놓은 버스는 군수님(차를 내게 한 군수님은 당연히 그럴 권리가 있었다) 일행과 노인 몇 사람만 덩그러니 태운 채 그런대로 조심조심 산길을 제법 가볍게 앞장서 올라가기 시작했고, 목을 잔뜩 움츠린 사람들은 조수 청년을 선두로 세찬 눈바람을 피해 버스 뒤쪽으로 바짝 줄을 지어 붙어 깊숙이 새로 난 두 줄기 바퀴 자국을 쫓아갔다. 그리고 일행이 이윽고 고개를 넘어서면서부터는 차가 조금씩 속력을 내기 시작하여 사람들은 자주 미끄러지고 넘어지면서도 모두가 안간힘을 다한 끝에 무사히 고갯길을 넘을 수 있었다. 2킬로미터 가까운 오르내림 눈길에 시간도 처음 예상보다 덜 먹은 반 시간 남짓 만이었다.

하지만 산길을 내려와 앞에서 기다리고 있는 버스로 오르려다 보니 진성의 몰골은 말이 아니었다. 바짓가랑이와 겉옷이 거의 다 젖어들어 속살까지 선뜩선뜩 차가운 냉기가 느껴질 뿐 아니라, 물기가 스며든 헌 운동화짝은 너덜너덜 흰색이라곤 찾아볼 수 없는 걸레 꼴이 되어 있었다. 한데다 옷과 신발을 털고 차로 올라가 보니, 운전사 뒤쪽 그의 자리에는 이미 다른 아주머니가 먼저 올라와 앉아 있었다. 뿐인가. 아주머니는 읍내에서부터 내내 통로에 서서 왔던지 자기 앞에 머물러 서며 '여긴 제 자린데요' 주뼛주뼛 말하는 진성을 오히려 무참하게 나무랐다.

"넌 이 자릴 전세 내서 타고 댕기냐. 이런 버스에 니 자리 내 자리가 어딨냐. 오늘 같은 날은 먼첨 앉은 사람이 임자제. 넌 한참 다릿심도 좋을 어린 녀석이 여태 편안히 앉아 왔으니, 이젠 내가 좀 앉아 가자."

"거 아주머니 말씀이 옳소. 서서 온 사람하고 앉아 온 사람이 먼 길에 서로 조금씩 자리를 교대해가야 옳지러."

자리가 없이 통로에 계속 서 가게 된 어른들까지 진성을 나무라

듯 아주머니를 거들고 들었다.

그러고 보니 진성도 부끄럽고 미안했다. 시간 걱정 때문에 미처 생각지 못했던 일이지만, 그걸 알았다면 벌써 자리를 양보했어야 할 일이었다. 진성은 그러지 못한 자신이 민망하고 부끄러워 사과라도 하고 싶은 심정이었지만, 아주머니는 이미 창문 밖으로 눈길을 돌리고 앉아 있어 그럴 수도 없었다.

하지만 서서 가든 앉아 가든 이제 어쨌든 그런 건 도대체 문제도 아니었다. 중요한 것은 시간을 대어 가느냐 못 가느냐였다. 사람들이 다 올라타고 나서 버스는 이내 출발을 했지만, 잿길을 걸어 넘은 시간 때문에 운전사 앞쪽 시계가 이미 12시에 가까워져 있었다. 전날 K시에서 영암 근처까지 내려올 때 걸린 시간이 거의 세 시간 가까이 먹었던 걸 생각하면, K시까지는 시간이 아무래도 빠듯했다. 담임선생님이 기다리겠다던 학원 사무실까지라면 몰라도, 학원을 거쳐 등록 장소까지 마감 시각 오후 3시를 대어 가기는 한참이나 틀려버린 일이었다. 3시까지 담임선생님을 만나기에도 운이 퍽 좋아야 할 만큼 시간이 너무 모자랐다.

하지만 진성은 아직도 포기할 수 없었다. 시간이 늦으면 오늘 안으로 담임선생님이라도 만나야 했다. 그의 찻길이 여의치 않은 것을 알고 선생님이 미리 전화로 부탁하여 시간을 늦춰놓았을 수도 있었고, 그런 단속이 없었다면 그가 사무실에 도착해서라도 그걸 서둘러야 했다. 그간 담임선생님의 생각이나 말투로 미루어 그 학교 사람들과의 사이가 이날 늦게라도 증명서를 떼어 왔으니 진성이 달려갈 때까지만 시간을 기다려달라면 안 들어줄 일이 없을 것도 같았다. 아니 이제는 그 모든 일이 모두 늦어버렸다 하더라도 진성으로선 최선을 다해야 하였다. 끝까지 실망을 하지 말아야 하였다. 그것이 지금까지 그의 일을 보살펴오고 이런 기회를 마련해준 선생님께 대한 자신의 도리요 책임일 것 같았다. 그것은 이때까지 곁에서 그의 일을 도와준 사람들, 밤을 새워 도장을 새겨준 종배 아재나 아침 일찍 규칙을 어겨가며 증명서를 떼어준 면사무소 아저씨들, 그리고 이 눈길의 위험을 무릅쓰고 열심히 차를 몰아준 운전사 아저씨와 심지어 이 고마운 차편을 내어준 군수 어른들에 대해서도 마찬가지였다. 무엇보다 담임선생님은 지금 토요일도 잊고 내내 나를 기다리고 계실 것이 아닌가…… 진성은 끝끝내 희망을 버리지 말고 최선을 다해야 했다.

그런저런 우여곡절 끝에 버스가 종착지 K 시내의 본사 차부에 도착한 것은 결국 2시나 3시를 모두 지난 오후 3시 30분쯤이었다. 그나마도 월출산 근방을 벗어나면서부터는 눈발이 차츰 가늘어지고 길에도 쌓이지 않아 차가 속력껏 달려준 덕이었다. 하지만 그건 물론 학원 선생님과의 약속이나 학교 등록 마감까지 모두 지나버린 시각이었다.

진성은 차를 내려 이제라도 바로 학교 쪽으로 달려가볼까 잠시 망설이다 이내 단념하고 학원 쪽으로 내달렸다. 학원 선생님이 그를 위해 특별한 부탁이라도 해두지 않았다면 학교 쪽은 이미 사무 마감 시각이 너무 지나버린 터였다. 그럴 바에야 학원 쪽 선생님부터 만나 그걸 먼저 알아봐야 하였다. 이젠 그 선생님 외에는 다른 희망이 없었다. 일이 어떻게 되어 있는지도 모르면서 더 이상 선생님을 기다리게 해서도 안 되었다.

하지만 숨을 헐떡이며 학원까지 달려가보니 그의 생각과는 달리 선생님은 그를 기다리고 있지 않았다.

"응, 너 이제야 오는구나. 아까 12시쯤 선생님이 널 기다리시다 이 쪽지를 놓고 집으로 들어가셨다. 자, 이거 읽어봐라."

토요일 오후라 다른 선생님들까지 모두 퇴근해버린 학원엔 수위 아저씨 혼자 사무실을 지키고 앉아 있다가 진성이 들어오는 것을 보고 쪽지를 건네주었다.

그 쪽지엔 눈에 익은 선생님의 글씨체로 이렇게 적혀 있었다.

나 집안에 좀 급한 일이 생겨 더 기다리지 못하고 들어간다. 네 등록금 면제나 연기 납부에 대한 일은 그 학교 교감 선생님께 한 번 더 전화로 부탁을 해두었으니, 재산세 증명서 해오면 곧바로 가지고 가서 그 학교 서무과에 물어 결과를 알아보고 절차를 밟도록 하여라. 등록 사무가 마감되는 3시까지는 꼭 가야 한다. 부디 네 일이 잘되기 바란다……

쪽지를 읽고 난 진성은 한순간 온몸에서 힘이 죽 빠져나가는 느낌이었다.

선생님이 쪽지를 써놓고 사무실을 나간 것이 12시쯤이었다면, 선생님은 아직 진성이 버스 길이 늦어져 일이 이렇게 될 줄 몰랐을 시각이었다. 그리고 집안에 무슨 급한 일이 생겨 먼저 집으로 들어

갔는지 알 수 없었지만, 진성이 그렇듯 마감 시각에 늦을 경우에 대비해 학교 쪽에 다른 부탁을 해놓지 않은 게 분명했다. 이젠 모든 일이 끝장나고 만 것이었다.

하지만 진성은 아직도 거기 그냥 그러고 서 있을 수가 없었다. 시간이 다 늦어버린 지금이라도 그 학교까진 가봐야 했다. 일이 되건 안 되건 그게 자신에 대한 선생님의 기대와 믿음, 여기까지 그의 일을 격려하고 보살펴준 선생님께 대한 마땅한 도리였다. 그게 그 선생님뿐만 아니라 지금까지 직접 간접으로 그의 일을 도와온 모든 사람들 앞에 자신이 조금이나마 떳떳해지는 길인 듯싶기도 했다. 무엇보다 그게 그가 끝까지 선생님 앞에 보여드려야 할 자신의 일이었다. 한데다 어쩌면 선생님이 이 모든 사정을 미리 짐작하고 그 전화 부탁 가운데에서 미리 어떤 단속 말을 건네두었는지도 모른다는 가느다란 희망이 되살아났다.

하지만 시간이 늦은 터에 진성은 별로 서두를 일이 없었다.

"안녕히 계셔요. 시간이 늦었지만 전 지금이라도 학교엘 가 봐야 할까 봐요."

진성은 수위 아저씨에게 인사를 남기고 사무실을 나와 시 동쪽 변두리께의 상업학교 쪽으로 터덜터덜 걷기 시작했다. 심한 배고픔이 머릿속까지 하얗게 비워버린 것 같아 이제는 뛰거나 빨리 걸을 수도 없었다. 어디서 잠시 군것질 요기라도 하면서 다리를 좀 쉬어가고 싶기도 했지만, 그럴 시간도 없거니와 피곤하고 배가 고픈 깐에 반해 입에선 전혀 식욕이 일지 않았다. 그는 내처 사람들이 붐비는 시내 거리를 지나쳐 나갔다. 그리고 다시 반 시간쯤 지

나서 그 변두리 신축 상업학교 교문 앞까지 이르렀다.

예상대로 학교는 이미 사람들이 모두 돌아가고 교문까지 잠겨 있었다. 하지만 진성은 아직도 걸쇠가 열려 있는 야간 전용 옆문을 통해 무작정 학교 안으로 들어섰다. 그리고 전날 밤 내린 눈이 녹아 질척거리는 빈 운동장을 건너 맞은편 본관 건물 앞까지 들어갔다.

"무슨 일이냐? 오늘 입학 등록 사문 벌써 다 끝나고 돌아들 갔는데 이리 다 늦게."

현관 앞께를 치우던 학교 수위 아저씨가 진성을 이상한 듯 멀뚱하니 쳐다보다 그가 묻기도 전에 먼저 말해왔다.

그런데 참 알 수 없는 일이었다. 진성은 마치 거기까지 그 소리를 들으러 쫓아온 듯 마음이 차분하고 편해졌다. 그리고 이제 겨우 그가 할 일을 다 한 듯 기분이 홀가분했다.

진성은 그 수위 아저씨의 말에 아무 대꾸도 하지 않았다. 그리고 그것으로 볼일을 다 보고 난 사람처럼 그대로 몸을 돌이켜 세웠다. 이제는 어느새 그 배 속을 얼리는 듯싶던 허기마저 사라진 채 정신이 더욱 말짱하게 맑아져오고 있었다.

무언지 조금은 억울하고 원망스런 느낌이 들기도 하였다. 무엇보다 이제는 선생님이나 이런저런 신세만 져온 세상 사람들 앞에 자신의 일이 보람되지 못하게 된 것이 그랬다.

'이렇게 애를 쓰고 곁엣사람들도 모두 도와주려 했는데, 일이 끝내 어째 이렇게 되고 만 거야……!'

하지만 그것도 따지고 보면 다른 누구를 원망하거나 억울해할 일이 아니었다. 다른 사람들은 경우껏 그를 도운 셈인데, 일을 결국 그렇게 만들고 만 것은 시간을 제대로 맞추지 못한 자신의 허물 때문인 것 같았다. 그래 그는 차라리 자신이 미안하고 부끄러웠다. 선생님에게도 미안하고 종배 아재에게도 미안하고, 면사무소 아저씨들이나 버스 운전사 아저씨, 심지어는 이 학교 수위 아저씨에게까지 미안하고 부끄러웠다. 그리고 무엇보다 그의 성공과 금의환향을 목이 빠지게 기다릴 어머니와 금숙, 이제는 아무 쓸모없게 되고 만 안주머니 속의 재산세 증명서까지도 제풀에 미안하고 부끄러웠다.

'재산세 부가 기준액 미달 가옥…… 그래, 지금 내 처지가 바로……'

하지만 그는 이제 그 부끄러움이나 미안한 마음조차 더 이어갈 수가 없었다. 질척질척한 운동장의 진흙탕 물이 그의 헌 운동화 짝과 젖은 바짓가랑이 자락을 너무 흉하게 만들고 있었기 때문이다. 하릴없이 주머니 속의 재산세 증명서 조각을 매만지며 터덜터덜 젖은 운동장을 되돌아 나오던 진성은 문득 그 더러운 바짓가랑이를 보자 비로소 까닭을 알 수 없는 눈물을 참을 수 없어지고 만 것이다. 그리고 그 눈물을 참아보려 고개를 뒤로 꺾고 먼 허공을 쳐다보려니 웬일인지 그 차갑고 파란 하늘이 서서히 까만 암흑으로 변해가고 있었다.

(『21세기문학』 2002년 여름호)

이야기의 공전(公轉/空轉)

조형래
(문학평론가)

1. 이야기의 우주

지금껏 인류가 지어내고 서로 나눠온 모든 이야기는 비유컨대 밤하늘의 별만큼이나 많고도 다양하다고 할 수 있을 터다. 각 이야기를 형성하는 최소한의 자질을 발견하고 유형화하려는 의욕을 지니고 있었던 블라디미르 프롭Vladimir Propp 같은 이가 펄쩍 뛸 단언이기는 하다.

하지만 그러한 랑그langue를 파악할 수 있다고 해도 매 순간 생성하고 소멸하는 파롤parole의 수가 무한에 수렴한다는 사실은 변하지 않는다. 태초에 말씀이 있었던 이래 인간은 부단히 말하거나 썼으며 듣고 읽었다. 이야기가 이야기를 낳았고 구전과 기록을 통해 계속해서, 다양하게, 전해져 왔다. 프랭크 커모드Frank Kermode의 말마따나 시계 초침 소리의 끝없는 반복에 대해서조차 본능적으로 똑딱, 즉 시작과 끝이라는 플롯을 부여하고자 하는 우리다(『종말 의식과 인간적 시간』, 조초희 옮김, 문학과지성사, 1993).

그런 만큼 인간은 자신과 세계와 자연 등을 시종(始終)과 전후와 인과가 있는 것으로 파악하고 기억하며 설명하는 방식 일체를 이야기에 의존하지 않을 수 없었다. 거기에 각양각색의 희로애락과 인정세태와 경험과 지혜와 이치가 담겨 있었고 또한 무수한 창조와 답습이 거듭되었다는 점은 새삼 강조할 필요도 없을 것이다.

다만 너무 멀어 지상에 닿지 않는 별빛처럼 아득한 세월 속에 풍화되거나 망각되어 우리에게 전해지지 않았던 무수한 이야기가 명멸했을 뿐이라는 점을 상기할 필요가 있을 것이다. 소설이나 영화도 그런 이야기로 이루어진 광대한 우주의 일부에 지나지 않는다는 엄연한 사실에 대해서도 마찬가지일 터다.

재차 비유컨대, 그중에서도 소설은 우리 은하 정도라고 말할 수 있다. 그 역사적 대상과 범주가 우리가 살아가고 있는 시대와 세계 전반을 포괄하는 만큼 무수하며 폭넓다. 그러나 이야기 자체의 유구한 역사에 비하면 비교적 신생의 장르다. 『파멜라』는 물론이거니와 『돈키호테』부터 생각한다고 해도 그렇다. 무수한 비밀을 암흑 속에 감추고 있으며 이 순간에도 생멸과 진화를 거듭하고 있지만 지금 여기 우리의 시선이 가닿지 못할 만큼 아득하지는 않다.

과학기술의 진보에 따라 저마다의 행성을 거느리고 있는 주요한 별들은 대부분 포착 가능하며 그 역사와 규모를 얼추 헤아릴 수 있게 되었다. 근대 서유럽 일대에서 발흥했고 전 지구적으로 확산

되었으며 그 과정에서 세계 각지에서 전승되었던 재래의 이야기 형식을 통합, 흡수하면서 기하급수적으로 증가했고 다변화되었던 소설 형식의 역사(황종연, 「노블·청년·제국」, 『탕아를 위한 비평』, 문학동네, 2012)는 비교적 명확하며 유한하다. 전례 없이 유연한 확장성에도 불구하고 그 형식과 장치의 차원에서 태생적으로 서구적 근대를 창출한 역사적 문화적 전회의 경험과 분리될 수 없다.

출판 자본이라는 기술 복제 – 대량 생산의 시스템에 기초하여 보급된 장르인 만큼 변경 불가능한 판본 자체의 보존의 영구성과 확산의 속도에 있어서도 소설은 타의 추종을 불허한다. 저자는 언제나 밝혀져 있으며 물질적인 책의 형태로 유통된다. 그런 만큼 과거의 모든 이야기처럼 변화무쌍하거나 무한정하지는 않다. 그 시공간적 범위 또한 대강이나마 파악할 수 있다. 다만 전부 읽는 것이 불가능할 뿐이다.

따라서 소설가라는 주체는 필연적으로 그러한 한계를 의식하면서 영향의 불안에 부단히 시달릴 수밖에 없는 존재다. 그 유한성을 초극하기 위해 언제나 무한한 이야기의 우주에 눈 돌리는 일이 반복된다. 그것은 시원으로 거슬러올라가는 일인 만큼 자연스러우며 또한 매혹적이다. 역사적으로 『가르강튀아/팡타그뤼엘』 같은 중세 민중설화 등이 여실히 보여주는 것처럼 서구 근대 리얼리즘 장편소설, 즉 노블novel이라는 형식의 창출을 위해 억압된 무의식의 회귀에 해당할 터이기 때문이다. 역사적으로 그 회귀가 소설 형식이라는 에크리튀르écriture의 다변화와 진화를 초래했다고 해도 과언이 아니다.

백일몽의 승화sublimation를 추구하는 작가들은 모두 그러한 회귀로부터 자유로울 수 없다. 그러므로 일찍이 벤야민이 갈파했던 것(발터 벤야민, 「이야기꾼 ─ 니콜라이 레스코프의 작품에 대한 고찰」, 『서사 기억 비평의 자리』, 최성만 옮김, 길, 2012)처럼 대부분의 소설가들은 이야기와 소설 사이를 왕복하는 운명에 처한다.

과거 『병신과 머저리』나 『당신들의 천국』 등의 소설을 썼던 이청준 같은 대가 또한 예외가 아니다. 오히려 일생에 걸쳐 사로잡혔던 모티프 가운데 하나라고 말할 수 있다. 그의 소설에서 두드러지게 나타나는 한국 재래의 예술혼이라든가 '한(恨)' 등은 사실 특정한 역사적 실체라기보다 우리가 살고 있는 시대 이전의 어떤 시원을 간절히 요청하는 무엇이라는 것은 일차적으로 진실이다. 그것이 그의 후기 작품으로 갈수록 더욱 선명해진다는 것도 맞다.

2. 공전(公轉/空轉)하는 이야기

여러 비평가가 토로한 적이 있다. 이청준 소설에 대해 지극히 많은 논의가 이루어져서, 새로운 이야기를 보태는 일의 어려움에 대해서 말이다. 그러므로 이 글 역시 그저 세월의 흐름 속에서 쌓이고 낡아 없어질 더께를 한층 덧올리는 일이 될지도 모르겠다. 그래서 마찬가지로 곤혹스럽다. 그러나 이것조차 (크게 보아 이야기의 일종인) 비평의 숙명이므로, 다만 그저 쓰기로 한다.

먼저 이와 같은 전철을 밟았던 비평가들 중 누군가는 2000년대를 전후한 시기의 이청준의 소설에서 장인성을 읽어냈고, 혹자는 이야기의 시원을 발견했다. 이는 동일한 저자의 소설에 대한 평가로서는 일견 모순되어 보인다.

알다시피 장인성craftsmanship이란 인간/개인의 창조적 역량과 자질을 둘러싼 기술techne적 측면에 관한 정당화와 관련하여 중세에서 근대로의 이행이라는 역사적 전회의 한복판에 놓여 있는 개념이다. 그것은 인간 스스로가 발휘하는 기술적 역량 및 그 산물의 온전한 주인이 될 수 있다는 유서 깊은 휴머니즘의 이상을 옹호한다. 이는 중세의 수공업(길드, 장인 – 도제)이라는 컨텍스트와 분리하여 생각될 수 없는 가치지만 동시에 근대적 예술 및 예술가의 자율성을 지지하는 성분으로 재차 전화되기도 했다. 이청준의 소설에 대한 논의에 있어서 문제되는 장인성이란 단연 후자와 관계된다고 할 수 있다.

반면 이야기의 시원(시원의 이야기)으로 거슬러 올라간다는 것은 사실 이야기가 이야기를 낳는 끝없는 우로보로스적 원환(圓環) 속에서 스스로를 정립하고 또한 해소하는 역설의 과정을 확인하는 일이다. 그것은 너와 나, 탄생과 죽음, 이야기와 또 다른 이야기가 서로 다르지 않고 오히려 상호 원인적으로 작용할 수밖에 없는 기이한 역설 속에 놓이는 것이기도 하다. 확실한 것은 그러한 회귀가 소설 형식 이전, 현대적 활자로 인쇄된 지면 너머의 아득한 무엇을 환기한다는 것은 분명하다. 이청준 소설이 으레 그렇듯이 역사나 사회의 맥락을 초월하는 어떤 영속적 경지를 지향하고 있다는 사실 또한 부정할 수 없다.

물론 이러한 차이는 각각 상이한 작품을 대상으로 했기 때문에 빚어진 것이다. 장인성을 강조한 것은 1990년대 후반 이청준 소설, 특히 『목수의 집』에 수록되어 있는 단편들을 대상으로 한 것이고(이광호, 「장인성 혹은 근대의 저편」, 『목수의 집 — 이청준 소설』 해설, 열림원, 2000), 후자의 경우 표제작 「인문주의자 무소작 씨의 종생기」를 두고 한 논의다(남진우, 「이야기의 시원, 시원의 이야기」, 『폐허에서 꿈꾸다』, 문학동네, 2013). 그러나 과연 그렇게 다르며 또한 모순되는 이야기일까. 물론 비평가 이광호는 그 장인성이 근대 한국의 역사적 현실에서는 망각되고 패배한 가치라는 맥락에서 쓰고 있다. 그렇다면 이청준의 소설은 근대성의 안티테제로서, 어떤 시공간을 초월한 시원을 환기하는 텍스트로서 의미를 부여할 수 있는 것일까.

　일단 그렇다. 예컨대 「빛과 사슬」이 있다. 이 소설은 일차적으로 (한국 전통예술로서의) '소리'의 심오한 광휘에 불가항력적으로 이끌려버린 개인을 중심에 놓고 있다. 은 선생은 소리의 특별한 경지를 추구하려 세간으로부터 분교에서의 고립된 생활을 자처했음이 거의 확실하다. 화자와 아이들을 비롯한 마을 주민들에게 관심의 총아가 되고 있음에도 불구하고 그녀는 학교의 정해진 일과 및 직무 이외의 세계에 눈 돌리지 않는다. 학교의 실질적인 설립자이자 분교장과 교사를 겸하고 있는 허 선생과도 원만한 사이로 지내면서 보살핌을 받는 일에도 스스럼없지만 그의 은근하면서도 꾸준한 구애의 표현과 마음에 대해서도 짐짓 모른 척하고 있다. 당연히 허 선생과 은 선생의 결연이라는 마을 전체의 추측과 기대를 담은 소문, 즉 해피 엔딩으로 구성된 이야기 또한 외면당한다.

　마을이라는 세속으로부터 일정하게 거리를 유지하는 그녀가 유일하게 몰입하는 대상이 소리라는 것은 앞서 언급한 대로이다. 일과 후 정해진 시간마다 학교 옆 숲 골짜기로 들어가 소리를 연창하는 일 이외의 일체에 대해 초탈하거나 무관심한 것처럼 보인다. 그녀가 다분히 미학주의aestheticism적 태도로 일관하고 있다는 것 또한 어렵지 않게 짐작할 수 있다. 이로 인해 그녀에게는 쉽게 범접하기 어려운 도도한 분위기가 감돌고 있다. 화자를 비롯한 아이들이 그녀에 대한 호기심 어린 탐색을 중단하지 않았던/못했던 것은 바로 그러한 신비의 빛에 이끌렸기 때문이었을 터다.

　그러나 그것은 뜻밖에도, 일거에 사라진다. 즉, 본교의 장 선생이라는 가객(歌客)과의 지음(知音)을 통해 그녀가 감복하지 않을 수 없는 어떤 드높은 정수(精髓)를 엿보면서 그렇게 된다. 세간을 아랑곳하지 않는 단아하고 초연한 풍모의 두 소리꾼 – 장인이 북통을 사이에 두고 벌이는 소리의 열정적인 대작(對酌)과 경연에서 연출되는 (전통예술의) 정중동(靜中動)의 판은 감동적이며 사뭇 신성해 보이기까지 한다. 이를 통해 은 선생에게 그야말로 절실히, 온몸으로 체감되는 청각적 충격과 감동은 그러나 문자 텍스트로서는 온전히 재현되지도 않고 그럴 수도 없기 때문에, 또한 화자의 안목으로는 분별하기 어려운 것이기 때문에 여전히 미지의 영역으로 남겨진다. 단지 장 선생의 「옥중가」를 듣고 자신의 소리를 거둔 채 한동안 망연자실해 있었고, 그와 작별한 후로 곧 소리 공부를 그만두었으며, 학교도 사직한 후 장 선생과 결혼해버리는 삶의 급전을 통해 그 강렬함의 정도를 간접적으로나마 추측, 짐작해 볼 수 있을 따름이다.

알다시피 그것은 스스로의 재능과 분수로는 장 선생의 경지에 전혀 범접할 수 없다고 하는 각성에서 비롯된 자발적인 포기이며 소리의 빛이 환기하는 주박(呪縛)에 들리는 것이다. 그렇게 그녀의 신비는 자취를 감추게 된다. 그녀는 이후 장 선생의 소리에 대한 자긍을 고수한 채 생계와 내조와 기다림으로만 일관하는 데서 충만한 삶의 보람과 행복을 영위하는 평범한 촌부(村婦)로 늙어간다. 심지어 장 선생이 6·25전쟁의 혼란 속에 종적을 감춘 이후에도 그러한 삶의 태도를 견지하고 있다. 알다시피 그녀는 자신의 모든 것을 장 선생(과 그)의 소리를 온전히 사랑하는 데 바친 것이다. 이런 희생제의를 통해 스스로는 도저히 가닿을 수 없었던, 또 그것을 절감하게 했던 성취의 경지에 인접하거나 또는 그것을 전유하는 것이나마 가능해지는 것이다. 따라서 그녀는 소리에 삶 전체를 걸고자 하는 (예술을 위한 예술) 미학적 충동에서 비롯된 선택을 하고 있다는 점은 말할 필요도 없다. 따라서 그녀는 장인적이다.

하지만 은 선생(의 소리)의 신비에 이끌렸고, 특히 장 선생과 그녀가 벌였던 소리판의 분위기에 압도당한 적은 있었으되 문외한인 화자에게 있어서 그녀의 선택은 도무지 불가사의한 것이다. 앞서 언급했다시피 화자의 눈에 은 선생은 특별한 선망과 호기심의 대상이었다. 세간의 인정세태로부터 거리를 둔 채 단지 소리에 몰두했던 그녀의 특별한 빛에 매혹되었던 것이다. 그런 그녀가 스스로의 인생을 저당 잡힌 평범하고도 초라한 아낙네로 전락하는 사태를 납득하기 어려웠던 것은 당연하다. 만약 납득한다면 그것은 자신의 선망 그리고 선망했던 대상 일체를 부정하는 일이 된다. 따라서 화자는 그녀의 자발적인 포기가 사실상 장 선생에게 옭아 매이는, 즉 '도저한 사슬' 같은 것에 묶이는 것에 지나지 않는다고 느끼고 있다. 기꺼이 그렇게 하도록 만드는 소리의 마력, 그 무저갱의 깊이를 짐작하여 전율하고 있는 것이다. 그것은 '자유인가, 속박인가? 축복인가, 저주인가? 빛인가, 사슬인가? 과연 어느 쪽인가?'라는 결코 대답할 수 없을 양자택일의 질문에 직면하도록 한다. 그것이 온갖 추측, 즉 이야기를 낳는다. 제3의 관객이었던 화자가 바로 이 이야기를 하고 있다. 누구 못지않게 그녀에게 구애되었던 허 선생이 시인이 된 것도 이와 무관하지 않을 터다.

이 규정하기 어려운 특별한 비의를 엿보는 자의 시선과 고백의 위치는 비단 「빛과 사슬」에만 존재하는 것이 아니다. 「오마니!」의 소설가가 들여다보게 되는 것은 보다 원초적인 위반으로의 소행(溯行)이다. 다름 아니라 이 소설의 화자이기도 한 '내'가 저술한 원작에 기초했고, '어머니의 생애'를 모티프로 촬영되고 있었던 영화에서 Y감독은 '어머니'에 관한 결정적인 표상을 요구하고 있다. 그것은 역설적으로 도무지 메울 길 없는 표현 불가능성의 막막한 공백을 야기한다.

이에 관한 감독의 추궁은 대상과 방향을 가리지 않는데, 특히 환갑의 단역 배우이자 생홀아비인 문예조 씨를 겨냥하게 된다. 그런데 감독의 집요하고도 짓궂은 질문에 대한 예조 씨의 반응 또한 예사롭지 않다. 탐탁지 않은 태도로 자신의 어머니를 가리켜 소위 "인자한 구석이 없"는 노인네 운운하다가 마침내 노여움 섞어 마지못해 토로한 속사정은 실로 간단한 것이 아니었다.

알다시피 그는 월남 전 북쪽의 고향집에서 어머니와 형수, 두 과부와 함께 생활했던 터였다. 그런데 일제 말의 징집을 앞두고 급하게 결혼했고 전장에 끌려가자마자 사망하여 만리타국의 고혼(孤魂)이 되어버린 맏형을 둘러싼 고부의 관계는 특히 예사롭지 않다. 처음에는 슬퍼하며 며느리를 위로하다가, 집에 사람을 잘못 들인 탓이라면서 원망하며 공박하기 시작하고, 그녀가 손자를 잉태했다는 사실에 다시금 태도가 은근해졌으며, 무사히 출산한 후에 이제는 그녀가 새로운 인생을 찾아 떠나가지나 하지 않을까 불안해하며 다그치는 어머니의 변덕은 전혀 이해 불가능한 것은 아니로되 사실 유별난 데가 있다고 해도 좋다.

하지만 예조 씨에게 있어서 더욱 불가사의했던 것은 그러한 태도 변화를 묵묵히 감내해내고 있는 형수다. 그렇다고 해서 마냥 순종적이었다는 의미가 아니다. 그녀는 태기가 있었다는 사실도 굳이 드러내지 않았을 뿐만 아니라 시모의 모든 공박과 추궁에 대해 오로지 완강한 침묵으로만 대응하고 있다. 어머니뿐만 아니라 예조 씨조차 그녀의 내심을 짐작할 도리가 없다. 단지 맏형의 생사 및 후사, 그리고 형수의 처지를 둘러싸고 벌어지는 어머니와 형수 사이의 묘한 신경전 중간에 위치했던 어린 예조 씨는 단지 그녀에게 심정적으로 동조할 수밖에 없었노라고 고백하고 있는 것이다.

좌중의 모든 이들이 기묘한 위화감을 느꼈던 대목, 즉 정작 어머니로부터 거리를 두고 다분히 형수 쪽으로 치우쳐 있는 예조 씨의 태도는 사실 이해하기 어려운 것이었다. 그러나 영화 촬영의 분주한 과정 속에서 한동안 사람들의 관심에서 멀어진 그의 어머니와 형수에 대한 기이한 애증의 교착은 그러나 전혀 의외의 형태로 회귀한다. 즉, 자신의 아이디어에 기초하여 촬영을 마무리한 '어머니의 그림'에 대한 아쉬움을 종내 떨치지 못했던 감독에게 예조 씨가 참고하라며 넘겨준 테이프 속의 절절한 사모곡으로 말이다.

표면상으로는 북녘의 어머니를 향한 애절한 회한과 그리움을 토로하고 있는 예조 씨의 목소리는 그러나 (누구나 예상할 수 있었던 것처럼) 기실 형수를 향한 것이었다. 그리고 그것은 열여섯 살의 그가 한동안 조카를 위해 형수의 막힌, 붇은 젖문을 빨아 열어주었다는 충격적인 사정 속에서 불가결하게 발생할 수밖에 없었던 고착 자체에서 비롯된 것이었다. '품내'라고 명명되고 있는 그것은 사실상 (어머니 대신) 형수를 향할 수밖에 없었던 원초적인 에로스와 관계된 상상계적 이미지의 치명적인 회귀다. 아울러 감독이 제시했던 어머니의 그림, 즉 낭자머리를 잘라버렸다는 사실을 잊어버리고 그 자국을 찾아 더듬거렸던 노모의 헛손질이 상기시키는 불모성과도 현격하게 대조될 만큼 생명력으로 충만한 형상이라는 것은 말할 필요도 없다.

심지어 예조 씨로 하여금 어머니와 형님의 존재조차 오로지 인접 관계로 인한 부차적인 것으로서만 치부하도록 하는, 즉 형수 모자가 사실상 대체불가능한 모성 자체 또는 가족의 전부라고 선언하기까지 하는 예사롭지 않은 애착은 재회를 기약하는 절절한 토로로 이어진다. 그 애끓는 육성이 궁극적으로 형님을 대체하여 '어머니＝형수'를 자신의 것으로 전유하고자 하는 오이디푸스적 열망을 노골적으로 암시하고 있다는 사실은 지극히 자명하다.

형수의 품내가 환기하는 모성의 그림자에 교착되고 있는 근친상간적 욕망에 관한 기묘한 비밀을 들여다본 모든 이들은 따라서 침묵하지 않을 수 없다. 예조 씨의 말마따나 "다 같을 수는 없는 일"(p. 36)로서 모성의 일반적 형상으로 수렴되지 아니하는 유일무이한 것이다. 이렇게 돌연 눈앞에 던져진 육성과 사실의 압도적인 기표 앞에서 기입할 의미를 찾지도, 좀처럼 그럴 엄두조차 내지 못하는 것은 실로 필연적이다. 따라서 Y감독의 영화로도, '나'의 소설로도 이 예조 씨의 고백은 재구성되지 아니한다. 단지 그저 그 육성을 채록하는 것, 즉 문자로 옮기는 것만이 가능할 뿐이다. 비밀을 엿본 자로서 「오마니!」의 화자가 하고 있는 것은 그 앞뒤로 전말과 경위를 덧붙이는 것이다. 즉 "얼개 글 정도로 만족해"(pp. 52~53) 하는 것이 전부라고 쓰고 있을 터다. 그 말할 수 없음이 이 소설의 단순한 형식을 낳았을 터다. 하지만 그것이 포함하고 있는 비의는 실로 간단한 것이 아니다.

빛과 사슬은 구별되지 않는다. '오마니!'란 결국 '형수＋어머니'다. 이항대립 그리고 그 경계는 근본적으로 무화된다. 양자는 뫼비우스의 띠처럼 서로, 전후좌우 없이 그저 영속적으로 순환할 뿐이다. 어느 쪽을 간단히 양자택일할 수 없고 또한 기성의 언어 형식으로는 형언할 수 없어서 목격자는 망연자실해진다. 이 언표 불가능성이 단적으로 암시하는 것처럼 그것이 너와 나, 자아와 세계

의 분별이 형성되지 아니한 언어 이전의 어떤 원초적 단계를 상기
시키는 것은 그러므로 불가피하다. 아울러 소위 '미학적인 것', 즉
예술을 위해 자신의 일체를 거는 태도가 다분히 디오니소스적인
세계에 근접해 있다는 점 또한 구태여 언급하는 일이 새삼스럽다.
이 모든 것이 그 어떤 형이상학이나 과학에 의해 명석 판명하게 파
악되거나 분별될 수 있는 성질의 것이 아니라는 점 역시 그렇다.

　「빛과 사슬」「오마니!」의 화자들이 엿보고 있는 것이 그런 시원
적 세계라는 점은 의심할 여지가 없다. 하지만 원점에 그런 것이
있다고 폭로하는 데 그치는 것이 아니다. 다시 말한다. 이와 같은
삶의 감추어진 비의나 진실을 발견하거나 자각하는 탐색의 도정
에 관한 이야기가 이청준 소설의 전부인 것은 아니다. 오히려 예기
치 않게 그러한 비의를 들여다보고, 대면하게 된 개인들, 즉 화자
의 시좌(視座)가 여전히 남아 있다. 거기에서 그들 또한 진실이라
는 핵심에 단지 근접해 있었을 뿐 육박해들어갈 수 없으며, 따라서
그 주위만 여전히 공전(公轉/空轉)하고 있는 스스로의 위치를 새
삼스럽게 발견하지 않을 수 없다. 비밀이 무엇이든 간에 그들은 그
저 엿보고 있었을 뿐 전모를 알 수 없다. 그러므로 오로지 계속 인
접의 위치로 끊임없이 미끄러지는 환유의 구조 속에만 머물며, 또
한 머문다. 그것이 바로 그들로 하여금 부단히 추측하고 이야기하
며 글을 쓰도록 하는 근본적인 이유다. 뫼비우스적 순환 속에서 부
단히 역동하므로 결코 알 수 없을 비의, 그것을 중심에 둔 무수한
이야기가 그렇게 미끄러지듯 회전(回轉)하고 있을 따름이다. 그것
이 서로 교차하지만 결코 중첩되지는 않을 저마다의 궤적을 남긴

다는 사실 또한 확실하다.

3. 의미 부여할 수 없는 자들의 위치

비단 세간으로부터 초탈한 듯한 시원의 이미지와 몽상만을 중심에 놓고 있는 것이 아니다. 가령 「들꽃 씨앗 하나」에서 가난으로부터 벗어나기 위해 고향을 떠나 K시에서 고학하고 있는 배진성이 추구하는 바는 사실, 한국전쟁 직후의 세대에게 일반적으로 공유되고 있는 소박한 입지전이다. 그는 갖은 고생과 노력 끝에 중등과정 검정고시를 통과하고 상업고등학교 입학시험에도 합격했다. 하지만 등록금을 마련할 길이 없어서 애태우던 차에 재산세 증명서를 발급받아 오면 등록금 면제나 분납 등의 방법을 변통해보겠노라는 학원 담임선생님의 호의를 믿고 귀향하는 길에 있다.

이튿날 등록마감 시한까지 돌아오기만 하면 되는, 진성의 계획과 예상대로라면 특별히 어려울 것 없는 여정이다. 그러나 버스는 자꾸 고장 나고 수리는 늦어진다. 수리 후에도 장꾼들을 태우기 위해 한없이 지체되며, 운행 중에도 소매치기를 당한 아주머니의 악다구니에 또다시 한동안 정차한다. 종착지인 대흥면에 도착했을 때 이미 면사무소의 근무 시간이 종료된 후였고 담당 재무계 직원 또한 퇴근해버려서, 진성의 간절한 호소에도 불구하고 당일로 재산세 증명서를 발급받을 수 있는 방도는 없다. 별수 없이 고향집이 있는 참나뭇골로 향한 그를 기다리고 있었던 것은 (종배 아재의 호의와 더불어) 어머니와 누이동생을 비롯한 모든 가족이 뿔뿔이 흩어졌다는 청천벽력 같은 소식이었다. 그야말로 불운의 연속이다. K시를 떠나올 때 진성의 예상이 들어맞는 구석은 한 군데도 없게 되었으며, 모든 기대는 철저히 배반당했다.

계획은 틀어졌고 행운은 그의 편이 아니다. 이제껏 반복된 불운을 철저히 체감했을 뿐 아니라 마감시한에 맞춰 돌아가고자 하는 일이 실로 요원한 목표가 되었음에도 불구하고, 진성은 아직 포기하지 않는다. 다행히 이튿날은 진성의 딱한 사정을 동정한 여러 사람의 호의와 조력에 힘입어 매사가 일사천리로 진행된다. 그렇게 진성이 천신만고 끝에 손에 넣은 것은 재산세 증명서가 아니라 공교롭게도 '재산세 무과세 증명서'다. 즉, 그와 그의 가족에게 아무 것도 없다는 것의 확인이고 공적 증빙이며 문서화다. 어쨌든 예상보다 한 시간 빨리 버스를 타고 백여 리 길을 내달려 장흥 읍내에 들어설 때까지만 해도 어쩌면 등록마감 시한까지 무사히 도착할 수 있겠다는 희망 어린 기대를 품는다.

그러나 알다시피 불운은 아직 끝나지 않았다. 폭설이 내려 도로가 통제되고 모든 차량이 발이 묶인 가운데 군수가 특별히 대여한 버스에 올라타게 되지만 사소한 행운조차 이것이 마지막이다. 눈길에 버스는 좀처럼 속도를 낼 수 없다. 때로는 내려서 걸어야 할 때도 있어서 그의 행색 또한 엉망이 된다. 그런 천신만고 끝에 K시에 도착하게 되지만 이미 완전히 늦어버린 후다. 진성이 끝까지 포기하지 않았던, 즉 버스가 늦지 않게 도착할 것이라든가, 선생님을 만나게 되면 무슨 방법이 생길 수도 있다든가, 또는 선생님이 그의 사정을 헤아리고 기다렸다가 학교 측에 연락을 취해두었을지도 모른다든가 하는 일말의 기대는 결국 전부 무위로 돌아갔다. 이 엄연한 사실을 최종적으로 확인하게 되는 변두리 신축 상업학교의 교문 앞에서 진성은 자책하며 돌아선다. 스스로 미래를 개척하려는 자조론(自助論)의 신봉자다운 불굴의 의지와 집념이 최종적인 실패로 귀결되었음이 확정되는 순간이다. 주변 사람들의 도움에도 불구하고 또한 누구도 잘못하지 않았음에도 그렇게 되어버린 것에 대해, 그는 한없는 미안함과 부끄러움에 사로잡힌다. 하지만 동시에 그때서야 자신의 비참한 몰골, '재산세 무과세 증명서'에 명시된 빈한과 없음, 그의 앞길에 드리워진 암운 등이 차례차례 눈에 들어온다. 이제까지 자꾸 어긋나기만 하는 계획과 기대에 가려져 있어서 보이지 않았던, 어렴풋하게 감지할 때마다 애써 외면해왔던 부(不/負/腐)의 어둠과 없음이 드디어 실체를 갖고 그의 눈앞에 육박해들어온 순간이다.

진성의 여정은 바로 그 어둠과 없음이 그의 삶을 결정하고 지배해왔다는 진실을 온몸으로 깨닫게 되는 계기에 지나지 않는다. 그렇다면 자수성가의 희망이 결국 그 자신을 기만해온 셈이다. 그가 앞으로 어떤 삶을 영위하게 될지는 미지수다. 하지만 암운에 둘러싸인 스스로의 조건을 본격적으로 의식하기 시작한 이상, 적어도 그의 태도가 전과 같지 않게 되리라는 점은 어렵지 않게 짐작할 수 있다. 앞으로도 진성의 삶은 뜻대로 되지 않을 것이며 순탄하지도 않을 것이다. 도리어 운명의 장난과 악의가 그의 삶을 견인할 것이다. 그 "들꽃 씨앗 하나"를 품고 있는 무한한 암흑의 심연 앞에서

인간의 자조(自助)를 향한 기대와 의지와 희망이란 결국 아무것도 아니다. 아니 이미 애초에 버스가 고장 났을 때부터, 더 소급하여 계획을 세우고 그것에 집착하기 시작했을 때부터, 그는 사태가 자신의 뜻대로 진행되지 않을 것이며 세상이 원래 그런 것이라는 불길한 예감에 사로잡혀 있었을지 모른다. 진성의 최종적인 실패는 단지 이와 같은 '사실의 자연'을 직면하게 된 새삼스러운 계기에 불과하다. 이를 통해 그는 자수성가의 이상에 속고 있었던 스스로를 돌아보고 부지불식간 그 의미 부여된 자신으로부터의 소격(疏隔)과 근본적인 무의미에 관한 최초의, 치명적인 경험을 하고 있는 것이다.

전후(戰後)의 청년만 그런 것이 아니다. 2000년대를 살아가는 시인, 사실상 무직의 중년 가장에게 있어서도 사정은 마찬가지다. 「시민의 시간」에서 누이의 강권으로 자의반타의반 주식투자를 시작하게 된 '나'는 뜻밖으로 큰 폭의 주가 상승에 따른 차익을 거두게 되고 그 수익이 점증하는 추이에 흡족해한다. 하지만 본격적으로 주식 매매에 뛰어들게 되면서 그를 진정으로 매료시킨 것은 주식투자가 환기시키는 세속 세계의 치열함이다. 방관자의 처지에 머물러 있었던 과거와 달리 그 속으로 뛰어들어 전심전력으로 살아가고 있는 듯한 생의 충만한 느낌을 만끽하고 있다. 신문, 잡지의 관련 기사와 정보를 수집, 일독하는 것뿐만 아니라 증권시황을 중개하는 케이블TV 채널을 신청하고 인터넷 접속을 위한 중고 PC를 구매했으며 경제 전문지까지 구독하는 등 열성이다.

그렇게 이전에는 존재조차 알지 못했던 현실의 세상 내지는 시

장과의 접속 통로를 마련하게 되면서 그는 개안(開眼)한다. 주식
시장의 개장과 폐장 시간에 맞추어 근면하고 규칙적인 일과를 영
위하며 끊임없이 변동되는 주가지수의 등락 및 그것을 좌우하는
무수한 요인을 파악하기 위해 부심한다. 특히 그 시장 상황에는 세
상의 모든 것이 관련되어 있다. 따라서 그것에 주의를 집중하고 있
는 그는 세상살이의 전부를 들여다보면서 매 순간 승부를 걸고 있
다는, 그야말로 세상 속에서 치열하게 살아가고 있는 듯한 확실하
고도 생생한 느낌에 사로잡혀 있다. 상승일로에 있는 주가 및 보유
주식의 총액으로 인한 이익을 얻고 그로 인해 가장으로서의 역할
을 일정 부분 회복하는 것은 덤이다. 이로 인해 그는 자신의 판단
이 적중했으며 노력 또한 응분의 보상을 받았다는, 즉 세상과의 승
부에서 승리했다는 확신에 한동안 몰입하지 않을 수 없다.

그러나 갑작스럽게 주가가 하락세로 돌아서면서 상황은 반전된
다. 이전과 달리 그의 예측과 기대대로 진행되는 것은 하나도 없게
되며, 모든 채널의 지표와 정보는 이제 반대로 비관적인 전망 일
색이다. 그럼에도 불구하고 결국 과거의 성공이 그의 발목을 잡는
다. 즉, 주식투자를 시작할 때에 비해 더 많은 지식과 정보를 갖고
있음에도, 정점에 있었던 수익의 복구에 대한 미련이 그의 판단을
흐리고 결단을 지연시킨다. 그만큼 사태는 더욱 악화되며 그는 매
순간 패배한다.

「들꽃 씨앗 하나」의 진성과 마찬가지로 그를 속이는 것은 자신
이다. 그가 뛰어들었으며 정확히 파악했다고 생각했던 세상살이
의 전부 또한 결국 허황된 말의 성찬에 지나지 않았다. 그 사실을

수시로 직감하고 있음에도 불구하고 주가를 결정하는 국내외 시장의 상황이나 기업의 부실 여부, 모든 사태의 원인과 결과를 파악하거나 예측하고 있었다는 듯이 매 순간 단언하는 소위 전문가들의 말이 그의 미련과 패배를 지속시킨다. 그들은 정작 아무것도 알지 못하면서 마치 알고 있었던 것처럼 말하는 것 외에 아무것도 하지 않는다. 수시로 바뀌고, 오직 사후적인 정당화에만 연연하는 바로 그 말에 휘둘려 과거의 이익과 현재의 손해에 연연해하는 그 자신의 마음만이 천국과 지옥을 오고 갈 뿐이다. 정작 그는 눈앞의 현실을 정확히 볼 수 있었던 것도 아니고, 실질적으로 하고 있었던 일도 이외에 전혀 없다.

그러므로 주식투자의 이해타산을 통해 세상살이의 전부를 체감하고 있었던 것 같은 그 자신의 치열하고도 생생한 느낌과는 별개로, 그는 결국 백일몽 속을 방황하는 모험을 경유했던 것에 불과하다. 아니 오히려 그러한 느낌 자체가 미몽에서 온 것일 터다. 애초의 투자금조차 누이가 마련해준 것이었던만큼 복구할 본전 따위는 없었으므로 크게 손해본 것도 아니다. 단지 수익의 정점에 이르렀을 때 현금화하지 않았던 보유주식의 총액이 (자신만 아는) 일시적인 계좌 잔고로서만, 즉 신기루 같은 미묘한 가능성으로만 잠시 그의 곁에 머물렀을 뿐이다. 따라서 결국 기실 원래의 자리로 돌아온 것이라고 해도 틀리지 않다.

그럼에도 불구하고 손에 넣었다고 생각했던 상당한 수익이 (그 자신의 미몽으로 인해) 신기루처럼 날아가버린 것에 대한 미련을 좀처럼 떨쳐내지 못했던 것처럼, 세상살이에 열성적으로 뛰어들었을 당시 그 전부와 이치를 알고 승리(장악)했던 것 같은 도취로부터 강제로 박리(剝離)되어버린 돌연한 사태에 대해서 여전히 어리둥절한 채다. 결국 그 자신이 패배를 시인하지 않을 수 없게 된 후 시종일관 누님의 (호의와 악의가 구별할 수 없도록 뒤섞여 있는) 손바닥 안에서 세간의 그럴듯한 '말'에 현혹되어 놀아났던 것뿐이었다는 사실이 명확해진다. 뿐만 아니라 정작 자형은 자신이 임원으로 재직하는 (주식의 핵심이었던) 회사의 내실과 주가에 대해 아무것도 확언할 수 없다는 태도를 견지한다. 그러므로 그는 세상살이의 이치와 전부를 파악할 수 있으며 그것에 기초하여 매사가 자신의 뜻대로 될 것이었다는 스스로의 믿음이 한낱 교만에 지나지 않았음을 재차 확인하게 된다. 기실 그는 아무것도 알지 못했으며 자력으로 이룬 것 또한 없다. 그간 이러한 사실을 깨닫지 못했던 것은 그가 내내 허황된 말의 성찬에 미혹되고 배반당했기 때문이다. 심지어 당분간 주식시장이 가망 없을 것이라는 자형의 말조차 바로 이튿날 상승하는 주가라는 사실과 어긋나버린다.

형식과 내용, 기표와 기의가 분리되고 형해화된 채 그저 부유하고 때로는 사람의 눈을 멀게 할 뿐인 말의 불가결한 조건을 인식한 이상 단언이란 불가능해진다. 이 멜랑콜리한 자각의 과정이야말로 역설적인 의미에서 '시인의 시간'이다. 그 시간을 경유한 '내'가 말을 불신하게 될 것은 말할 필요도 없다. 시인은 현실에 패배할 운명이라는 누이의 설교, 그러므로 세상으로부터 거리를 두고 시를 쓰라는 자형의 충고조차 그러한 말의 일부에 지나지 않는다. 그 말은 아마도 '진짜 사실', 만약 그런 것이 있다면 그 중핵에 가

닿지 못하고 계속해서 사람들만 현혹한 채 주위를 공전할 뿐일 것이다. 따라서 그런 말로부터 기묘한 위화감을 느끼고 거리를 두기 시작한 그가 시를 쓰게 될 일은 아마도 없을 터다.

「들꽃 씨앗 하나」의 진성도, 「시인의 시간」의 시인도 모두 매사가 자신의 뜻대로 되리라는 (말과) 믿음으로 스스로를 기만하는 이들이다. 그리고 그 사실을 깨닫게 된 것을 계기로 최종적으로 그러한 자신을, 거리를 두고 '본다'. 자조(自助)나 시장 예측 등으로 대표되는, 스스로를 정당화 또는 기만하도록 했던 기존의 말이나 담론까지도 함께 본다. 단지 '세상의 이치'를 패배하면서 확인하는 도정이나 그야말로 무한증식하는 타자의 욕망의 모방에 관한 이야기에 그치는 것이 아니다. 도리어 이제까지 스스로를 정당화했던 말과 담론의 의미 부여가 한낱 허상에 지나지 않는다는 것을 깨닫고 당혹스러워하는 자신을 보아야 하는 위치로 떠밀려버린 자들의 난국에 관한 이야기다. 이러한 소원(疏遠)한 위치에 서게 되어버린 이들에게 있어서 다시금 자신에게 의미 부여하는 것은 가능하지 않다. 이 점은 「빛과 사슬」 「오마니!」에서 알 수 있는 것처럼 타인에 대해서도 마찬가지다. 은 선생의 선택이 축복인가 저주인가라는 물음은 화자에게 해명될 수 없는 것으로 여전히 남는다. 예조 씨의 '오마니＝어머니＋형수'에 대한 애착을 규정할 수 있는 기존의 언어는 (감독에게든 소설가인 화자에게든) 존재하지 않는다. 은 선생을 '판소리의 장인'으로 명명하거나 또는 「시인의 시간」의 화자가 다시금 '시인'의 이름을 받아들이는 것 역시 불가능하다. '물 자체ding an sich'는 고사하고 내용이나 실체에 근접

할 수 없으며 공전하거나 우회할 뿐이라는 사실을 시인하거나 공공연하게 인정하지 않을 수 없는 말에 입각한 화자의 술회 또한 말의 무력함을 역설적으로 방증한다. 따라서 자타를 막론하고 의미를 부여하는 것, 그들이 누구라고 말하는 것이 근본적으로 불가능해진 난국 속에서 단지 그들 각자가 그 자체로 (유일무이하게) 있다는 사실을 보고 있다는 것을 이야기할 수 있을 뿐이다. 그 시점에서 모든 이야기는 막을 내린다. 아니 기묘하게 교차하거나 겹치는 나선형의 공전 궤도를 각각 일주했다고 하는 편이 옳겠다.

4. 인문주의자 이야기꾼의 탄생과 종생

그리고 「인문주의자 무소작 씨의 종생기」다. 이 기묘한 이야기에서 무소작 씨가 인문주의자로 명명되고 있는 것은 다름 아니라 그가 '말'을 믿고, 말에 들리며, 또한 이야기하는 자이기 때문이다. 유년 시절 무소작 씨는 꽃이 어떻게 피는가에 대한 자신의 질문에 대해 어머니가 답해준 '꽃씨 할머니'의 존재를 있는 그대로 받아들이고 기다린다. 콩싹이 답답한 땅속의 어둠을 뚫고 햇볕을 찾아올라오는 것이라는 아버지의 설명에 의해 강낭콩과 옥수수 씨앗을 모조리 파헤쳐 지상으로 끌어올려놓는다. 물고기가 낚시를 물고 올라 나오는 것에 대해 바깥세상을 보고 싶어서 그런 것이라는 이웃 아저씨의 말을 믿고 물고기 낚기에 열중한 때도 있었다. 물론 무소작 씨 또한 언제까지나 아버지나 아저씨의 이야기를 액면 그대로 받아들였던 것은 아니며 성장하면서 낚시와 발아의 이치를 이해하게 된 것도 사실이다. 하지만 부지불식간 아버지와 아저씨의 욕망을 반영하고 있었을 터인 그들의 설명이 무소작 씨로 하여금 땅속의 어둠이나 물속을 떠나 바깥세상으로 향한다는 이야기, 즉 플롯을 자연스럽고 익숙한 것으로 받아들이도록 했다는 것은 확실하다. 아버지가 알려준 큰산 그리고 초등학교에 입학하면서 알게 된 바깥세상을 동경하게 된 것도 그래서다. 마침내 큰산에 올라가본 그가 그 너머의 더 큰산 봉우리, 즉 바깥세상으로 나아가고자 하는 마음의 소리를 듣게 된 것 역시 자연스러운 수순이다. 그렇게 그는 열세 살에 부모에게 알리지 않고 고향 참나뭇골을 떠나 머나먼 여정에 오르게 되는 것이다.

그리고 무소작 씨의 수십 년에 걸친 기나긴 여행에 대해서는 별다른 설명이 필요치 않다. 부단히 또 다른 바깥세상을 찾아 떠나기를 반복하는 그에게 있어서 새로 도착한 모든 장소는 다만 또 다른 그 너머의 바깥세상을 꿈꾸게 하는 경유지에 불과할 뿐이었으므로 특별한 의미를 갖는 여행지란 사실상 전무하다. 첫 연애를 경험하게 한 어떤 외국도, 그에게 한시적인 안식을 제공한 서울도 단지 임시 기류소에 지나지 않는다. 그러므로 그는 생계를 위한 노동에 종사할 때를 빼면 이동과 방황을 중단하지 않는다. 단지 그뿐이다. 노년에 이르러 고단하고 지쳐 더 이상 노동과 여행이 불가능해졌을 때까지 그는 유년 시절에 들었던 이야기대로 살고자 하는 것이다.

그런 노년의 무소작 씨가 문득 고향 참나뭇골이 부르는 듯한 향수에 이끌려 귀향의 행로에 올라서는 것은 사실 기이한 일처럼 보인다. 하지만 그것은 수십 년을 떠돌이로 살아왔던 그가 정작 가장 오랫동안 발길을 하지 않았던 곳이 고향이었던 만큼 미지의 다른 세상으로 남아 있었기 때문이다. 실제로 참나뭇골로 향하는 산길은 지극히 낯설게 느껴진다. (마치 그 어디에도 없는 바깥세상을 찾아 헤맸던 것처럼) 선행자에 관한 이야기를 듣고 마치 초행길인 것처럼 눈발을 뚫고 보이지 않는 자취를 애써 따라가기도 한다. 그리고 무엇보다도 고향 참나뭇골이 또한 온데간데없이 사라져 있다. 가장 친숙하게 여겼던 장소가 지극히 치명적인 변모와 부재로서 그에게 육박해온 것이다.

그런데 고향과 행로를 상실한 무소작 씨가 우연찮게 찾아든 해변 마을에서 그의 새로운 삶이 시작된다. 다름 아닌 이야기꾼으로서의 삶이다. 더 이상 방황할 기력조차 잃은 그가 숙식을 해결하기 위한 방도로써 어느 쪽이 먼저 제안했달 것 없이 자연스럽게 시작된 일이었지만, 저수지 건설 당시 참나뭇골에서 옮겨온 이가 대부분인 마을 주민들은 무소작 씨가 계속해서 들려주는 바깥세상의 낯설고 기이한 이야기에 매료된다. 해변 마을 '안'에서 머나먼 '바깥'세상에 대해 이야기하면서 무소작 씨는 자신의 기이한 여정을 기억을 더듬어 다시금 반추하며 또 따라가고 있다. 주민들 또한 말로 구연된 그 전혀 다른 삶에 놀라고 이질적인 세계를 동경한다. 이점에서 무소작 씨는 그로 하여금 바깥세상을 꿈꾸게 했던 아버지와 이웃 아저씨의 설명을 보다 상세하고 장황하게 반복하고 있는지도 모른다. 그렇게 그는 이야기꾼이 되어가고 있다.

알다시피 무소작 씨가 들려주는 세상 이야기의 상당 부분은 우리가 살아가고 있는 현실 사회의 알레고리로서 많은 독자들에게 일정 부분 기시감을 환기한다. 텍스트 내외의 경계가 미묘하게 동요하는 것과 마찬가지로 여행 당시에는 그리 특별할 것이 없었던 세계 각지의 견문과 풍속에 대해 이야기하는 일이 반복될수록 무소작 씨 또한 새삼스럽게 눈앞에서 벌어지고 있는 일처럼 몰입하는 빈도가 잦아진다. 그가 그렇게 한 사람의 이야기꾼으로 바깥세계를 생생한 것으로 마을 내부에 끌어들이기 시작하자, 어느 날 문득 마을 주민들 역시 더 이상 그의 이야기에서 바깥세계를 보려 하지 않게 된다. 고향 참나뭇골에 돌아와 가장 이질적인 변화와 부재를 확인했던 무소작 씨와 역설적인 의미에서 동일하게, 오히려 그들은 이제 바깥세상 이야기를 통해 마을 내부에서도 확인할 수 있는 삶의 공감대와 동질성, 즉 "똑같아. 사람 사는 일이란 알고 보면 어디나 속이 똑같아!"(p. 174)라는 사실을 발견하기 시작한다.

그 순간부터 무소작 씨는 이제까지 주민들이 감탄하고 즐거워했던 낯설고 기이한 바깥세상의 이야기를 전혀 할 수 없게 된다. 그가 이제까지 구연했던 무수한 이야기의 반복으로, 그리고 스스로의 몰입에 의한 생생한 재현으로 말미암아 '낯설고 기이함' 자체가 이제 익숙한 것이 되어버린 것이다. 또한 주민들의 말마따나 그의 이야기로 인해 안과 밖의 경계가 사라지고 도리어 순환의 관계에 있는 것이 되어버렸기 때문이다. 단지 숙식을 해결하는 문제를 넘어서 일생 동안 애착해왔던 바깥세상의 매개자로서 계속해서 이야기를 들려주는 일이 위기에 봉착하자 무소작 씨는 삶 전체가 부정당한 듯한 느낌에 사로잡힌다. 따라서 그는 이야기를 계속하기 위해서 필사적으로 부심한다. 더 이상 새로운 바깥세상이 아니라 이야기 자체를 스스로의 가장 중요한 부분으로 여기게 된 것이다. 그러나 그가 애써 떠올려 술회한, 즉 허구적으로 재구성한 회심의 이야기 또한 주민들의 심드렁한 반응에 직면한다. 오히려 "제 속을 지니지 못해 중심을 잃고 떠도는 사람들의 삶" "거짓말 세상살이"를 "사람살이라 여기고 쫓아다니는 사람"(p. 189)이라는, 무소작 씨 자신의 삶과 이야기를 아울러 지칭하는 가장 통렬한 말이 회귀하는 결과를 낳는다. 또한 "당신의 마음이 여기서도 늘 먼 바깥세상을 떠돌 뿐 지금 이곳엔 뿌리다운 뿌리를 지니지 못했으니까"(p. 191). 그가 꾸며낸 이야기에 진심을 담아낼 수 없었던 것이라는 말을 듣고 자신의 지난 삶에 대한 근본적인 의문에 사로잡히게 된다. 그러므로 최후에 주인 사내에게 꽃씨 할머니 이야기를 꺼냈다가 어렸을 때 늘상 들었던 것이라고 퇴짜를 맞은 후 그는 해변마을을 떠나 다시 떠돌고, 사라진다.

무소작 노인은 그렇게 종적을 감춘다. 그러나 이야기꾼으로서의 삶은 끝나지 않았다. 아버지와 아저씨의 말이 그의 떠돎을 낳았던 것처럼, 그리고 바로 그 중심을 잃은 떠돎이 무수한 이야기를 낳았던 것처럼, 이제 그는 이야기 자체가 되어 종생한다. 그는 꽃씨를 뿌리고 다니는 할머니처럼 세상에 이야기의 씨앗을 뿌리면서 떠돌았던 것이다. 그가 남긴 이야기가 그를 대신하여 세상을 떠돈다. 그리고 궁극적으로 그 이야기들은 하나이면서 여럿의 형상으로서의 꽃씨 할머니의 모습으로 수렴되고 있다. 그러므로 무소작 씨는 그가 발견한 자신의 뿌리, 즉 어머니가 들려주었던 최초의 이야기 속 꽃씨 할머니 자체로 화(化)한 것이다. 그렇게 그는 이야기 또는 말 자체가 된다. 오랜 여행 끝에 그는 다시금 원래의 제자리로 돌아오게 된 것이다. 그러나 각지에 남아 있는 꽃씨 할머니의 이야기가 제각기 조금씩 달랐던 것처럼 그가 회귀했던 곳은 원래의 장소이기도 하고 그가 사라져간 어느 아득한 장소이기도 하다. 그의 일생에 걸친 귀환, 말에 들렸던 자가 이야기가 되어 돌아오는 여정은 그러므로 결국 '나사의 회전'이다. 그리고 그 꽃씨 할머니의 다른 이름은 아마도 셰에라자드일 터다.

5. 회전하는 원점의 이야기

한동안 '거짓말 세상살이'에 관한 이야기를 사람살이라 여기고 쫓아다녔던 이들은 해변 마을의 주민들이다. 그들의 마음 또한 먼 바깥세상을 향해 있었던 것은 아닐까. 그러므로 그들의 말은 결국 무소작 씨와 함께 자신들을 가리키는 것이기도 하다. 기이하고 낯선 '밖'의 이야기에 탐닉하다가 그 속에서 문득 익숙한 내부, 즉 '안'을 발견하고 심드렁해진 것이다. 그러므로 안과 밖이 다르지 않다는 그들 자신의 통찰처럼 무소작 씨와 주민들 또한 서로 다르지 않으며 근본적인 경계조차 무화되어 있다. 그렇기 때문에 그를 처음에 환대했고 '진심'을 운운했던 주인 사내조차 무소작 씨의 뿌리에 관한 꽃씨 할머니 이야기를 듣지 않는 것이다. 단지 그들은 머물렀고 무소작 씨는 떠났을 뿐인 것이다. 그러나 잊지 말아야 할 사실은 정작 오랜 이야기를 통해 그 안과 밖의 경계를 무화시킨 당사자가 바로 무소작 씨라는 점이다.

그러므로 무소작 씨가 남긴 무수한 이야기가 제각기 조금씩 다른 형태로 꾸며져 있고, 그 속의 꽃씨 할머니의 모습 또한 이 점에서 예외가 아니었다는 점은 의미심장하다. 그가 발견한 원점은 꽃씨 할머니이기도 했지만 동시에 이야기 자체이기도 했다. 그리고 그것은 온 세상을 돌아다니며 꽃씨를 뿌리는 할머니처럼 부단히 미끄러지는 이동과 변화의 도정 속에서 안과 밖을 무화시키고 동일성과 차이가 무의미해지는 이야기 자체가 되는 것으로 귀결된다. 무소작이 꽃씨 할머니로 화(化)하는 이러한 여정에서 중심이나 근본, 기원, 분별, 의미부여 등이 중요하지 않게 되는 것은 지극히 당연하다. 단지 이야기라는 타자와 스스로를 구별하지 않는, 즉 그것에 들리고 삶이 이야기 자체가 되는 나사의 회전이 그것들을 둘러싼 궤도를 형성하고 있을 뿐이다. 그리고 그것이 바로 무한한 이야기를 낳는다.

모든 천체는 저마다의 중심을 두고 공전한다. 하지만 결코 제자리로 돌아오는 법은 없다. 그 중심 또한 공전하고 있기 때문이다. 따라서 모든 항성과 행성의 궤도는 결국 나선(螺線)의 형상을 취한다. 궤도를 일주했다고 해서 원래의 위치로 돌아온 것이 아니다. 그것은 인위적인 착시 내지는 플롯에 지나지 않는다. 그렇게 생각하는 순간, 이미 멀리 떠나온 것이다. 그렇게 모든 천체는 저마다의 유일무이한 궤적을 남기며 순행한다. 그것은 무한하며 유사한 패턴을 형성하면서도 매 순간 새로운 위치로 미끄러져간다. 그것이 우주라는 자연이다. 이청준의 소설, 이야기는 그 자연의 섭리를 관통한다. 부단히 지향하지만 근접하는 것이 가능하지 않은, 시시각각 이동하는 어떤 중심을 공전하는 각기 다른 행성을 닮았다. 그것이 소설이라는 우리 은하, 그리고 이야기의 우주 속을 멈추지 않고 달려간다. 그것이 형성한 여러 나선의 궤적이야말로, 대체 불가능한 것이다. 『인문주의자 무소작 씨의 종생기』에 수록된 소설들만큼 이 확고부동한 진실을 환기하는 이야기는 달리 없다. 10여 년 전 그 별빛이 마침내 우리 곁을 떠나 소설, 이야기의 우주 속으로 사라져갔다는 것, 아니 오히려 그 거대한 자연 자체로 화(化)했다는 사실에 대해 더없이 전율하며 또한 한편으로 지극히 애석해하고 있을 따름이다.

〔2016〕

텍스트의 변모와 상호 관계

이윤옥
(문학평론가)

「빛과 사슬」

| **발표** | 『문학과 의식』 1998년 겨울호.

| **최초의 단행본 수록** | 『오마니』, 문학과 의식, 1999.

---

1. 실증적 정보

- 초고: 컴퓨터로 작성된 초고가 남아 있다.

2. 텍스트의 변모

1) 『오마니』(문학과 의식, 1999)에서 『목수의 집』(열림원, 2000)으로

- 14쪽 9행: 사정사정 → 안달복달

3. 인물형

- 초등학교 선생님들: 음악을 사랑하는 아름다운 여선생과 두 남선생 사

---

*텍스트의 변모 과정을 밝히면서는 원전의 띄어쓰기 및 맞춤법을 그대로 살렸다.

이 삼각관계는『흰옷』등 여러 작품에서 반복된다.

4. 소재 및 주제

–사슬: 이청준의 작품 속에는 크게 두 종류의 사슬이 있다. 예술의 사슬과 사랑의 사슬이 그것이다.『인간인 2』『흰옷』은 죽지 않는 노래와 소리를 보여주고,「사랑의 목걸이」는 사슬이 된 사랑을 보여준다. 두 경우 모두 사슬은 대상을 묶고 속박하여 노예처럼 운명에 굴종하게 한다. 삶을 자유롭게 하지 못하고 단단히 묶는 모든 것은, 설사 그것이 예술과 사랑일지라도 사슬이다(28쪽 16행).

–「세월의 덫」: 하지만 내가 어떻게 그 노래를 잊어버릴 수가 있었겠어. 노래를 부르지 않아도 귓가엔 언제나 그 노랫소리가 떠돌고 있었고, 입속에서도 때 없이 그 소리가 흥얼흥얼 흘러나오곤 했는데, 잊어버리자고 한 것은 부질없는 다짐일 뿐, 마음으론 여전히 그 노래만을 기다리며 그 그리운 추억 속에 살아온 셈이었어. 그런데다 이즈막엔 세상이 어떻게 된 셈판인지 그동안엔 부르는 사람이라도 좀 뜸하던 노랫가락이 여기저기서 어찌나 설쳐대기까지 하는지……

–『인간인 2』: 모든 것이 그 알 수 없는 소릿가락의 조화였다. 난정이 다른 여자들과 다른 것이 있다면 오직 그 소릿가락뿐이었다. 장손 앞에 년은 늘 그 노랫가락 소리를 앞뒤로 하고 다니거나, 정작에 소리를 하고 있지 않을 때마저도 그 비슷한 정조(情操)를 담고 있었다. 심신이 다 무너져 내리는 듯한 그 하염없는 심사 속에 제풀에 사지가 꽁꽁 묶여버리는, 그러나 그걸 쉬 물리치고 덤벼들 엄두가 나지 않는 이상스런 마비감, 그것이 년의 소리의 불가사의한 마력이었다. / 그날 밤 여관에서 소리가 시작되기도 전서부터 장손이 이미 경험한 알 수 없는 사슬이었다.

「오마니!」

| 발표 | 1999년.

| 최초의 단행본 수록 | 『오마니』, 문학과 의식, 1999.

1. 실증적 정보

1) 초고: 컴퓨터로 작성된 초고가 남아 있고, '오마니'를 언급한 메모도 있다.

　－＊취재여화―대개는 범상스러워버리고―울림 큰 것 소설화―감당할 수 없이 큰 것은 못씀-정리 1.이민 수속의 여자 딸 아이 2.육이오 전장터의 초상 사망자 회고(창자까지 토해 끊고 죽는 모습-왜 하필 저런 모습으로 데려가나?) 3.○○○의 수녀이야기―무슨 놈의 하느님 영광, 하나님이 대체 네게 무엇을 해 줬다고 감사? 4.오마니 5.○검사의 고무줄 물증 이야기 6.출산권 확보한 복제 출산 여인 동네의 성비율 조절과 남성학대 ＊○○○네 묘지 도굴 사건―조상 묘지 자랑 풍속

2) Y감독: 「축제」의 임권택 감독(33쪽 8행).

3)『축제』:「오마니!」에서 Y감독 어머니의 이야기로 소개된 낭자머리 일화는 사실『축제』에 나오는 이청준의 어머니 이야기다(42쪽 17행).

　－『축제』: 노인은 이후로도 눈에 보이지 않는 일이라 그런 사실을 깜박깜박 자주 잊어먹곤 하였다. 옛날 버릇 그대로 자신도 모르게 두 손을 이따금 뒤로 가져가곤 하였다. 그리고 이미 사라져 없어진 옛 낭자 자국과 빈 비녀 자리를 더듬다간 민망스런 웃음기 속에 혼자 중얼거리곤 하였다. 쯧쯧, 내 정신 좀 봐라. 아직도 그것이 뒤꼭지에 달려 있을 거라고…… 하지만 그러고 또 얼마도 지나지 않아서 다시 그걸 잊어버리고 그 허망스런 빈 헛손질을 되풀이하는 것이었다.

4)『신화를 삼킨 섬』:『신화를 삼킨 섬』9장에는 문예조와 형수, 조카

이야기와 같은 내용의 이야기가 들어 있다.

　―『신화를 삼킨 섬』: 충청도 진천 산골 마을로 형의 전사 소식이 전해져왔을 때 형수의 뱃속엔 아비가 알지 못한 유복자가 자라고 있었다. 그리고 얼마 뒤 그 믿기지 않는 아비의 전사 소식 속에 태어난 아이는 비탄 속에 졸아붙은 산모의 젖선까지 터지지 않아 한동안 큰 애를 먹었다. 근심 끝에 하루는 형수가 이웃의 조언을 듣고 와서 열여섯 어린 시동생이 형 대신 형수의 젖꼭지를 빨아 갓난아이의 생명줄을 열어주었고, 그로부터 조카아이는 어미와 어린 삼촌의 보살핌 속에 그럭저럭 잘 자라갔다.

2. 텍스트의 변모

1) 『오마니』(문학과 의식, 1999)에서 『목수의 집』(열림원, 2000)으로

　―51쪽 3행: 왜냐하면 예조 씨의 테이프는 바로 말해 Y감독이 무서웠다는 그 '어머니나 형수'의 모습이 그렇듯이 어머니의 이름 뒤에 그의 형수의 그림을 그려 담고 있었으니까. 예조 씨 자신도 그러길 바라거나 가당한 일로 여겨서가 아니었겠고 감독 또한 그걸 굳이 드러내 말한 일이 없었지만, 그 역시도 애초에 Y감독이 바란 어머니의 밑그림이 아니었으니까. → 왜냐하면 예조 씨의 그 테이프 속의 어머니는 애초에 Y감독이 찾은 것과는 크게 다른 어머니였던 데다, 감독 자신의 말대로 누구도 그걸 섣불리 읽어내려 해서는 안 될 유다른 새 어머니의 밑그림을 담고 있었으니 말이다.

　―52쪽 9행: 그러나 우리가 그때 그 부름 속에 본 것이 그의 형수의 모습이었던가. 우리가 알지도 보지도 못한 그 형수뿐이었던가? / 우리는 물론 그때 그의 형수를 보았을 것이다. 그리고 동시에 그의 어머니도 보았을 것이다. 어머니의 부름 속에 그 형수를 보고, 형수의 모습 속에 그의 어머니를 함께 보았을 것이다. 그러니 그건 이미 예조 씨의 실제 형수나 어머니가 아닌 오랜 그리움 속의 새 어머니의 모습일 수밖에 없었다. → 〔삽입〕

2) 『목수의 집』(열림원, 2000)에서 『꽃 지고 강물 흘러』(문이당, 2004)로

−30쪽 11행: 으레 어머니를 떠올리게 된다. → 으레 제 어머니가 떠오르게 마련이다.

−30쪽 17행: 자기 유아기의 기억이 → 수유기(授乳期) 적 기억이

−31쪽 1행: 자기 아이 → 남의 아기

−31쪽 3행: 자신이나 어머니의 → 어머니의

−31쪽 4행: 자기 아이들이나 어머니의 → 어머니의

−34쪽 14행: 새 젖내 → 생젖내

−35쪽 11행: 예조 씨의 그런 막무가내식 태도엔 → 어딘지 늘 심상찮은 자기 방어의 기미가 느껴지곤 하는 예조 씨의 그 회피적인 태도엔

−38쪽 11행: 가차없는 → 박정한

−38쪽 14행: 결과부터 말하자면 그것을 마지막으로 그 형은 영영 다시 돌아오지 못하고 만 것이다. → 〔삭제〕

−42쪽 8행: 알고 보니 사실이 그랬다. → 〔삽입〕

−47쪽 22행: 죄송한 말씀이오나 그 시절에도 서로 속내를 알고 계셨을 일로, 어머님께서 형수님을 자주 눈에 나 하신 바람에 저는 어머님보다 그 형수님의 일이 늘 걱정스럽고 마음 아팠으니까요…… → 〔삽입〕

−48쪽 9행: 그동안 너무 긴 세월이 흘렀다고, 이제는 너무 늦었다고, → 〔삽입〕

−48쪽 16행: ―지금 와서 무얼 더 숨기고 부끄러워하겠습니까―→ 〔삽입〕

−48쪽 19행: 그리고 새삼 송구한 말씀이지만 그 형수님의 품내가 아니었다면 그간 어쩌면 어머님 모습까지도 잃어버릴 뻔했다 할까요, 어머님 역시 제게는 그 형수님의 품내 속에 여전히 형수님과 함께 계시니까요…… → 〔삽입〕

−49쪽 1행: 하긴 저 역시 부끄러운 나이 어언 예순 길로 들어선 처지라 이제는 소망을 안고 기다릴 날도 그리 길지가 못할 테지요. 그래 이렇듯 방송 전파로나마 뒤늦게 소식을 전해 올릴 생각을 서두르게 되었는지 모릅니다

만, → 〔삽입〕

-49쪽 10행: 땅 위에선 이미 저의 이 소식을 거둘 수가 없으시다면, →
〔삽입〕

-49쪽 12행: 그것을 형수님과 종진이 조카에게도 굳게 믿게 하여주십시
오. → 〔삽입〕

-49쪽 15행: 아니 어쩌면 형수님 역시도 이제는 이 소식이 닿을 수 없는
다른 먼 곳에 계신지 모르겠습니다만, → 〔삽입〕

-51쪽 3행: 왜냐하면 예조 씨의 그 테이프 속의 어머니는 애초에 Y감독이
찾은 것과는 크게 다른 어머니였던 데다. 감독 자신의 말대로 누구도 그걸
섣불리 읽어내려 해서는 안 될 유다른 새 어머니의 밑그림을 담고 있었으
니 말이다. → 왜냐하면 Y 감독이 진저리가 날 만큼 무서웠다고 했던바, 예
조 씨의 테이프엔 어머니의 이름 뒤에 완연히 그 형수의 그림을 그려 담고
있었으니까. 예조 씨 자신도 그러길 바라거나 가당한 일로 여겨서가 아니
었겠고 감독 또한 그걸 굳이 드러내 말한 일이 없었지만, 그 역시도 애초에
Y 감독이 바란 어머니의 밑그림은 아니었으니까.

-52쪽 9행: 그러나 우리가 그때 그 부름 속에 본 것이 그의 형수의 모습이
었던가. 우리가 알지도 보지도 못한 그 형수뿐이었던가? / 우리는 물론 그
때 그의 형수를 보았을 것이다. 그리고 동시에 그의 어머니도 보았을 것이
다. 어머니의 부름 속에 그 형수를 보고, 형수의 모습 속에 그의 어머니를
함께 보았을 것이다. 그러니 그건 이미 예조 씨의 실제 형수나 어머니가 아
닌 오랜 그리움 속의 새 어머니의 모습일 수밖에 없었다. → 〔삭제〕

3. 소재 및 주제

-무서운 그림 : 「조물주의 그림」에는 Y감독이 말하는 또 다른 무서운 그
림이 있다. 내용이 다른 두 그림을 비교해보면 '무서운 그림'의 의미가 무
엇인지 짐작할 수 있다(50쪽 15행).

–「조물주의 그림」: 나는 물론 그게 어떤 화면이냐 물었고, Y감독은 특유의 반어법으로 '너무 지랄같이 무섭고, 더럽게 외로운 끔찍한 그림'이라며 짐짓 머리를 내저어버렸는데, 그날 밤 술자리에서 내 은근한 채근에 못 이겨 털어놓은 그 영상의 사연인즉 이런 것이었다.

「시인의 시간」

| **발표** | 『21세기 문학』 1999년 가을호.
| **최초의 단행본 수록** | 『목수의 집』, 열림원, 2000.

1. 실증적 정보

1) 수필 「정보 언어, 개인 언어, 문학 언어」: 이청준은 정보가 넘쳐나는 이 시대에 개인 언어가 겪어야 하는 비개인적, 비개성적 집단 정보화 현상을 염려한다. 정보 언어는 획일적이고 집단적인 권력 언어로, 우리 삶의 올바른 가치관을 형성하는 개성과 그에 바탕한 인문적 정신 질서를 파괴할 위험이 있기 때문이다. 개인과 개성에 기초한 문학 언어의 책무는 '그 압도적인 정보 언어의 억압에서 제 몸을 제물 삼아 우리 개인과 개인의 언어를 지켜나가는 것'이다. 「정보 언어, 개인 언어, 문학 언어」에 따르면 주식 시장은 정보 언어가 활개를 치는 대표적인 곳이다. 이런 주식시장에 뛰어드는 인물이 「시인의 시간」에서는 문학 언어, 그중에서도 시어를 다루는 시인이다.

–「정보 언어, 개인 언어, 문학 언어」: 범박하게 말해 정보 문화의 핵심원이라 할 '정보 언어'는 일차적으로 경제적 생산성을 겨냥한 집단 유통 언어다. 그러므로 그것은 상대적으로 저생산성의 비경제적 개인 언어를 억압하려 들기 쉽고 실제로도 그런 경우가 많다. 비근한 예로 세상의 모든 정보가 한데 모여 들어 그 질량과 속도의 각축장을 이루는 주식(정보) 시장

의 모습이 그렇다. 소위 '개미 군단'이라 이르는 개인 투자자들은 몇몇 '큰 손'들을 제외하면 은행이나 증권 보험 회사와 같은 대형 투자 기관들에 비해 시장 정보의 확보나 관리 능력이 형편없다. 그리고 그만큼 손실을 입기 쉽고 슬픈 약자의 처지를 벗어나기 어렵다. 개인(개인 언어)을 그렇듯 위력적으로 억누를 수 있는 조직적 집단(기관) 정보 언어는 그러므로 비개인적(혹은 비인간적) 힘의 언어요, 획일적 권력 언어의 경향을 띠기 쉽다.

2) 레슬링 사건: '레슬링은 쇼'라는 파동이 1965년 5개국 친선 프로레슬링대회에서 벌어졌다. 그해 11월 25일 장충체육관에서 열렸던 한일 선수 경기 중에 생긴 사건이었다. 「시인의 시간」에서는 이 사건을 김씨와 장씨 성을 가진 우리나라 선수들 사이에서 일어난 것으로 바꿔놓았다.

2. 소재 및 주제

1) 시인: 시인을 포함해 작가는 숙명적인 이상주의자다. 그래서 「시인의 시간」에서 누님은, 시인이 현실에 늘 패배할 수밖에 없는 운명이라고 말한다. 이청준에 따르면 작가는 보다 '나은 세계, 그런 세계의 질서를 꿈꾸고 있는' 이상주의자로, 현실의 질서는 언제나 작가를 패배시키려 한다. 「지배와 해방」은 글쓰기와 관련된 이런 작가의 숙명에 대한 글이다(102쪽 18행).

-「지배와 해방」: 하지만 작가가 그의 소설로써 지배하고 있는 세계는 현실의 세계 자체는 아닙니다. 그는 실상 현실의 세계에 대해선 언제나 무참스런 패배일 수밖에 없는 자신을 알고 있기 때문입니다. 〔……〕 그래서 그는 어떤 새로운 질서의 세계를, 보다 나은 세계에 대한 새로운 이념의 문을 열어 보였다고 해도, 사람들로부터 그가 내보인 질서, 새로운 세계의 실현에는 참여할 수가 없습니다. 그가 마련한 질서와 세계를 실현하고 그것을 누리는 사람들은 그의 독자들뿐입니다. 그는 다만 그 독자들로부터 자신이 부여한 고유의 질서로 새로이 창조해낸 세계에 대한 동의와 승인을 기대할 뿐, 그 자

신은 그러한 세계의 실현에 참가하여 그 세계나 그의 질서에 공감하고 동참해 오는 사람들을 실제로 지배하지는 못합니다. 그가 지향해 찾아낸 새로운 세계의 문이 그의 독자들에게 승인되고 현실로 바뀌는 순간에 그는 다시 그 현실로부터 패배할 수밖에 없으며, 그곳에는 이미 그가 서 있을 자리는 사라져버린다는 것을 알기 때문입니다.

2) 두 언어: 「시인의 시간」은 정보 언어와 개인 언어, 개인 언어 중에서도 핵심이라 할 수 있는 문학 언어에 대해 생각하게 한다. 이 두 언어의 관계가 『제3의 현장』에서는 분명한 논리에 기초한 공리적 설명어와 심정적 고백어의 대립으로 나타난다(103쪽 5행).

「인문주의자 무소작 씨의 종생기」

| **발표** | 2000년.

1. 실증적 정보

1) 초고: 컴퓨터로 작성된 초고가 남아 있다. 초고에는 '새는 둥지에서 노래하지 않는다'는 부제가 붙어 있다. 초고는 4장으로 구성되었다. 1. 씨앗의 꿈, 2. 떠돌이 무소작, 3. 이야기장수 무소작 씨, 4. 이야기의 향기로 남은 무소작 노인. 발표작에서는 초고의 1장과 2장이 합해져 '떠돌이 무소작'이 되고, 4장 '이야기의 향기로 남은 무소작 노인'은 '이야기 속으로 사라진 무소작 노인'으로 바뀐다. 또한 「인문주의자 무소작 씨의 종생기」와 관련된 메모도 있다.

> – 나중에 끝없는 노중의 삶―(이야기로 계속 가는 행로 깨달음―인생길의 하나-연명술)
>
> * 떠돌이 운명이란 실은 삶의 연명 위한 불가피한 멍에였음도 깨달음?

땅 위, 사람 중심 ― 그는 둥지가 없다 ― 더욱이 그는 사람 사이에서 살아야 하는 사람. 중간에 둥지 필요성 깨달음. 서울이 그곳. 사람으로서 틀 둥지. 둥지의 자리. 그러나 영구적 둥지 못 튼다. 맨 나중 깨달음?

2) 수필「떠남과 돌아옴의 길목」: 이청준이 고향에 있는 천관산에 올랐을 때 느낀 두려움과 아득한 절망감, 언젠가 산 너머 세상으로 나아갈 것 같은 예감이「인문주의자 무소작 씨의 종생기」를 낳았다.

―「떠남과 돌아옴의 길목」: 그런데 초등학교 6학년 가을 소풍길에 그 천관산을 처음 올라 바다에서보다 더 넓고 멀리까지 펼쳐져나간 산해의 까마득함 앞에 나는 그 뱃길에서의 두려움이 과연 그 드넓은 세상으로의 떠남에 대한 예감 때문임을 다시 한 번 확인했다. 나는 그때 막연하나마 언젠가는 내가 그 산들 너머의 세상으로 나가야 하고, 그것이 어쩌면 내 불가피한 삶의 점지인 듯싶은 예감 속에 지레 가슴을 두근거리고 있었으니까(이 큰 산 이야기는 나중 내 졸작『인문주의자 무소작 씨의 종생기』로 이어졌다).

3) 수필「누님으로 변한 옛 여자 동창생」과「꽃씨 할머니의 전설」: 이청준에게 '꽃씨 할머니의 전설'을 들려준 사람은 초등학교 여자 동창생이었다.

―「누님으로 변한 옛 여자 동창생」: 하기야 그런 그녀에게선 나 또한 심신이 몹시 괴롭던 어느 가을날 저녁 생선매운탕이 끓고 있던 술청 화덕가에 마주앉아 저 '꽃씨 할머니'의 전설을 전해 듣고 마음이 많이 가라앉은 일이 있을뿐더러 뒷날의 졸작『인문주의자 무소작 씨의 종생기』를 구상하게까지 되었거니와, 지난 이야기 중 회진포구 인근의 할미꽃 군락지로 우리를 안내해간 것도 다름아닌 그녀였으니까.

4) 수필「깨어진 영혼들의 대화」: 이 글에「인문주의자 무소작 씨의 종생기」속 밤길 선행자 이야기가 들어 있다(142쪽 5행).

―「깨어진 영혼들의 대화」: 내 어릴 적 고향 사람들은 어두운 밤 산길을 가다 도중에 마주 오는 사람을 만나면 남은 길이 짧은 사람이 먼 쪽에게, 혹

은 힘이 든든한 장정 쪽이 심약한 아녀자 쪽에 짐짓 이런 말을 해주고 지나
간댔다. "방금 전에 당신 앞서 이 길을 지나간 사람이 있었소. 빨리 쫓아가
면 만나서 함께 갈 수 있으리다."

5) 진목리: 이청준의 고향은 전남 장흥군 대덕면 회진읍 진목리, 즉 참
나뭇골이다.

2. 인물형

– 무소작: 「노거목과의 대화」. '무소작'이라는 특이한 이름은 불교용어인
'무소착'의 변형이다. 부처님은 진염(塵染)에 집착하지 않는다는 무소착
은 더 나아가 어디에도 집착하지 않는 것을 뜻한다.

–「노거목과의 대화」: 그것은 어떤 본질로의 귀환, 너의 인간계의 불교식
으로 말하면 그것은 저 사성체(四聖諦)를 통하고 무소착(無所着)의 경지도
넘어선 새로운 세계에로의 귀환이요, 그 귀환의 과정일 따름인 것이다.

3. 소재 및 주제

1) 예술 속으로 사라진 사람: 「여름의 추상」에서 이청준은 자신이 사
라져 들어가고 싶은 그림에 대해 말한다. 그는 예술 속으로 사라질 수 없
었지만, 이야기꾼 무소작은 이야기 속으로 사라지고, 「시간의 문」의 사
진작가 유종열도 사진 속으로 사라진다.

–「여름의 추상」: 나는 비로소 마음이 편해진다. 나는 아직도 원근법(遠近
法)과 소실점(消失點)이 살아 있는 그림이 편하다. 때로는 그 그림의 소실
점 너머로 자신이 사라져 들어가버리고 싶어지기까지 한다. 소실점이 아
니더라도 그림 속으로 사라져 들어가고 싶은 마음은 동양화들에서 특히 더
하다. 〔……〕 하여 동양화를 그리는 사람들은 정말로 그 그림 속으로 자신
이 사라져 들어가고 싶을 때가 있는 것인지 모른다. 완당(阮堂)의 「세한도
(歲寒圖)」, 의제(毅齊)나 청전(靑田)의 산수화들, 완당이나 의제, 청전 같

은 도사들은 실제로 자기의 그림 속으로 사라져 들어가고 싶어 그런 그림들을 그렸는지 모른다. 그림을 그리면서 그 영혼이 실제로 그림 속으로 사라져 들어가고 있었는지 모른다. / 자신이 사라져 들어가고 싶은 그림. 자신의 영혼이 사라져 들어가는 그림. 나는 이제 실제로 그런 그림을 한 폭쯤 가지게 된 셈이다. 남의 그림을 더 이상 시기할 필요가 없어진다.

－「시간의 문」: 뽀얗게 멀어져가는 해무의 바다. / 그것은 하나의 시간의 소용돌이, 소멸과 탄생이 함께 물결치는 광대무변한 시간의 용광로다. 그 시간의 소용돌이 속으로 방금 한 작은 인간이 까마득하게 자신을 저어간다. 〔……〕 사진의 화면 위에 문득 커다란 맹점(盲點)의 투영이 생기고 있었다. 그리고 홀연 그것 속으로 유 선배의 모습이 사라지고 없었다. / 내게서도 마침내 유 선배의 실종이 완전무결하게 이루어진 셈이었다.

2) 연: 어린 이청준은 고향에서 연 놀이를 즐겼던 것 같다. 수필은 물론『씌어지지 않은 자서전』같은 장편소설에도 종종 연 놀이에 대한 묘사가 나온다. 그의 작품에서 연 놀이에 몰두한 인물들은 모두 연처럼 줄을 끊고 영영 고향을 떠나거나, 매우 긴 세월이 지난 뒤에야 돌아온다. 한번 줄이 끊어진 연은 높이 날아가 돌아올 수 없기 때문이다(125쪽 5행).

－수필 「보리밭, 연, 허기」: 나는 열심히 연만을 날렸다. 볕발 좋은 담벼락 아래, 동네 아이 녀석들과 어울려 서서 누구보다도 높고 멀리 나의 연을 날려 올리는 데만 모든 주의를 집중시켰다. 연이 일단 공중으로 치솟아 오르고 창공을 맴도는 그 연이 드높은 한 점의 까만 새 모양으로 변해져서 연실을 통하여 팽팽한 힘을 내게 전해오기 시작하면 나는 마침내 모든 것을 잊고 마는 것이었다. 끊임없이 더 높은 하늘만을 꿈꾸고 있는 연, 그리운 듯 하염없는 눈길로 그 연의 모습을 바라보면서 나는 언제나 연실을 통하여 느껴져오는 팽팽한 긴장감 같은 것을 은밀스럽게 즐기는 것이었다.

－「새와 나무」: 상급학교 진학을 못하게 되자 도회지 돈벌이 나간다고 줄 끊어진 한 점 연이 되어 까마득히 마을을 떠나갔던 그녀의 큰아들이 집으

로 다시 돌아오던 날이었다. 마을을 한번 떠나간 후로는 소식이 영영 끊어졌던 사람이, 그의 어미마저 한두 번 그런 내력을 말하곤 영영 입을 다물어버렸던 큰아들이, 그래 그 소년으로선 아직 한번 얼굴을 본 적도 없고, 그런 사람이 이 세상 어디에 살아 있으리라는 생각조차 안 해본 그의 형이란 사람이 20년 만엔가 얼마 만엔가 다시 그의 마을을 빈털터리로 찾아 들어오던 날이었다.

-「해변 아리랑」: 그러면서 그저 연 놀이에만 넋이 팔려 바닷가 언덕들만 쏘다녔다. 형 아인 원래 학교엘 다닐 때도 연 놀이를 좋아하여 금산댁과 누이에게 연실 투정을 자주 해댔지만, 그 봄엔 그렇게 한 철이 다 가도록 때도 없이 바닷바람만 몰아 헤매고 다녔다. 그리고 어느 날 세찬 바람기에 그의 연이 실을 끊고 하늘 멀리 날아갔을 때 그것을 붙잡으러 따라나서기라도 하듯이 그도 함께 훌쩍 집을 떠나가버렸다.

3) **자비강산:** 산길과 물길은 서로 다른 길이 아니라 같은 세상살이 길이다. 한마디로 자비강산이라 할 수 있는데, 자비강산은 지혜의 산이 아픔의 강으로 흐르는 것이다. 『인간인 2』 3장이 '자비강산'이고, 이청준이 쓰다 중단한 소설 중에도 '자비강산'이 있다(182쪽 18행).

-「흐르는 산」: 자비강산(慈悲江山)이라 하였다. 자기 아픔이 산처럼 쌓여 지혜로 높아지면, 그 아픔과 지혜의 흐름이 자연 큰 자비의 물줄기로 먼 곳까지 미쳐 가 세상을 널리 어루만져준다는 뜻이었다.

「들꽃 씨앗 하나」

| **발표** | 『21세기 문학』 2002년 여름호.
| **최초의 단행본 수록** | 『꽃 지고 강물 흘러』, 문이당, 2004.

---

1. 실증적 정보

1) 초고: 컴퓨터로 작성된 초고가 남아 있다. 초고에는 「들꽃 씨앗 하나」가 완성된 날짜와 시간이 명기되어 있다(2002. 3. 15. 오후 5시).

2) 대흥면: 이청준이 고향인 장흥군 대덕면에서 한 자씩 취해 만든 지명이다. 대흥면은 「안질주의보」「숨은 손가락」에도 나온다.

2. 텍스트의 변모

- 『21세기 문학』(2002년 여름호)에서 『꽃 지고 강물 흘러』(문이당, 2004)로
* 진용 → 진성
- 205쪽 8행: 돌아오라는 → '성공'하고 돌아오라는
- 211쪽 4행: 어느 놈이! → 어느 벼락 맞을 놈이!
- 211쪽 21행: 비관적인 어조로 → 시큰둥한 소리로
- 221쪽 16행: 박 종배 → 권 종배
- 225쪽 14행: 싫기도 하였다. → 공연히 마음을 무겁게 하기도 하였다.
- 236쪽 2행: 그때까진 → 오늘 3시까진 무슨 일이 있어도
- 242쪽 6행: 3킬로 → 2킬로미터

3. 인물형

- 진성: 발표작에서 '진성'은 '진용'이었다. 진용은 「별을 기르는 아이」『낮은 데로 임하소서』에도 나오는 인물이다.

4. 소재 및 주제

1) 버스: 「들꽃 씨앗 하나」는 「살아 있는 늪」과 비교해 읽을 필요가 있다. 「살아 있는 늪」의 버스도 여러 요인들로 자꾸 지체된다.

2) 씨앗: 「키 작은 자유인」의 '숙명의 씨앗 자루'를 보면 들꽃 씨앗이 무엇인지 알 수 있다. 거기서 이청준은 중학교 입학을 위해 광주로 떠나면서 가져갔던 게 자루를 꿈과 동경의 씨앗자루로 묘사했다. 그가 몸을

의탁해야 할 친척 누님에게 줄 선물이었던 게들은 모두 상해서 쓰레기통에 던져졌는데, 남루한 꿈의 자루는 썩어 없어지지 않고 계속 그를 따라다녔다. 이청준은 상한 게 자루를 누님이 쓰레기통에 내다버렸을 때, 자신이 통째로 그 쓰레기통 속에 버려진 듯 비참했다고 한다. 「들꽃 씨앗 하나」에서 진성이, 모든 것이 허사가 된 뒤 느끼는 허망함과 비참함 또한 이와 다르지 않다. 「인문주의자 무소작 씨의 종생기」 첫 장은 '씨앗의 꿈'이다. '더 이상의 기다림을 잃고 기억에서조차 잊혀져가는 메마른 이야기 씨앗, 그 씨앗이 언제 어떤 모습으로 다시 싹이 피어 자라게 될지는 무소작도 누구도 전혀 알지 못'하는 씨앗의 꿈이다. 하지만 그런 씨앗을 버리지 않고 살아가는 내내 간직했던 무소작은 마침내 이야기꾼이 되어 이야기 속으로 사라진다.

　－「키 작은 자유인」: 그것은 바로 그날까지의 나 자신의 내던져짐이었음에 다름 아니었을 터였다. 내가 고향에서 도회의 친척집에 가져올 수 있는 것이 오직 그뿐이었듯, 그 게 자루에는 다만 상해 못쓰게 된 게들만이 아니라, 남루하고 초라한 대로 내가 그때까지 고향에서 심고 가꾸어온 나름대로의 꿈과 지혜와 사랑, 심지어는 누추하기 그지없는 가난과 좌절, 원망과 눈물까지를 포함한 내 어린 시절의 모든 것이 담겨 있었다. 그래 그것은 내 어린 시절의 삶 전체가 무용하게 내던져 버려진 것 한가지였다. [……] 나름대론 노력을 안 한 바도 아니었고 지혜를 구하지 않은 바도 아니건만, 한마디로 내게선 그 쓰레기통에 버려진 게 자루가 여태도 멀리 떠나가주질 않고 있는 것이다. 어린 시절과 함께 내던져져 썩어 없어졌어야 할 게 자루가 그 남루한 꿈과 동경의 씨앗자루처럼, 혹은 좌절과 눈물의 요술자루처럼 이날 입때까지 나를 계속 따라다니며 사사건건 간섭을 일삼고 있는 것이다.